寶枝素描
繪畫者—— *Cathy Shen*

# 再版序

拙作長篇小說《寶枝》一書，初版於二〇一五年一月由三民書局發行。當時作者曾於致讀者小簡表示，書中所敘人和事純屬虛構，但在虛擬故事的時空和其歷史背景全屬真實。

出版之後，接到許多親友和讀者來問，書中某人是否就是作者的縮影？或問書中所述某些事件是否確有其事？作者的答覆，一概是：「半真半假，亦真亦假。」這樣答詞，雖是實話，但想當然不能滿足提問者的好奇。

之後，《台灣醒報》自二〇一九年起，在報紙上每日連載《寶枝》一書全文，共達一百二十餘篇，引起讀者朋友們更多關注，紛向網上訂購。但存書早已售空，原出版人三民書局仍有再版之議，就詢問作者並囑為再版寫序。作者認為《寶枝》既受讀者歡迎，再版自可符合市場需要，推廣流傳，爰樂為寫序。

目前紙本書刊，能否續有昔年盛景，正在接受電子書的挑戰與考驗。如今一向維護中華傳統文化的三民書局出版公司，願為紙本小說發行再版，無異空谷足音，亦如荒漠出現甘泉，可喜可欣，甚望再版順利成功。

張祖詒

二〇二一年二月一日

# 作者小簡

給親愛的讀者朋友：

書中所敘的人和事，純屬虛構，但卻符合那年代社會上存在的現象，也就是虛擬故事的時空和歷史背景，全屬真實。

五十年、甚至近百年前發生的情景，似乎非常遙遠，可是有些形象、經驗和感覺，恰又如同眼前，其間時空的變幻或停滯，還真微妙。

誠摯希望你會喜歡閱讀本書的故事，並對書中各個人物的造型會有興趣加以品評。如果能和作者所做的素描產生共鳴，將十分感激。

# 讀《寶枝》

彭歌

張祖詒先生是一位可敬的長者。他今年高壽九十七歲，依然是耳聰目明，步履康強，興致來了，會帶著家人去環島旅行。有一天，他忽然對朋友們說：「我剛剛寫好了一本長篇小說，這是我的處女作。」

就是這本十五萬字的《寶枝》，一個字、一個字，整整齊齊寫在厚厚的筆記本上，他寫了將近三年。

九十七歲的張祖詒，大半生都是一位忠勤務慎的公務員，大半生都與筆墨為緣。然而，他寫的都是動關國計民生的「廟堂文學」，是蘇東坡「知制誥」那一類。九十多歲開始寫小說，這事透著新鮮。

以前我曾建議過，請他寫小說，或者以隨筆、散文等形式，留下一些政壇掌故，他只是微笑，搖搖頭。我了解那就是所謂「知者不言，言者不知」的境界。

祖詒先生追隨過兩位長官：嚴家淦和蔣經國。嚴、蔣二位先生都曾組閣拜相，擔任行政院長；又都曾先後擔任中華民國總統。張先生是這兩任元首倚重的幕僚和「文膽」。又以職掌所在，必須列席行政院會議，他自己計算：「前後二十二年，每週一次，總計參與院會逾一千次。」

從歷任的院長、各部會首長，到最基層的工作人員，參加過一千次行政院院會的人，恐怕是唯此一家吧。

單憑這一項經驗，讓他從一千多次院會裡「會前準備、會中過程、會後處理等等，以及會議進行時的種種形形色色、點點滴滴」，信手拈來，皆與國史政情有關，若能以文學形式出之，豈不是一大美事。

又如他在《傳記文學》發表〈當初為何選他？〉說明了蔣經國總統提名李登輝為副總統候選人的經過，那就不只是「內幕新聞」，而是他親身所見李登輝之作偽善變，所以才挺身而出，為歷史作證，為經國先生辯白。

他不肯、不願多寫政治上的人與事。

他現在只想誠誠懇懇寫一本小說，寫一段心裡的記憶。

《寶枝》這本小說涉及的時空背景甚廣。時間上是從民國初年、軍閥混戰開始，經過對日抗戰、國共內戰，直到臺灣。空間則是由煙雨江南好風景，到漂泊東南天地間。從紅塵萬丈的夜上海，輾轉流亡到香港，最後到臺北安身。

故事的主角劉寶枝，是江蘇農家出身的童養媳。

作者在書中說明：「童養媳」三字是中國古代一種不平等的婚姻習俗，通常是把未成年的女孩，送養或賣到較為富裕的另一家庭，長大後與該家庭的兒子完婚成為夫妻。但因女孩出身卑微，從小就不被重視，童養媳始終處於次等地位。這種習俗最早在三國時代就有記載，往後相沿歷代都有，一直到二十世紀，中國許多地區仍然普遍存在。

據我所知，黃河上下，大江南北，童養媳確實是很普遍的現象，雖然法律上並未明文規定，但社會上「約定俗成」，模模糊糊地容許它的存在。

最近在報端偶然讀到一段小掌故，在臺灣新北市鶯歌鎮永昌里，有一處「媳婦泉」，泉水自一百多年前湧現，冬暖夏涼，是當地婦女經常聚會的所在。

據當地一位里長說：「鶯歌自一八〇五年開始發展陶瓷業。永昌里附近的黏土原料，宜於燒製磚瓦。許多家族遷來聚居，經營陶業。那些人家就帶來了不少童養媳。男性掘土製陶，童養媳浣衣洗菜、料理家務。本來遠到大漢溪取水，十分辛苦。後來平地發現這處泉水，就成為她們工作和談天之所。」

這處泉水原來稱為「新婦仔窟」，新婦仔即閩南語「童養媳」的意思。可知童養媳這種風習，早年從大陸傳來，曾在臺灣流行。

由於時代變化，社會進步，人權觀念發達，買賣婚姻式的童養媳大概不復存在，那「新婦仔窟」就變成了「媳婦泉」，如今仍是當地家庭婦女們喜愛的聚會所。

劉寶枝就是一個不幸的童養媳。幼年父母雙亡，家無恆產，由年邁的祖父撫養，日子實在過不下去，由好心的親友安排，以二佰銀元的身價，賣給當地富戶章家為童養媳。老有所終，幼有所養，解決了祖孫二人流離失所的困局。

但悲劇也由此開始。

照章家二老的計畫，寶枝將來要嫁給長子志安，因為他們看中寶枝性格溫淑穩重，容貌姣好，可以做一個大戶人家的掌門媳婦。志安的姊姊桐芳、弟弟志剛，都對寶枝十分友好。

可是，偏偏性情倔強的章志安，一個在城裡讀高中的青年，認為「自由戀愛」才是正當，對於父母包辦的婚姻無法接受。後來雖然在母親和奶媽的安排下，和寶枝圓房，但那大醉後的一夜風流，只留下了孽種，卻沒有半絲柔情。

寶枝對志安懷著「愛恨交加」的複雜感情。她內心把他當作「託以終身」的良人，但面對他一再的羞辱和絕情，惟有自嘆命薄，抱恨終身。

幸而養父母對她愛惜，長姊又對她多方鼓勵，她進入女子家政學校讀書，成績很好。從此打下的根柢，幫助她走出了不幸的陰霾。

她記起，她的好朋友李靜和張淑芳對她說過的話：「人生啊，下一秒可能就會見到你想不到的燦爛陽光。」有希望在前頭，天無絕人之路。

日本軍閥侵略中國，由東北而華北，由華北而江南。敵人的攻勢排山倒海而來，衝擊到每一個中國人的身上。寶枝逃難無門，投親不遇，經過種種挫折，因在旅途中看到報紙上的招考廣告，幸運地考入第三戰區司令部所屬的文康工作團。從某種意義來解釋，她也參加了抗戰工作。

在文康團裡，她接識了許多長官和朋友，像文康團團長齊國榮、教官羅福成、導演石磊；從不同角度欣賞她的潛力，發揮她的才能，使她從一個新進團員很快就成為舞臺上耀眼的新星。這些人都是她的「福星」。

更重要的是同時和她考進文康團的崔子希。崔子希戲劇學校畢業，有專業修養，人才出眾，和寶枝成為演劇時的男女主角。他們彼此惺惺相惜，日久情生，很可能成為一對人人稱羨的「戰地鴛鴦」。

然而，那是一個反常的時代，也是人性扭曲的時代。有的人會為了「利己」而不惜去損害他人。就在寶枝和子希的愛情進入高潮，計畫成婚的時候，發生了意外的變故。有人寫黑函密告，誣指寶枝有共諜嫌疑。上級認為情節嚴重，把她送進了軍人監獄。用現在說法，這是「白色恐怖」。雖然被誣告的那些「罪狀」，都是子虛烏有，全無證據，但案子卻拖在那兒，無法迅速了結。後來由於日軍逼近，國軍撤退，監獄中未決的嫌犯得到釋放。但寶枝和崔子希此後再也未能見面，生離猶如死別，成為她終身憾恨。

崔子希是她第一個真正愛過的男人，因為這一番刻骨銘心的愛，她幾乎無法再對任何一個人搧起愛的情苗。她寧願就此孤獨一生。

然而，命運的安排不是如此。當寶枝心如槁灰、走投無路的時候，遇到了好心人協助她由浙西轉往已經淪陷了的九江。九江是大商埠，有輪船可以回到上海。

上海也是淪陷區，是汪精衛偽政府那齣傀儡戲中最繁華的舞臺。為了粉飾太平，依然是燈紅酒綠，紙醉金迷，是一個貧富懸殊的「損不足以奉有餘」的生死場。

靠著在文康團裡接受培訓和演出的經驗，寶枝偶然重逢文康團裡的羅教官，由他輾轉介紹，層層甄選，她竟成為永安公司「七重天」舞場裡的駐場歌星。

那一段轉變的經過，十分曲折但合情入理，一個鄉下的童養媳，猶如麻雀變鳳凰；在紅塵亂世中引吭高歌，唱出了她的另一段燦亮的人生。雖然她自己並不喜歡這樣的生活，但處於當時的環境，她不得不走這條路。

這時候，出現了另一個男人：魏人傑。

這個人四十歲出頭，復旦大學畢業，是汪政權金融系統之中一個不大不小的紅員。他看中了寶枝的才華氣質，費盡心思多方接近，一步步贏得了她的好感。

他們兩人的交往，有些像張愛玲與胡蘭成的關係。不同的是，魏人傑缺乏胡蘭成巧言令色、文過飾非的本領；他早看出日本人必敗、汪精衛必垮的結局。他為了保護寶枝，把一座紗廠託付給她經營，也算是對她的一點交代。從這一點看，雖然都是漢奸，魏人傑比胡蘭成多少還有些人性。

抗戰勝利，魏人傑逃不過國法制裁。再過了幾年，共產黨席捲大陸，進了上海。寶枝面臨新的難局。

憑著她的機智和沉著，斷然接受羅教官建議，脫產求生，南下香港，過了一段難民生活，最後有機會來到臺灣。

備經顛沛之後的一個高潮，或說是反高潮，她在臺北竟和章志安重逢。他倆的最後結局，究竟是盡棄前嫌，破鏡重圓，還是相見不如不見，該請讀者從書中去尋求答案，我不宜多說。

劉寶枝的一生，走的都是坎坷崎嶇的道路。但她每臨絕境，總是會遇到好人，幫助她度過難關。這不能說全是因為「命運好」，而是因為她自己是善良的人，才會遇難成祥，時時有貴人相助，危機就是轉機。

舉兩個例子來看：

一度曾是她居停主人的周媽媽曾對寶枝說：「我們都看得出來，章志安對你很不好，他對不起你。可是你從來沒有抱怨，始終沒有講過他一句壞話。」寶枝除了在日記中自艾自怨，並不對任何人抱怨，這豈不正是中國人看重的「恕道」！

寶枝以童養媳的身分，自處不易，但她對養父母的恩惠，尤其是送她接受良好教育，使她能有自立自強的基礎，始終感念不忘。後來在流亡之際，還排除萬難，省視臥病的章太太，親侍湯藥，最後替她辦理喪葬後事。在那種兵荒馬亂的戰時環境中，養生送死，即使是親生兒女也不過如此。這不僅表現出中國人的孝道，更反映出「受人滴水之恩，當報湧泉」的深情。

祖詒先生九十七歲寫他生平第一本小說，他的筆法意境，與卡繆的《異鄉人》，或卡夫卡的《城堡》那一類作品自有不同。「世事洞明皆學問，人情練達即文章」，《寶枝》這本書的長處，與傳統小說一脈相承，書中曾提到民國初年風行一時的一本小說：曾孟樸的《孽海花》，從白描直敘中娓娓道來，正因作者洞明世事，練達人情，像文康團甄選新人的過程、歌臺舞榭選拔歌手的竅門，乃至於蚊帳裡捉蚊子而不及於亂的情景，都顯出作者的細膩風格。

在我們周邊，就在此時此地，我們親歷目睹許許多多千奇百怪、不可思議的悲劇。童養媳那樣的事大概很少了。但在千變萬化、人倫解紐的現代社會裡，讀了《寶枝》而能增厚一分恕道、感恩的人心愛意，為喧囂混亂、澆薄困惑的氛圍添加一分光明、一分溫暖，也就不辜負張祖詒先生老來伏案、辛苦經營的心血了。

《寶枝》是部極好的電影電視劇題材，如得李安那樣的高手導演，想必可轟動兩岸華人世界！

二〇一四年十月二十日　臺北至善廬

# 寶枝

## 目次

# 第一章　江南好

秋末冬初的江南，陣陣寒風，把黃葉吹落得滿地飛舞，顯得有些蕭瑟景象。倒是一排排丹橘樹，依舊碧綠成林，加上粒粒紅桔，點綴其間，把大地襯托出一絲春意，好像提醒人們，這兒就是江南。

微弱的冬陽，照著一位傴僂老人，手牽著一個小女孩，踟躕在鄉村道路上，長長的身影，緩緩的移動，不知該前進，還是該回頭，他們正在走向未知的命運。

「江南」是環繞太湖流域的一片大好平原。這兒土地肥沃，物產豐饒，歷史上一直稱之謂「魚米之鄉」。可以想像，江南得天獨厚，那兒的百姓生活富足，安居樂業，人畜興旺。

海虞距蘇州之北五十華里，又名常熟，像江南其他多數縣分一樣，以農漁為主要產業。不過顧名思義，託天時地理之福，這裡農產經常豐收，所以在唐朝天寶年間，就把縣名由海虞改為常熟，頗有視為米倉之意。

此地民風淳樸，敦厚勤勞。千餘年來，社會結構中的士、農、工、商，始終保持著祥和的群際關係，四維八德，更是守護著社會的綱紀倫常。直到太平天國的「長毛」之亂，一向和平寧靜的江南，受到前所未有的驚恐，長久安定的社會，開始有點動搖慌亂，一旦遇到飢荒，盜賊蠭起，人們開始學習如何自衛、如何防禦，互信的基礎，不再穩固。

到了民國肇建，大家有了新的希望，但是實在不幸，軍閥們各自據地稱雄，哪管老百姓的生活和幸福，為了爭城奪地，動不動就開槍打炮，興兵作戰。光是齊燮元和盧永祥兩個老軍閥，就在江浙兩省，打了兩年的仗，徵兵拉伕，農田荒蕪。接著又逢旱澇，平常安和樂利的美好江南，連連受到天災人禍的打擊，以往罕見的生離死別和妻離子散的辛酸故事，正在那個時代不斷展開。

劉貴是個忠厚務實的佃農，他的祖先從前清道光年間，就在常熟梅里鎮的鄉下，耕田務農，已有四代。梅里鎮是縣屬鄉鎮之中的一個大鎮，向有「東鄉十八鎮、梅里第一鎮」的美譽。居民約有二千多戶，大部分以農耕為業。劉貴家世代靠著收成繳納地租後的餘糧維生，到他身上，原想購買幾畝稻田成為自耕農，但積蓄不夠，所以仍是佃農身分。幸好他租田的地主姓章，是個善良東家，當他常因購買農具、或為添雇幫手、或是家中有人生病急需用錢時，章家都會貸借或讓他緩繳地租，東家和他的關係算是良好。

由於他母親早故，父親體弱多病，早把大部分耕作交給阿貴，並且給他娶了一房媳婦，姓王名彩彩。她雖不識幾個大字，但很識大體，很明事理，又很活潑能幹。過門之後，幫劉貴料理家務之外，也幫忙做些農務工作。她最喜歡踩水車，看到水從河邊經過水車的水漕灌到田裡時，就會高興地拉開嗓喉唱起山歌：

「水呀水，流呀流，流到田裡養稻禾。」她還喊著：

「阿貴、阿貴，你種田來我踩水，添個寶寶好過年。」

阿貴也就快樂得哈哈大笑，放下鋤頭，揮手答道：

「來來來，王彩彩，我來也。」

夫妻恩愛，看在鄰家農友眼裡，都說阿貴很有福氣。

果然婚後不到二年，彩彩懷孕了。小夫妻倆興高彩烈，報告父親。劉老爹當然滿意，盼望添個孫子，將來農田耕作，可以後繼有人。

彩彩看著腹部漸漸隆起，就問阿貴：

「你希望我生個男孩還是女孩？」

「當然是個男孩。」阿貴答道。

「為什麼？我可盼望有個女孩。」彩彩說。

阿貴覺得詫異，問道：

「男孩可以幫我耕田，你怎會盼望有個女孩？」

「因為女孩可以幫我做很多男孩不會做的事，作我的伙伴。」彩彩的想法顯然和傳統「重男輕女」的觀念不同，難怪要讓阿貴起了疑問，便道：

「你是在亂講，故意逗我。」

「我是說真的。」彩彩依然沒有改變想法。

「好吧，由老天爺作主。」阿貴無奈地答道。

自此以後，夫妻倆就不再談論生男生女問題，直到十月臨盆，助產婆給彩彩接生，「哇」的一聲，嬰孩出了娘胎，助產婆沒有道喜，卻說：

「好個縹緻烏（ㄚ）頭。」彩彩一聽笑道：

「快讓我看看。」表示滿足，也符合她的願望。

他們住的房屋，泥牆草頂，還是劉老爹年輕時向地主章家借地造屋蓋的，一排三間，居中寬敞較大的一間算是堂屋，東邊一間是阿貴爹娘居住，自娘過世以後，就爹一人獨住。西邊一間在阿貴成親後作為他們的新房。堂屋內放了一張長方形的木桌，另外有一張四方形的小桌，再加上幾個長條木凳，別無像樣的傢俱，只是靠牆堆置一些農具、簑衣、笠帽等雜物。屋後另有一間灶房，算是彩彩炊煮食物的廚房，就像一般農舍，沒有什麼特色。較為便利的是他們屋前不遠處有條小河，他們自己打造了一條小木船，作為唯一的交通工具，除了一條耕牛之外，是他家僅有的一項動產。

這天阿貴知道彩彩即將分娩，特地提早搖著小船回家，一進屋子，聽到產婆的話，是個「烏頭」，倒也並無失望，認為母女平安就好。但他爹從房內走到堂屋，聽說是個女孩，就逕自回房去了。

彩彩從產婆手中接過襁褓，仔細一瞧，立即笑瞇瞇說道：

「丙辰年生個龍女，果然美麗。」

阿貴在旁看著，只能附和著說：「好。」

從那以後，阿貴家中換了個氣氛，彩彩捧著孩子當寶貝，抱著哄著，一刻不離身邊，即使進廚房炊煮，或到河邊洗衣，也必把孩子用塊藍花方布，裹在背上或胸前，一面工作，一面跟孩子說話，似乎她倆已可對談，真的成了她生活中不可缺少的伴侶。

看著孩子一眠一寸地長大，彩彩滿心歡喜，母女親情越來越蜜，而孩子生來靈巧，不到半年，就能開口「伊伊呀呀」，好像要跟大人說話。一對小眼珠，轉來轉去，東張西望，還時時展開笑容，手舞足蹈，作高興狀，種種可愛模樣，讓彩彩樂不可支，連阿貴也覺得快樂無比，生個女兒沒有什麼不好。

「阿貴，想想看，你給孩子取個名字。」彩彩指著懷中的女兒說道。

「我還沒有想過，你給她取什麼名字我都同意。」阿貴答道。

「哪有做爹的不給孩子取名字？」彩彩追著再問。

「好吧，你把她當作寶貝，又在秋天出生，那就叫她秋寶。」阿貴終於說道。

「嗯，秋天的寶貝，還算不錯，只是涼快了一些。這樣吧，她是我們的寶貝，是從我身上這棵樹幹長出來的枝椏，就叫她『寶枝』，好嗎？」

彩彩這樣問，阿貴連聲說好，立即高興地答道：

「寶枝，寶枝，這個名字好聽，我們就給她取名為寶枝。」

隔不多久，就快過年了。阿貴家自從他媽病故以後，多年沒有像樣地好好過年，現在添了一個寶枝，彩彩希望過個好年。

「阿貴，今年我們家裡添了個囡囡，可不可以一家四口，過一個團團圓圓的好年？」彩彩這樣問著。

「好呀，不過要問爹是否樂意。」阿貴答。

於是阿貴和彩彩抱著寶枝來到爹的房間，其時老爹坐在一把竹椅上，拿著旱煙袋正要給煙管添裝煙絲，看見他們進來，嘴裡吐出一口煙霧，想要跟他們說話，一不小心，嗆了喉嚨，劇烈地咳了起來，阿貴立即上前替爹拍背，彩彩忙著遞上一杯茶水，給爹潤喉，過了二分鐘，老爹咳嗽停止，問道：

「阿貴，有什麼事麼？」

「爹，你好了嗎？還有不舒服嗎？」阿貴關心地問著。

「好啦，沒事，你們想說什麼就說罷！」爹緩緩地說道。

阿貴接著就說：

「爹，今年這年收成還不錯，繳了田租之後，大概還能剩下二十多石稻穀，明年下秧和家用的錢都夠了，現在又添了個囡囡，我們想今年大年夜晚，一家四口，吃個團圓年夜飯，同時祭拜祖先和媽，預祝來年再有個好年，您說好嗎？」

老爹聽了阿貴一大堆話，還未置可否，彩彩手中抱的寶枝卻先伊呀伊的發出聲來，一對烏溜溜的小眼珠看著爺爺，笑開了小嘴，還伸出小手，想摸爺爺的煙管，彩彩順勢就說：

「爹，看我們的小寶寶，也正等著和爺爺過新年哩！」

阿貴的爸終於開口說：「好罷！」

這年除夕夜的一頓團圓飯，有了多年未見的歡樂，彩彩準備了一些年菜，阿貴也暖了一小壺黃酒，陪著老爹喝了幾杯。最不同的是，寶枝帶來前所未有的歡欣，她的每一動態，每一表情，都給全家製造笑料，大大增加了過年的愉快氛圍，成了大家的開心果，連阿貴的爹也認真地喜愛了他的小孫女，還要彩彩把小孩讓他抱抱，而乖巧的寶枝，居然也就依偎在爺爺懷裡，讓老爹樂得笑個不停。

# 第二章　農家樂

一個少女的成長，充滿了青春的活力，天真無邪。

寶枝生在貧農家庭，但她童年早期卻生活在快樂之中，主要因她遺傳了她媽彩彩陽光型的性格，見人便笑，討人歡喜，受到寵愛。寶枝在劉家真是個寶，她在歡樂的日子裡成長。

當她三歲，就已顯得十分聰明伶俐。講話口齒清楚，叫聲「好爹」、「姆媽」，親親熱熱，喊聲「爺爺」，甜甜蜜蜜，讓全家都很高興。尤其她學會走路以後，就能學著大人的樣子，穩穩當當，從不跌跌撞撞，所以彩彩經常攜著她到田邊給阿貴送飯，或在水車旁陪著踩水，嘰嘰呱呱，唱幾句從村童那兒聽來的兒歌，真真成了彩彩的伙伴。

有一天，彩彩帶著寶枝到梅里鎮上購些雜物，經過一家販賣文具用品的店鋪，門口攤子上，放著幾疊用磚塊壓住的方塊字，寶枝停了腳步，對之發生興趣，想要伸手去拿，彩彩低下頭來問道：

「阿寶，你要什麼？」

「我要那一塊塊方的紙頭可以嗎？」寶枝向媽媽說。

「那是方塊字，是教孩子認字用的，你現在還小，要過兩年再買。」彩彩說。

「我現在就想學，可以嗎？」寶枝帶著請求的表情問她媽。

「可是媽也認不得很多字，無法教你。」彩彩答道。

「不要緊，還有爹和阿福哥可以教我。」寶枝說的阿福，就是小河對岸王家的大男孩，比寶枝大四歲，雖然隔了一條河，但有條小木橋可以往來。

「那就好罷。」彩彩答應，也就買了「人」、「手」、「足」、「刀」、「尺」等一百個方塊單字，寶枝高高興興拿著回家。

那天傍晚，劉貴扛著鋤頭、牽著牛回到家時，寶枝迎上前去，手上揚著方塊字說：

「爹，你看這個，我要開始認字，你說好嗎？」

「好，好。」劉貴開心地回答。

不出二個月，寶枝已把一百個單字背得滾瓜爛熟，吵著要再添買新的，於是這樣不斷增加，不到一年，寶枝就能開始學讀《千字文》，她的爺爺和爸媽滿意到幾乎認為，劉家將會出個女秀才。

那些年頭，江南連續三年豐收，農民們臉上都露出了笑容。鄉鎮盜賊事件顯然減少很多，農村生活看來一片祥和，佃農和地主間的關係隨之十分融洽，很少發生佃租糾紛，滿有承平世界的景象。

寶枝個性明朗，在那和平歲月的環境中成長，更是活潑玲瓏。不滿六歲，就上了村上新開的初等小學堂，知識進步很快，說話也懂分寸，一看便知是個乖巧的小女孩。加上她身子靈活，跳繩、踢毽子、打彈珠樣樣精通，在小學堂裡，成了一顆亮晶晶的小星星。

又一天，彩彩帶寶枝到鎮上採購零星雜物，順便給寶枝買了一包花生糖，回家時剛走出鎮上大街，有一條小黃狗，跟在寶枝後面，亦步亦趨，緊隨不捨。寶枝先有一點害怕，以為小狗嗅到手提的花生糖，想要搶食，於是就跟彩彩說：

「媽，狗狗想吃我的花生糖。」

彩彩原未注意到有條小狗一直跟在後面，所以就向寶枝問道：

「這條狗跟了我們很久嗎？」

「是的。」寶枝回答。

「那就把花生糖交給我吧。」彩彩說。

寶枝把那包花生糖遞給了媽，可是那條小狗依舊不肯離開，而且還和寶枝走得更近，顯得並無惡意，寶枝也就沒有懼怕，反而伸出小手摸摸狗的頸項和身軀，而小狗則喔、喔兩聲，搖搖尾巴，向寶枝做出友好的模樣，繼續碎步跟著前走，寶枝非常高興，望著彩彩說道：

「姆媽，狗狗一定沒有牠的家，所以一直跟著我們，那我就把牠帶回我們的家，可以嗎？」

彩彩低下頭來，看小狗長的樣子，全身亮亮的黃毛，夾雜一些小花斑，並不邋遢，就說：

「好罷，只要牠跟著我們不走，那就把牠帶回去吧。」

於是母女兩人，後面跟著一條小黃狗，約莫又走了半個多小時，回到家裡。

劉貴對於家裡添條小狗，雖然為了飼養會增加一些開支，但為數不多，倒也可以接納。不過爺爺卻怕小狗亂吠亂叫，吵了他的安寧，所以只說留牠一、二天看看再說。幸好那小狗不但不吵鬧，反而守護著他們的屋子，就像他們家的一份子，跟著寶枝進進出出，形同好友。於是給牠取了名字，叫做「小黃」，劉家成了一家五口。

劉貴幼年時有個玩伴，名叫何南，手藝非常精巧，幾塊泥巴，可以捏成幾隻小貓；幾塊木頭，可以做成一間小屋，劉貴對他十分佩服。但何南對農田耕種沒有興趣，因之長大之後，劉貴做了佃農，何南成了木匠，經常前往城裡打工，後來被城內章府雇為長工。

這章氏家族，在常熟縣內，雖還稱不上是名門世家，但在縣境內擁有良田千畝，當然是個地主。據說早在明末清初，章氏祖先為避戰亂，自中原一帶南遷，定居江南常熟，於東鄉柯村置產建屋，只以能夠安身立命為已足。直到咸同年間，因太平天國之亂，祖業幾乎不保。亂平之後，當時族人章孝江求田問舍，廣購田產，家業漸豐，並以「勤儉慎樸、耕讀傳家」，立為祖訓。

章孝江生有三子，均好讀書。大房長子之瑾於取得秀才後，並不熱衷功名，但嗜好收藏各代珍版書籍，把他的藏書樓名為「日照山莊」。二房次子之明，也勤讀詩書，他的兒子名蘭思，考中進士，並且欽點了翰林，選庶吉士，章家老宅因之掛上了「太史第」的匾額，所以要稱章家為望族，也不算誇大。長毛之亂後，鄉間不很寧靖，大房二房先後遷到常熟城內居住，只留三房兩個老傭守在舊宅。

那年寶枝八歲，還沒進過縣城，她爹劉貴正要進城向地主繳納佃租，同時也想看看好友何南，於是就對寶枝說：

「阿寶，想不想進城，爹帶你去見何叔叔好嗎？」

「阿寶要上學，不可以脫班脫課。」彩彩插嘴說。

寶枝聽了爹媽的話，卻開口說道：

「我喜歡進城，這個禮拜天休息，第二天是個什麼紀念日，學校要放假，所以我要跟爹一起進城。」

劉貴決定帶寶枝一同去到縣城，讓她長長見識，彩彩也表同意。

章家大房的住宅，位於縣城西區的倉前大街，坐北朝南，門前有一片空場，面臨琴川河，直通水西門，跨河有座西倉橋，過橋便是常熟縣立初級中學，地段甚好。

劉貴為了繳納地租，曾經來過幾次，所以熟門熟路，不久就到了章宅門口，這時寶枝卻停了腳步，緊握著劉貴的手，怯怯地說道：

「爹，我有點怕，我不想進去。」

「阿寶，你怕什麼？」劉貴覺得奇怪，問道。

「不知道，可是我就覺得怪怪的，我不敢進去。」寶枝答道。

「不用怕，他們是很好的人家，何南叔叔就在裡面，你不是很想看看他嗎？」阿貴一面說話，一面牽著寶枝的手向門裡走去，寶枝無奈跟著進去。

章府二扇大門，漆著大紅顏色，兩旁是一排磚牆，劉貴攜著寶枝跨過高高的門檻，進到門裡，門後靠牆是長長的廊屋，正面是一片天井，約有一丈進深，中央鋪了一條石塊步道，通往大廳。這時何南正在廳內工作，看到劉貴父女從天井過來，便放下手中的竹篩，走到廳前招呼：

「阿貴，你們來了，快快進來。」

大廳中間靠左，放了一張長方形的桌子，上面置有文房四寶——筆、墨、紙、硯，和一疊帳本，還有一把紅木製的算盤，每顆算盤珠發出亮亮的光彩，桌子後面坐著一位中年人，他是章府的帳房吳仁先生，桌子前面有兩個木凳，是給佃農繳租時坐著用的。

阿貴看到何南向他招呼，便即拉了寶枝加緊幾步，踏上廳前的青石臺階，走到廳內，但他手心還是感到寶枝有些畏縮，於是握得更緊一點，向何南說道：

「老何，我來啦，還帶著寶枝。」

何南一面接應，一面轉身向帳房先生說：

「吳先生，你認識的，他是梅里鎮的劉貴，請查看他的帳簿。」

吳先生帶上老花眼鏡，翻閱帳本，順便讓劉貴在桌前的凳子坐下。寶枝依偎在她爹身傍，正在舉目四望，看看章府的深宅大院，何南走上前來，低身撫著寶枝的肩膀，輕聲問道：

「阿寶，第一次進城，高興嗎？你長得更俏啦！」

「謝謝何叔叔，來城裡很高興。」寶枝答道。

正在講著，忽見廳後東邊的門打開，一個丫鬟說道：

「三太太來啦！」

於是大家起立，看著門後一位中年婦人，四平八穩，跨過門檻，進到廳來。

這位三太太是章家大房章之瑾的孫媳婦，自從章家由東鄉遷到縣城以來，之瑾依然沉醉於藏書，不時往書肆蒐購珍本。育有一子單傳，名為君硯，繼承父志，不求功名，也以藏書為樂。君硯二十成婚，娶妻王氏，初生一女，早夭。繼生三子，長子名元浩，清末留學日本，投身革命，不幸英年早逝。次子元亮，篤性純厚，飽讀詩書，好學不倦，東吳大學畢業後，在上海由革命元老蔡元培創辦的愛國女校執教。三子元弘，正在東吳大學就讀。

由於章君硯多病，家事悉由其妻王氏照料，王氏善理財，在她多年管理下，章家田產不斷增加，成為一方地主。可惜君硯和長子元浩，在不到三年內相繼去世，予王氏極大打擊，不願再管家事，而次子元亮和幼子元弘都不在家鄉，於是便把章家家務交由次媳李氏掌理。

照理，長子元浩遺孀趙氏尚在，按序應由長媳接掌家務，但趙氏於丈夫猝逝後，萬念俱灰，一心向佛，不問俗事，因之同意婆婆決定，讓她妯娌何氏掌管家務。至於傭僕們稱她為「三太太」，則因元亮出生時，上有一姊一兄，所以當時都稱他「三少爺」，之後元亮成親，大家就稱李氏為「三少奶奶」，再後王氏老夫人把家務交給「三少奶奶」掌管，傭僕們就改稱李氏為「三太太」。

這天三太太走進大廳，隨身丫鬟桂花端來一把靠背交椅，放在大廳中央，請三太太坐下，三太太一眼看到一個佃農身旁站著一個女孩，有點陌生，即便問道：

「這是誰家姑娘？」

何南立即趨前躬身答道：

「回三太太，這位姑娘是佃農劉貴的女兒，今天隨同她爹進城繳租，讓她見識見識縣城的風光。」

劉貴哈著腰，接著說：

「給三太太請安，這是我家女小囡，她叫寶枝。」同時拉著寶枝的手步向三太太前面，吩咐寶枝快向三太太請安。寶枝一鞠躬，說：

「三太太好。」

三太太從椅子微微側身，伸出右手，親切地把寶枝拉近身邊，對著寶枝的小臉說：

「嗯，讓我看看，阿寶長得還滿俏的，今年幾歲？」

「八歲。」寶枝怯怯地答。

「你認得字嗎？」三太太接著問。

「我現在上小學堂三年級了。」這次寶枝明快地答道。

「好，很好，那你能背書嗎？」三太太又問。

「我會背詩『空山新雨後，天氣晚來秋，明月松間照，清泉石上流』。」

寶枝感到三太太的溫情，心中沒了害怕，於是主動背了四句唐詩，倒讓三太太樂得哈哈大笑，還拍拍掌，便朝劉貴說：

「劉貴，你要給你女兒好好找個婆家。」

劉貴正和帳房先生核計田租，一聽三太太吩咐，連忙回答：

「謝謝三太太關心，將來要託三太太的福，嫁門好人家。」

世事真難料，誰也想不到，這幾句對話，卻為寶枝未來一生的命運，種下了根苗。

# 第三章　禍福無常

江南豐年好景，持續不過三年，又出現了槍桿逞凶的不幸時代。

齊燮元和盧永祥兩個軍閥，為了爭奪地盤，在江蘇和浙江兩省，興兵作戰，是「長毛之亂」以後五十年來江南地區首次遭到兵災之苦，戰火足足持續二年，雙方軍隊進進出出，齊走盧來，盧走齊來，不管誰勝誰敗，拉鋸式的你來我去，遭殃的是江南老百姓，就地供給糧餉不算，還要徵兵拉伕，一去無回，甚至搶劫擄掠，無所不為。因之江南百姓痛恨「齊盧之戰」甚於「長毛之亂」，因為他們認為「太平天國」至少打著反清旗號，而軍閥戰亂，發生在民國建立之後，讓民眾對國民革命喪失了信心，認是禍國殃民。

民眾信心的動搖，等於社會安定的動搖。加上兵燹後的瘟疫流行，年成歉收，使得那幾年全國最富庶的江南，成了惶惶不寧、栖栖不安的災區，地主和佃農同樣愁於收成遽減，士紳和平民同樣陷於恐慌，都不知要過什麼樣的日子，會有什麼樣的未來，只怕過去的昇平歡樂，永遠不再！

劉貴家除了和眾多黎民一樣陷於貧困之外，更不幸的連遭厄運打擊，至於崩潰。乙丑年間，彩彩於多年不孕之後，竟又懷了第二胎，原本是件喜事，卻因在田間踩水車時，不慎踏空，失足跌落河堤之下，受了重傷，影響胎盤，血流不止。阿貴迅即把妻子抱起，扶上小舟回家，急找產婆來看，斷定已經流產，經用草藥煎湯止血，服了三天的藥，無大效果，阿貴急得不知所措，倒是阿貴的爹說了話：

「快到鎮上找個大夫，能否請他來到村裡救救彩彩，順便經過四神廟，先去上香，求求神靈保佑。」

阿貴原有同樣想法，但恐付不起診費，不敢擅作主張，現在既然老爸提了，馬上答道：

「爹，我這就去請個醫生。」又對寶枝說：

「阿寶，你要好好陪在媽的身邊。」說罷立即出門趕路。

說到四神廟，是在梅里鎮東街的一座大廟，始建於明朝中葉，清初時重建，佔地一畝。廟宇為磚木結構，大殿粉牆黛瓦，氣勢軒昂，主殿三楹，正中神壇供奉劉、李、金、周四位尊神。主供的劉神是宋代一員猛將，據說金兀朮南侵時，他負責鎮守長江出口處，大敗金兵於東海，後人為了崇敬他的英勇，特為他立廟，塑金身，以供祭拜。祈求平安的善男信女無不感到神佑靈驗，故爾香火鼎盛。

劉貴因和廟內主供的劉神同姓，信仰格外虔誠，所以一到廟門，立刻進到神壇前上香跪拜，口中唸唸有詞，祈求神靈佑他妻子早日痊癒。祭拜完畢，就向廟祝打聽鎮上有何名醫。廟祝看他一副誠懇又緊急的模樣，便告他說：

「梅里鎮有位陳醫師，人稱神醫，而且仁心仁術，還樂善好施，貧病不收費用，所以也被稱為陳善人。我和他相熟，可以陪同你去央求，能否給你妻子治病。」

一聽此言，劉貴立即向廟祝打躬作揖，求他帶路去見陳醫師。

醫師診所距離不遠，就在對街。劉貴進得屋內，看到一位長者，慈眉善目，正替一個病人把脈，又叫病人張嘴，仔細察看喉嚨和舌苔，一望便知是位良醫。等到那個病人看診完畢，廟祝上前向陳醫師說明緣由，醫師便問劉貴，他妻子年齡和病情，劉貴一一據實以告。醫師聽了，沉凝一會之後，說道：

「聽來你妻子的病情不輕，而且耽誤了幾天還在出血，更增加了危險性，是否能救，我可以看她一下，但我已年邁，走不動那好幾里路，而你妻子現在又不應走動，這倒是個難題。」

廟祝是個熱心人，立刻接著說道：

「大夫，沒有問題，我可以雇兩個轎伕，抬一頂轎，請大夫坐轎前去，可以嗎？」

陳醫師很快答道：「好。」

劉貴聽了廟祝的話和醫生的首肯，深深感到人情的溫暖，尤其在這兵荒馬亂的年頭，人人自顧不暇，而竟有這兩位素不相識的大好人，那麼善良，願意幫助，一股無比的溫馨，讓他感激涕零，哽咽地忙不迭向醫師和廟祝鞠躬致謝，同時向廟祝悄悄問道：

「老哥，真是感激不盡，這來回的轎費，自當由我照費，但不知診費多少，三斗米夠嗎？」

不料竟被陳善人聽到，回頭對著阿貴微笑地說：

「我看你是很忠厚的莊稼人，家境大概不會太好，所以不用操心，這次診費全部免了。走罷。」

於是劉貴又再三叩謝，廟祝雇的轎子和轎伕不久來到，陳醫師收拾了一些診病用具和他的老花眼鏡，一併裝在一個小布包內，坐上轎子，由阿貴帶路，去那小村劉家。

寶枝和爺爺在家等候，直到小黃汪汪吠叫，寶枝立即走到門口一看，果然她爸陪著一頂轎子，正向家裡走來，便向屋裡喊著：

「爺爺，救星來啦！」

醫師進到彩彩房內，阿貴馬上拿把凳子，請醫師在彩彩床前坐下，寶枝和她爹站在兩旁，爺爺坐在堂屋等候，全家焦急的神情，都掛在臉上。

這位被稱為神醫的陳大夫，仔細觀看病人，臉面蒼白，全無血色，心想病情果然不輕。再伸手搭著病人脈搏，更吃一驚，只覺病人脈象極為微弱，同時觀察鼻息，已經氣若游絲，幾乎瀕臨虛脫地步，當即微微搖頭，沉重地嘆了一聲：「難，難！」

阿貴情知不妙，請大夫在堂屋坐定，祖孫三人圍著大夫聽他說話，那醫師繼續搖著他微禿的頭，說道：

「病人失血太多，身子極度虛弱，此刻已經難進大補，姑且開一方子，試試給她止血補氣，阿貴，你跟我馬上回到鎮上，按方抓藥，回來用慢火煎成一碗，餵她服用，能否挽救，只看她的造化了。」

這時劉家氣氛原已十分緊張，聽了大夫的話，更是驚惶失措，還是大夫催著阿貴趕快動身去到鎮上兌藥，速去速回。等到阿貴回家，馬上遵照大夫指示，煎妥湯藥，親自端著藥碗，用湯匙把藥送到彩彩嘴邊，想餵她慢慢喝下，哪知彩彩牙關緊閉，連續三次，湯藥大半潑在嘴外，根本無法餵進口裡，阿貴急得連呼彩彩名字，而彩彩已經不省人事，再過幾分鐘，竟然呼吸停止，迅即斷氣，撒手人寰。寶枝放聲大哭，狂喊媽媽，阿貴昏倒在地，爺爺坐在堂屋，流淚不止。劉家陷入一片哀號，悲痛欲絕。

江南地區受盡了齊盧之戰的摧殘，民間的疾苦和傷害，難以估計，終以齊軍得到另一軍閥孫傳芳的支持，把盧軍徹底打敗，盧永祥逃亡日本，戰火停息。江南人民盼望的平安日子總算可以來到。

不幸，天不從人願，劉貴家的厄運，並未隨停戰而消逝，而且反受戰火的餘殃，禍不單行，把他一家打擊得家破人亡，完全崩潰。

劉貴喪妻之痛，讓他意志消沉，精神頹廢，連他平日耕種作業都變得異常懶散。他爹勸他振作，女兒寶枝為他憂心，時常蹺課回家陪伴父親解愁。有一天，阿貴心情鬱卒，牽著狗狗小黃隨意蹓躂蹓躂。其時戰爭雖停，散兵游勇，還到處滋事，當阿貴走到靠近鎮上的一座農莊附近，裡邊駐紮一批不知番號、不知哪方的雜牌軍隊，他一時尿急，就把小黃拴在路旁一棵樹上，自去找個牆角小解，等到便完回來，卻不見了小黃，心想牠是寶枝的寵物，不能丟失，於是連連喊著「小黃、小黃」，四處尋找，不見蹤影。轉了幾圈，靠近農莊的那個軍營時，突然發現有幾個士兵，已把小黃抓去宰了，正在烹煮香肉，阿貴大怒，走上前去理論，但那些丘八，不僅沒有歉意，反而斥罵劉貴，命他滾開。阿貴一時性起，出手打了阿兵哥一個巴掌，發生激烈衝突，裡面走出一個軍頭模樣的大漢，身上備有木殼槍，不問情由，拔槍對著劉貴頭部，轟隆一聲，劉貴當場斃命，倒在街頭，血流滿地。

出了人命大事，梅里鎮的居民圍上前來看個究竟，不一會兒，圍觀民眾越聚越多，地保和鎮長也都來到，走進營地，找到裡面的官長，要求交出殺人的凶手，送到縣衙治罪。有個衣領上佩有一顆三角標誌的軍官，胸前還有名牌叫「周萬富」，是個少尉，一看情況不妙，知道眾怒難犯，只好虛與委蛇的答稱：

「請大家息怒，待我查明經過，明天一早，一定給大家一個交代。現在先請大家回去，屍體要儘早抬走安置，煩請鎮長處理。」

善良的民眾聽到那位軍官的說法，覺得還有負責的樣子，便和地保、鎮長等簇簇商議，認為可以同意那軍官的處置，先把劉貴遺體，抬到鎮公所，等候明日再議。群眾漸漸散去。

哪知次日清晨，群眾回到現場，發現那部隊已經連夜開拔，全部撤走，所有人馬車輛，俱已不知去向，鎮長和鎮民方知受騙、受辱，群情憤慨，達於極點，決定告向縣城官裡。

劉貴的爹和女兒寶枝，在家守候，不知大禍已經臨頭，半夜有人緊急敲門，是鎮公所的幹事，提著燈籠前來通報說：

「劉貴今天下午被軍營士兵開槍打死，你們快快隨我去到鎮上，商量料理後事。」

劉老頭一聽之下，當場昏倒，寶枝號啕大哭，那位鎮幹事急忙先給老頭掐人中，喚醒過來後，囑寶枝過來扶著爺爺，不要讓他跌倒。一陣慌亂，幹事簡單說明禍事發生經過，祖孫二人，一老一小，哪有主意，只能央求幹事作主。幸而這位幹事，富有同情心，也樂於助人，立即決定，讓祖孫二人撿幾件阿貴所穿比較整潔的衣服和鞋帽，用布包好，帶在身邊，以便入殮時穿用，即刻啟程，於天明前趕到鎮公所，靜候鎮長和鎮上鄉紳們共商善後處理。

劉家這年厄運連連，一年之內，兒媳雙亡，劉老頭痛不欲生，看著孫女年幼，不知以後怎樣度日。到得鎮上，只見眾多鎮民，聚在鎮公所前，議論紛紛，看到劉貴父親攜同孫女來到，連忙讓出道路，使他們進到屋內。堂上鎮長和鄉紳們包括那位陳善人醫師正在商議後事。眾意第一先給劉貴入殮安葬；第二由鎮公所及諸鄉紳聯名具狀縣府，控告那位周姓排長和那舉槍殺人的凶手；第三籌劃撫卹劉家祖孫二人的安養。

商議既定，劉老頭驚惶過度，不知所措，於是大家把議決各點一一告知，劉老頭除了感謝之外，只說全仗諸位鄉親照料協助，劉家祖孫，永世不忘。

實際上，除了劉貴的殮葬由鎮公所辦妥之外，狀告軍方雖然如議進行，但狀子遞到縣衙，就如同石沉大海。一因狀子並未陳明惹禍部隊番號，無從追查。究其實在，這不過是個推托之詞，主因還在縣衙不想得罪軍閥，哪敢認真追查。不久之後，案子等於不了了之。至於集資撫卹老弱，最後也以年成不好，捐助者為數有限，根本無濟於事。

一條人命，如同一條狗命，在那亂世年代，原本不算稀罕的事。就像劉家那樣連遭巨禍、生活瀕臨絕境，也是眾多不幸中的常事。可是有一個好人，城內章府長工何南，得悉此事之後，十分驚駭；覺得此刻不伸援手，更待何時。於是立即向三太太報告，獲得允許，帶了些許銀錢和食物，趕往梅里鄉下探視。

劉老頭見到何南，知道他是阿貴童年的玩伴，頓時老淚縱橫，泣不成聲，不知從何說起。寶枝原應上學，還有個把月就可初小畢業，只因家庭遽遭變故，為要伴著爺爺怕有意外，所以連續多天未去學校，現在何南叔叔來家，也覺如見親爹，立即撲向他的懷中，希望能在冷酷的現實中，得到一些溫暖。

何南在劉家停留了三天，儘量說些安慰的話，平撫劉老爹喪子之痛，也想著他們的生活怎樣著落。這天，趁寶枝去了學校，很慎重的對劉老爹說：

「老爹，我有一個主意，說出來你不要見怪。」

「不要緊，你儘管說，我知道你一定是好意。」劉老頭倒是很平穩地回答。

於是何南繼續說：

「寶枝長得不錯，也很會讀書，早晚總要找個人家出嫁。我看章府志安大少爺還未定親，我時常和他說話，挺有趣的，如果八字相合，倒蠻配的。」

劉老爹聽了，連忙搖頭答道：

「千萬不可，我家寶枝怎能那樣高攀，而且她年紀還小，提婚事還早，使不得，使不得。」

「噢，我的意思不是現在就要婚嫁，而是先把寶枝給章家做童養媳婦，由章家去培植她升學讀書，不致埋沒她的天分，又可過點好日子。等他們成年以後，再行成婚，而老爹也可得到一筆生活費用，豈不面面都好？」何南作了進一步的解說。

劉老爹半晌沒有說話，然後慢慢地答道：

「這事讓我跟阿寶好好商量，再看著辦罷。」

「童養媳」三字，是中國古代一種不平等的婚姻習俗，通常是把未成年的女孩送養或賣到較為富裕的另一個家庭，長大後與該家庭的兒子完婚，成為夫妻。但因女孩出身卑微，從小就不被重視，童養媳始終處於次等地位。這種習俗，最早在三國時代就有記載，以後相沿，歷代都有。一直到二十世紀，中國許多地區仍然普遍存在，江南也是其中之一。原因是女兒遲早總要出嫁，由於貧富差距，對貧窮人家而言，早點把女兒送養，可以免掉嫁粧，還可得到名為聘禮的一筆錢財，自然談不到什麼平等的問題。

劉老爹一聽何南提到「童養媳」三字，立即產生要把孫女出賣的罪惡感，所以遲遲不能作答。但是跟著想到，寶枝未來生活和升學讀書，都是難題，他又無力供養，因之又不能一口拒絕，只能緩衝地說，要和寶枝慢慢商量。何南完全理解，也就接著表示要回去稟報三太太才能算數。

正巧此時寶枝從學校回家，看到何南叔叔準備離去，便依依不捨送他出門，何南又一再囑咐寶枝好好照顧爺爺。

寶枝進到屋內，注意到爺爺有些神色不定的樣子，便問道：

「爺爺，何叔叔跟爺爺說了些什麼？」

「沒有講什麼。」劉老頭順口敷衍回答。

「一定有，我看得出來，你們一定有講什麼，請爺爺告訴我，不然我會一直要問。」寶枝相當堅持逼著爺爺作答。

劉老頭抓著腦袋，想想這事早晚要和孫女商量，也就不用迴避，便把何南跟他說的事情重複給寶枝講了一遍，並且說道：

「阿寶，這事不過隨便談談而已，你不必當真。」

沒想到寶枝真是一個早熟懂事的孩子，竟然安慰著爺爺說：

「爺爺，我知道你是為我著想，要為我好，我不會怪你，可是我要一輩子陪著爺爺，不離開你。」

劉老頭摟著寶枝傷感地說：

「爺爺當然捨不得，這事我們現在不談吧。」

一個不滿十歲的小女孩，父母雙亡，已經飽嘗人世悲楚，現在又開始要對自己的命運懷憂，她不懂什麼叫做童養媳？那是個什麼身分？將有怎樣的人生？她無解，也無力做任何抗拒，或有任何想法。

何南回到城裡，就把看到劉家的狀況，一一向三太太稟報，最後也把他對劉寶枝做童養媳的意見作了一番敘述。二太太仔細傾聽，也不時發出同情的嘆息。

三太太精明能幹，處事合情合理，待人十分周到，還經常約請姑奶奶、舅婆婆等親戚長輩女眷，來家打打麻將，飲食招待，殷勤備至，極得人緣，所以上下內外，人人都覺得三太太為人親切，對她格外尊重。連平日和章府購物往來的商號，一有新貨，就會拿著樣品，送到章府給三太太選購，而三太太總是出手大方，不教店鋪失望。三太太給人的印象，是個明理、豁達、又賢慧的大家庭主婦。

章元亮夫婦結婚已十八年，生有一女二子，長女名桐芬，長得端莊美麗，秀外慧中，一副大家閨秀模樣，極得父母寵愛，視為掌上明珠。大兒子名志安，小桐姊三歲，個性倔強，有桀驁不馴的傾向，所以給他取名志安，望他安定。次子志剛，又小三歲，個性正好和他兄長相反，對人對事，溫和理性，所以給他取名志剛，望他稍趨剛強。

這天三太太聽了何南的報告，憐憫之心，油然而生，想起她曾囑咐過劉貴，「要給寶枝好好找個婆家」，如今寶枝孤苦伶仃，心有戚戚。想了一會，開口問何南道：

「那個名叫寶枝的小女孩，上次我見過她，挺可愛的，今年她幾歲啦？」

「她快滿十歲，真是怪可憐的。」何南答道。

「我是挺喜歡她的，不過這件事我現在作不了主，要看三老爺怎麼說，才能算數。還有我家安寶這個孩子，倔強彆扭，他是否願意，也很難說。」三太太嘆口氣說道。

「三太太說得是，就等三老爺回來時再商量罷。」何南答道。

何南在章府做長工已有多年，忠厚誠實，很得章家信任，所以三太太接著說：「謝謝你。」

章志安現在就讀常熟孝友中學初三，隔年就要畢業。他在學校出名是個搗亂學生，不是和同學打架，就是和老師抬槓，校方對他十分頭痛，好在他不久就要畢業，也就不再多加管束，反倒省掉一些麻煩。

中秋節前夕，章元亮從上海回家過節。依照習俗，入晚後在庭院中央，設置香案，鋪上繡花紅色桌圍，桌上放著四色果盤，再加上一盤月餅，兩邊燃燒兩支大紅蠟燭，中間一鐔香爐，裡面焚著檀香，煙霧繚繞，很有節慶氣氛。

這夜皓月當空，天朗氣清，只見少數幾顆星星，晶亮閃耀，在和月亮爭輝，一陣秋風吹來，略有涼意。章家三老爺和三太太率領三個子女，手中各持三支清香，在香案前對著上蒼禮拜祈福，然後把香插入爐內。家中幾個傭僕，接著上香拜拜，算是禮成。三太太各分一個月餅，配上香茗清茶，皆大歡喜，象徵團圓。

蘇東坡曾問「明月幾時有？」，當然只有在中秋！

拜天禮完畢，除了志安溜出大門去玩之外，其餘都在中間客堂坐下品茗，這天章三老爺心情愉快，於品茶賞月之外，還和大家閒談家常。三太太胸中原有一件心事想和元亮商量，於是說道：

「好，我們今晚大事小事都可講講。」

三老爺最關心女兒桐芬，她已經初中畢業，個性嫻靜，不想到外地升學，只想跟著母親學習刺繡、縫紉和廚藝等家務手藝，也喜歡在家看看小說、學習書法、寫寫日記，日子過得比較愜意。因之她爹用一副疼愛的口氣，對著她說道：

「桐寶，你學了很多本事，多才多藝，將來我和你媽怎麼捨得把你嫁出去。」

「爹說得好，我哪有多才多藝，只是跟姆媽學得一些皮毛而已。」桐芬靦靦地答道。

三太太接著說道：

「桐寶樣樣都好，人家搶著要來提親的多著呢。她是我們唯一的大小姐，真是捨不得太早出嫁。眼前倒是另外有樁親事，等著老爺作個主意。」

三老爺聽了著實一愣，立即問道：

「還有什麼哪椿親事？」

三太太便把劉貴家發生變故的事，講了一遍之後說道：

「那寶枝孩子，真是可憐，但又真可愛，如果能把她領養過來，做我家童養媳，將來做我家大媳婦，現在又可幫劉家渡過難關，倒是添福積德的事，老爺你看怎樣？」

三老爺仔細聽著，顯然也表同情，但並未馬上同意。他說：

「志安年紀還小，現在不必談他的婚事，而且他性格倔強，他是否願意先有個童養媳，也還難說。」

三太太再又接著表示：

「那寶枝確實是個好女孩，她和安寶現在當然都還沒到結婚年齡，所以我想先把她領過來，一方面讓她讀點書，早點確定她將來是我們家的兒媳婦，另方面我們送一份聘禮，讓劉家老頭晚年生活有個著落。」

這時在邊上的奶媽薛嫂走上前來說話：

「三老爺、三太太，我聽到你們的講話，安寶從小就不聽大人的話，將來如果有個老婆，能給他點約束也是好事。不過事前最好給他說個清楚，否則他的脾氣發作，來個全不認帳，讓人家女孩受委屈，也不公道。」

薛嫂是章府專用裁縫師傅薛二的妻子，章家大小平時穿用的短襖長褲、厚薄衣衫都由薛二裁製。那年志安出生，薛二的妻子正好也添了個孩子，而且奶水充足，三太太就把薛嫂請了過來，做了志安的奶媽。之後十多年來，一直留在章家，照顧志安，兼掌司廚，所以她有資格插嘴說話，三老爺和三太太都不會責怪。

三太太接著補充說道：

「再過二、三年，桐寶總要出嫁，現在領養寶枝，可以接替做我的幫手，也不失為是個很好安排。」此話聽來頗有道理，但沒有把孩子們的意願放在首位，自然有欠妥當。

三老爺一時未置可否，只說：

「待我考慮考慮，也要看看安寶的意思，再做決定。」

這事就此暫且擱置。

那邊劉老頭先把一隻耕牛和一條小舟賣掉，獲得二十塊銀元，也退還了農佃租契，眼前生活暫可應付。寶枝初小畢業，不再升學，整天只是陪著爺爺，二人相依為命，坐吃山空，前途一片茫然。

二、三個月過去了，三太太沒有忘記劉家的困苦，尤其想念著寶枝，所以又把何南找來，派他去梅里鄉下，看看劉家的境況。

何南明白三太太的意思，去到劉家，只見兩扇板門一開一閉，門前那隻小黃狗不見了，平時拴在河邊樹下的水牛也沒啦，靜悄無一點聲音，他推著半掩的門，踏進屋裡，看見劉老頭倚在桌邊打盹，寶枝偎在爺爺身旁，見到何叔叔，立即站起說：

「何叔叔，你好。」

老頭聽到，馬上醒了過來，招呼何南坐下，說：

「謝謝你又來看我們。」

何南抬眼四下一瞄，看那灶房冷冷清清，顯然沒有燒鍋煮飯，便問寶枝：

「你們今天吃飯沒有？」

「沒有。」寶枝搖頭回答。

「你們家裡沒有米嗎？」何南再問。

「不是，米缸裡倒還有些米，爺爺沒有胃口，不想吃飯，我就吃了一些剩下的冷飯，還有兩條蘿蔔乾，也就飽啦。」寶枝回答。

何南聽了一陣心酸，一邊摸著藍布包內帶來的烘片糕遞給寶枝說道：

「乖，你先吃幾片糕。」一邊又跟老頭說：「老爹，你身子還好嗎？三太太不放心，要我來看看你們。你大概明白三太太的意思了吧？我說老爹，為了你生活著想，更為了寶枝的將來著想，上次談到章府要收寶枝做童養媳的事，你有沒有再多想想？」

劉老頭張大雙眼，嘆了一聲，答道：

「何南，我怎能不想，我是想了又想，實在捨不得呀。萬一阿寶受了委屈，怕誤她一生，對不起阿貴和彩彩，我擔當不起啊！」

何南深受感動，而寶枝卻失聲哭了起來，一面拭淚，一面說道：

「爺爺，我捨不得離開你，更捨不得爺爺為我痛苦煩惱，但我會照著爺爺的意思去做，吃苦受罪，我都不怕，只要爺爺過得好，再難的事，我都能扛，何叔叔你說對嗎？」

寶枝深明事理，而且勇於承擔自己命運的休咎，讓何南動容，為之落淚，立即說道：

「寶枝真是個懂事的好孩子。老爹，我看這事就讓我去稟報三太太，早些做出決定。以三太太一向做人的厚道，我想她絕不會虧待寶枝，你覺得可以嗎？」

劉老爹微微點頭，表示同意。寶枝也用她的小手，緊握何叔叔的胳臂，等於是默許。

何南離開之後，寶枝依偎爺爺身旁，靠得更加緊密。她不知道自己有多大能力，但她一心希望爺爺要過好的日子。她看著爺爺沒有表情的臉，心頭有點沉重，又看著天色將晚，趕忙去把一隻鐵製淺碟，倒進一些菜油，用兩根通草做燈芯，再用兩塊石片互擊，發出火花，點燃了菜油燈，發出微弱的光亮。這些從她媽媽學到的一點小小本事，做得十分熟練，看在爺爺眼裡，格外疼惜。而這時寶枝又很貼心地問道：

「爺爺，你餓了吧，我去把剩下的冷飯，加水燒一鍋熱粥當做晚飯，可以嗎？」

爺爺點點頭，感到孫女的孝心，拍拍寶枝的背，說：

「好，阿寶，謝謝你。」

一鍋熱粥，加上一碟醃菜，幾根醬蘿蔔，祖孫二人吃完了晚飯，寶枝收拾停當，已是酉時三刻，她伺候爺爺就寢，回到自己臥房休息，腦袋卻不停地在想。

她才十歲，父母雙亡，是否自己命運不祥，現在又要面臨不得不做一個抉擇，對她小小心靈來說，真是一個極大難題，到底該不該去章家當童養媳？她實在還太年幼，真不知如何是好。於是她想起，曾經陪媽到過四神廟，看過媽在神佛前跪拜的樣子，她就雙手合十，在床前跪下，閉著眼喃喃地說：

「菩薩，求你保佑爺爺健康，求你讓我爹媽在天上好好安息，也求你幫我作主，讓我去到一個新家，繼續上學讀書，保佑我平安。」

她沒有哭泣，沒有流淚，虔誠祈求，再對著門外夜空，拜了三下，然後關門回房入睡。

可憐又可愛的寶枝，無人可以求助，只能求助上蒼，於是作了她生命中第一次少女的祈禱。

# 第四章　婚契賣身

一個無辜、無邪弱女子的命運，正被一隻看不見的手綑綁、操控，正要走向一條崎嶇坎坷的人生道路。

何南向劉老頭要了寶枝的生辰八字，回到城裡，把劉家祖孫的境況和態度，一一向三太太稟報之後，說：

「三太太，我看這樁事大半可以成功，也是積德的事，最好早點決定，早點完成。」

三太太便說：

「再過十來天，三老爺生日，他會回來，到時等他做了決定，你就趕快通知劉老頭。還有，你要先把志安和寶枝二人的八字，拿到南門外壇上那個趙半仙，請他看看是否相配。」

何南連聲說「是」。

這年章元亮實際年齡還不到四十，不過他嘴上留了一撮小鬍髭，看起來像有四十開外。他在上海的愛國女校執教，兼授國文、英文兩課，是位學力深厚，深受學生敬重的好老師。這次回家過生日，三太太特別把領寶枝為童養媳的事，認為是章家的大事，要留給三老爺做決定，也可算是送他生日的一件禮物。

那天章元亮回到家中，心情愉快，三太太便對他說：

「前幾月談過佃農劉貴家連遭災難，留下一個小女孩，我見過她，乖巧伶俐，非常可愛，所以想把她領過來做童養媳的事，我想早點決定，不知你以為如何？」

三老爺上次聽過此事，當時未做決定，後來想過，認為兒女婚姻應由父母作主，原則上並無不妥，所以答道：

「好吧，可以這麼辦，等今晚安寶回家一起用餐時，我來告知他就好啦。」

其實章元亮受過現代教育，當然知道所謂「婚姻自主」、「戀愛自由」的新思潮，只因他信任三太太的選擇，既然劉寶枝是個好女孩，將來是個好媳婦，也是安寶的福氣，就算是父母之命，也不能看作婚姻專制，所以他同意作正面的決定。他也認為志安應該懂得父母的愛心，不致抗命。這在舊社會的倫理觀念下，本屬應然的思維，無可厚非。

晚餐菜餚豐盛，並有溫熱的黃酒助興，除了元亮夫婦和二子一女之外，還有三太太娘家的舅兄舅嫂、姨妹和妹夫，和帳房吳先生等圍坐一桌，共祝元亮生日快樂，正當酒酣耳熱之際，元亮舉杯說：

「今天是我生日，也要告訴大家一件喜事，我們章家要給志安訂親，是個極好的女孩，姓劉。不過現在他們都還年輕，所以要把小媳婦領養過來，等他們成年之後再成親，願他們有福。」

大家正要舉杯祝賀，女兒桐芬首先說話：

「這真是我們章家的一件喜事，恭喜安弟好福氣，將有一位賢內助。」

三太太面帶笑容，似乎做對了一件好事。大家的視線也對著志安，認為他必非常高興，卻不料志安大聲地說：

「我不要！」而且站起身來憤然離席，口中還喊著：

「我不要！」

元亮帶著三分酒意和七分怒意，立即喝道：

「給我站住！」

志安一驚，他從未聽過他爹這樣嚴厲的吼聲，立即停止了腳步，回頭又說：

「我不要童養媳，我不要她。」

三老爺真的發怒了，再大聲斥責：

「你在眾多長輩面前，膽敢如此放肆，給我跪下。我告訴你，自古以來，婚姻都是父母之命，你敢抗命，就是忤逆不孝。」

頃刻之間，誰也沒有料到，場面弄得如此糟糕，於是舅媽姨媽等長輩紛紛起身，一面拉住志安，說好說歹，要他向父母陪罪，一面勸說元亮息怒。三太太和奶媽知道志安倔強，對他施壓愈大，反抗愈大，所以奶媽迅即走到志安面前輕聲說道：

「安寶，你不能對老爺這樣無禮，爹媽一切都是為著你好，你要先給爹認罪。我保證你一定有個好媳婦，那個劉家小女孩，實在是個好姑娘，你還沒有見過她，怎可胡亂反對，惹爹生氣。快去對爹說，你錯了。」

這個志安反抗成性，長輩說的話就是不聽，但對奶媽的話，倒是一向都很順從。此時奶媽又把志安拉到窗邊，進一步又說：

「安寶，我的小祖宗，你不能這樣任性。我提醒你，三老爺和三太太費盡心思，給你找了一個好媳婦，提早過門，只是讓你們培養感情，有什麼不好。你連那位姑娘長得怎樣，還沒見過，就吵著說『不要』，鬧得全家不寧，奶媽心疼你背上不孝的罪名，還丟掉一個好老婆，實在太笨。來，我陪你向老爺道歉，認個不是。以後你有什麼不滿，先跟我說，我來替你出主意。」

奶媽的這一番話，讓志安的叛逆態度稍趨軟化，勉強跟著奶媽回到餐桌邊上，向爸媽一鞠躬說「對不起」，總算暫時化開了僵局。但他依舊沒有表示，接受父母安排，娶劉家女孩為妻。

志安心裡想的，當然仍是新青年們所謂的「自由戀愛」和「婚姻自主」，如果放棄抗爭，等於放棄自由。「不自由，毋寧死」的口號，依然在他腦際盪漾。他認為向父母陪罪，是為他的態度認錯，並不代表同意那樁婚事，因之，他覺得拒絕接受不自由的婚姻，乃是他不變的基本立場，不能動搖。至於父母安排認領童養媳，那是他們的事，與他無關。可嘆的是，他這幼稚又矛盾的心態，卻給一個無辜又純潔的女孩，導致一生的坎坷和不幸。

晚餐時的鬧劇，雖然風波暫息，並不表示問題已經解決。顯然章氏夫婦並非不知兒子的思想和性格，只是他們認為，他們已給兒子做了正確的決定。實則隨著這一錯誤的判斷，相繼產生了後續許多不幸的發展。

第二天，三太太召來何南問道：

「趙半仙看了二人的八字，結果怎樣？」

「半仙批的命盤，說二人的八字不算配得很好，將來會聚少離多，如果做點功德，或可化解。」何南答道。

「那好，做功德的事，就交給你辦。」三太太對著何南吩咐，一方面又把帳房吳先生請來，當面交代說：

「吳先生，請你準備一份領童養媳的契約書，還要預備二佰銀元現大洋，用紅絲線封裝成四個紅包，作為聘禮之用。」

吳先生知道要給志安少爺領童養媳的事已成定局，所以回答：

「是，馬上準備。」

最後，三太太轉身，再對何南說：

「你這二天可去梅里鄉下，告知劉老頭，選個過門的好日子，帶領寶枝來我們家，辦好過養的事，完成他孫女的終身大事。」

「是。」何南立即回答。

三太太囑咐完畢，走到女兒桐芬房內，想和女兒聊天，見到桐芬正在看書，便先發問：

「桐寶，昨晚你怎會首先說話，對劉家女孩表示歡迎？」

「姆媽，我知道你和爹的用心，要給安弟娶房好媳婦。劉寶枝既然是個好女孩，她家又遭受苦難，提早把她接過領養，當然是樁好事。同時我還可以有個好伴，我怎不高興。姆媽，你做得對。」桐芬回答。

三太太為了這件事，操心了幾個月，一直擔憂安兒的不合作，果然有了波折。現在雖然決定進行，但仍不能確定安兒是否就範，有些心力交瘁。此刻聽了桐芬的話，稍稍感到寬慰，舒了一口氣，說道：

「好吧，但願如你所說。」

隔了兩天，何南回報，劉家祖孫在月底之前一定可以過來，三太太接著問道：

「有沒有定好日子？」

「就在這個月的二十四日，是我幫他們選的，距今還有四天。」何南回答，三太太表示可以。

次日，帳房吳先生手持一份領童養媳契約書的草稿，面向三太太稟報內容，三太太招呼桐芬一同聆聽，其中寫了領養者的姓名、被領養人和未婚夫的姓名、年齡、聘禮金額等，一一詳列記載，最後是立契約的日期，和被領養人及家長按捺手印的空欄。三太太和桐芬認為可行，便對吳仁說：

「就這樣吧，請你用粉紅色書箋書寫一式二份，加個大紅封套，還有二佰銀元，三天後備用。」

吳先生諾諾遵辦。

知道要在二十四日前去章府之後，寶枝的弱小心靈，有了極大的波動。在現實的壓力下，在她現有的知識和思考能力下，她只能接受大人們的安排；但在情感上，她捨不得離開爺爺，再加那個名叫章志安的小少爺是個什麼樣的男孩，他會喜歡我嗎？完全是個未知數，究竟該不該遵從安排，在她小腦袋中起了矛盾和掙扎，以致寢食不安。不過她想起二年多前三太太初見她時，那麼親切，對她關愛的眼神和溫馨的態度，讓她印象深刻，因而產生出一股安全和信任的力量，去接受那未知數的挑戰。於是她沉靜下來，主動去對沉著臉的爺爺說：

「爺爺，你不用為我擔憂，我會乖乖聽長輩們的話，我會好好用功讀書，請你放心。」

初冬的暖陽，照耀著江南大地。剛剛秋收以後的稻田，剩下曬乾的稻草，鋪成大片的金色氈毯，閃閃發亮，有些用稻草堆積成的圓塔，一個個散佈在田中四處，看來像是一座座黃金堡壘，構成一幅燦爛的圖畫。

十一月二十四日的早晨，祖孫二人攜手出門，在田埂上緩步慢行，二人沒有交談，似乎把一切無言地交諸命運。小孫女走在老人左側，緊緊握著爺爺左臂，唯恐失去再也抓不回來。祖孫親情充滿在默默無語之中，這是他們一老一小最後一次共同走在一起的生命歷程，陽光是他們唯一的伴侶。

兩人走到梅里鎮上，老人先在市集買了兩隻蘆花母雞，又到西街的日升茶食店買了兩盒著名的飯菜糕，算是送給章府的伴手禮物，然後趕到航船碼頭，隨著眾人登船，進到船艙坐定，只聽船老大一聲「開船」，船後搖櫓的船伕，立刻開始搖擺船槳，船頭撐竿的使勁撐開碼頭，航船立即向前行進。大約申初時分，到了常熟南門城外的水運碼頭，等待放妥跳板，劉老頭攜著寶枝跟著大家登上堤岸，只見人來人往，煞是熱鬧。

祖孫上岸站定，舉目一望，何南已在不遠處招手，頓時覺得安心。何南很快走上前來，一手搭在劉老頭肩上，另一手撫著寶枝的背，說道：

「好啦，你們平安到達，三太太要我來接你們，現在就走吧，這兒去章府，走路不到一盞溫茶時刻。」

於是三人同行，何南在路上不時稱讚寶枝孝順，又勤又乖，真是個好姑娘。說說笑笑，不久就已走到西倉前大街章府門口。

這天寶枝穿著一身藍色棉布襖袴，外加一襲黑色嵌肩，樸素潔淨，頭上長髮，分梳著兩根辮子，綁著黃色線帶。臉龐膚色略顯淡白，表情有幾分哀愁，就容貌看來，好似一枝秋後初開的梨花，經不起風吹雨打，有點楚楚惹人生憐的模樣。

何南陪同劉老頭和寶枝進入大廳，這兒寶枝二年多前來過，已經熟悉章府宅院格局，所以少了上次來時的惶恐。但她知道，此來目的，卻大不同於前次，因之另有一份不安之感。不過，她懂得保持鎮定，免讓爺爺擔心，更不能在章府人家面前出醜，於是看來雖無笑容，還很平穩得體。

三太太由桐芬、薛氏奶媽、和帳房吳先生陪著，後面跟著桂花，來到大廳，首先就向劉老頭招呼：

「老爹一路辛苦了，快請坐。」一面伸手摟著寶枝說：

「喔，二年多不見，又長高了，也更縹緻了。」

寶枝有些羞澀地彎個腰說：

「給三太太請安。」

接著劉老頭把帶來的禮物，恭恭敬敬呈給三太太。三太太沒有親手接納，只說「不用客氣」，轉身讓奶媽接了過去。坐定之後，隨即招呼吳先生走到面前，拿了一隻紅木錦盒，對著劉老頭說：

「我們章家要謝謝老爹，答應把寶枝配給我家志安，還同意讓寶枝提早過門，先做我家童養媳婦。請你放心，我們會好好撫養她、教育她，直到她長大成人，跟志安成親，那時再請老爹過來，為寶枝主婚，好嗎？現在我先請吳先生把契約內容說明一下。」

三太太一邊說話，一邊把寶枝抱在身邊，暗示寶枝已是章家的人了。

帳房吳先生把錦盒放在桌上，打開盒蓋，裡面是兩張粉紅箋書寫端正字體的契約文本，二個紅色封套，還有內裝二佰銀元的四個紅包，慎重地對劉老頭說：

「三太太囑咐，這裡兩份契約，要請老爹和寶枝小姐看過後，按捺指印，雙方各執一份，兩佰元大洋作為聘禮，請老爹收下。」

劉老頭不識字，由何南逐一給他解說，寶枝靠近細看契約文字，默默不發一語。她知道這個文件，有關她一生命運，未來後果必將由她一人承擔。但她早有心理準備，要壓抑憂慮，面對現實，所以隨著她爺爺捺過指印以後，這位心智早熟超過年齡的劉寶枝，毫不猶豫地伸出右手，用大姆指，粘上印泥，對準她名字下面，重重捺下一個清晰指印。在這一瞬間，劉寶枝決定今生要為這份契約履行承諾，絕不後悔。

三太太一旁看得清楚，深覺寶枝這孩子勇敢無畏，不由得一陣心酸，再把寶枝緊緊一抱，對她說：

「現在你是我們章家人了，以後要改口叫我『姆媽』。」

寶枝立即親切地叫了一聲：「姆媽。」

三太太滿心歡喜，劉老爹則是老淚縱橫，摟著孫女說：

「阿寶，爺爺對不起你。」

這場認領童養媳的儀式，在悲喜交集中落幕。三太太於劉老頭臨行告別時，特別囑咐何南多加照顧。另又交代吳先生，如果老爹覺得那二佰銀元藏在身邊不妥，不妨替他去找阜豐錢莊的金掌櫃，給他立個帳戶，還可以生點利息。三太太的面面俱到，讓老頭感激不盡，一再道謝，然後和孫女依依不捨告別。

# 第五章　霸凌小丈夫

這是一場代溝戰爭的開始，雖不流血，受害者唯獨童養媳一人，她正要走上一條崎嶇漫長的人生道路。

劉老頭離開章家不久，章家兩個男孩先後放學回家。首先志剛進到大廳，看到母親和桐姊正跟一個未曾見過的女孩講話，於是走向前去，三太太立刻把兒子拉過來說：

「剛寶，這是你未來的阿嫂，她比你大一歲，名字叫寶枝，你就叫她寶哥。」（註：常熟人親屬間稱謂，不分男女性別，長者稱哥，幼者稱弟。長一輩時，也無姑姨之分，一概稱叔或舅。）志剛馬上友善地走前叫聲「寶哥」，寶枝也立即回聲「剛弟」，氣氛良好。

不一會兒，志安接著回家，他一看便知他所「不要」的事，終於來臨，正想迴避，三太太即刻開口喚道：

「安寶，過來，今天劉家寶枝已經過門，你們兩人先見個面，以後再多談談。」

不料，志安竟然不屑一顧，頭都不回，急步穿過大廳，直衝後院，並且大聲嚷嚷說：

「我不要，我不要。」

這樣行為，當然讓三太太大為生氣，更使寶枝大吃一驚。她從未見過章志安，也不知道他是怎樣的人，所以她瞬刻間的思想和反應，難道這是一輩子和她生活的人嗎？是她惡運的開始嗎？她將成為被棄者嗎？她是一個契約的犧牲品嗎？一連串的問題，襲擊她的腦海，讓她幾乎無法站穩。

當下三太太被桐芬勸阻，沒有立即斥責志安，先囑薛氏奶媽給寶枝安排床鋪，沒有想到桐芬接著說道：

「姆媽，我希望寶弟跟我睡在同一房間，我喜歡她，可否把她的床，搬到我的房內，這樣我有個伴。」

三太太覺得桐芬如此厚待寶枝，真有大姊風範，於是便說：

「好，當然可以。」

奶媽感到有些意外，馬上接口說：

「是，我便去搬。」

最錯愕的是寶枝，她剛剛受到屈辱，霎時又得到大姊的溫暖，撫慰了她受創的心，所以讓她感動，立即流下眼淚，靠到桐芬身邊，緊緊依偎大姊說：

「桐哥，謝謝你。」

章家宅第後院正房，南向一排五開間，正中一間較為寬敞作客廳，東西兩邊各有二間上房，三老爺和三太太睡的是東上房，西上房是大小姐桐芬的臥室，靠邊的兩間分別是志安和志剛的睡房。正屋後面有個小院落，那裡建了一間書房，章元亮在家時，作為他個人讀書休憩之所。正房東西兩側，各有兩間廂房，東廂房一間較大的由奶媽住，較小的一間由丫鬟桂花住。西廂房則用作廚房和傭僕們的起坐間。所以桐芬讓寶枝住進上房和她同室，也有給寶枝確定身分的用意。三太太平時很聽女兒的話，也明白桐芬的用意，順口便表同意。

目前三太太需要處理的是志安的態度，她知道兒子的脾氣，壓力愈大，反抗愈大，所以她聽了桐芬的話，沒把兒子當場叫來訓斥，且等大家晚餐時再說。

可惜情況繼續惡化，晚餐開飯大家就座後，志安從房內出來，一見寶枝也坐在桌上，立刻掉頭就走，回到房間用力關上房門，表示拒絕用餐。三太太還是忍住，只叫奶媽過去看看，勸他出來一同吃飯。

奶媽走過去推開房門，只見志安躺在床上，好像假寐，於是走到床邊，拍拍志安的肩頭說：

「安寶小祖宗，求你不要再鬧了，同我出去吃飯，好嗎？」

志安沒有反應，奶媽只好伸手拉他起床，哪知志安狠力一推，幾乎讓奶媽跌倒，並且吼叫：

「我不要看到她，我不要和她同桌吃飯。」

奶媽被推一個踉蹌，回聲說道：

「安寶，你瘋啦，你不怕讓我摔倒？」

奶媽知道，此刻跟他無理可喻，只好回到餐桌，向三太太報告實情。狀況很難挽回，三太太深知，志安從小頑皮，被她責打過多，母子感情不好，此時強制責罰，效果必將適得其反，於是只能囑咐寶枝快快餐畢，早點離開餐桌，然後再叫志安出來吃飯。

寶枝一日之內，兩次受到志安加諸於她的淩辱，除了忍氣吞聲，唯有自怨命薄。回到房內默不作聲，心想如果爹媽還在，她就不會出來做童養媳，眼前生活雖與鄉下大不相同，但這是要用賣身契換來的嗎？心中一陣寒冷，眼淚奪眶而出，獨自飲泣不已。

桐芬回到房內，看見寶枝尚在啜泣，不由心生憐憫，立即把她抱在懷內，加以安撫，說道：

「寶弟，不要難過，安弟性子暴燥，但人是滿好的，你得忍耐，如果他真的蠻不講理，有我替你作主，要爹爹姆媽給你公道。」

寶枝總算停止哭泣，隨聲說道：

「桐哥，謝謝你。」

這晚大姊桐芬和寶枝同寢一室，有了長談。她同情寶枝的身世，也看出寶枝天資聰穎，力求上進，尤其秉性善良，能夠逆來順受，所以桐芬決定要全力維護這個小弟妹，在爹媽面前為她爭取權益，不讓志安欺她太甚。

桐芬要寶枝和她同睡一房，而且設置一張大床，就是為了要寶枝多些保護，也讓傭僕們不敢對她輕視。這時桐芬幾乎像個慈母一樣，幫她更衣，讓她躺進柔軟舒適的被褥中，哄她入睡。寶枝除了她媽彩彩之外，從未得到如此溫暖的呵護，於是漸漸進入睡鄉。桐芬舒了一口氣，認為她做了該做的事，只是未來日子是否平靜，仍在憂心。

為了兒媳的婚事，一場家庭戰爭，正在醞釀中。

志安倔強的態度，絲毫沒有改變，不但堅持絕不和寶枝同桌吃飯，而且對寶枝始終不理不睬，也從不正眼瞧她一下，有時偶然在廊上或門口相遇，志安還會給寶枝踹上一腳，嫌她擋路，厭惡之情，表露無遺。寶枝不得不處處迴避、忍讓，不出怨言，最多入晚向桐芬姊輕描淡寫，訴個一言兩語。這段時間，寶枝決心多跟桐姊學習，讀書自修，也盡力幫助三太太做些家事，跟奶媽學些廚藝，最重要的是她要學習怎樣保持內心平靜。

這樣的狀態持續了一個多月，直到三老爺章元亮寒假回家，才有改變。他根據三太太的敘述，桐芬的補充報告，知道兒子態度十分惡劣，並無改變，於是他和三太太商量，為免僵局難以打開，目前先採懷柔政策，好言安撫，等他們都到適婚年齡，再作安排。

當晚，章元亮把兒子找到書房，對志安說：

「我和你媽為你領了寶枝做童養媳，是為你好。你自己應該知道，你的脾氣不好，將來有個性情溫和的媳婦，你會有個愉快的家庭。但我聽說，這一陣子你對寶枝的態度非常惡劣，完全不像章家應有教養的子弟，我們做父母的都覺得很羞愧。現在你馬上就要升高中，很快就將成人，應該好好學習規規矩矩做人的道理，不得再做無理取鬧的事。今天我和你母親答應你，你要什麼時候結婚，由你決定，我們不會用父母之命來逼迫你提早成親，等你考上高中，可以在蘇州住校，好好讀書，一切以學業為先。不過，有件事很重要，從現在起，你不得再欺侮寶枝、仇視寶枝，她是一個好女孩，我們會把她看作自己的女兒，送她上學，讓她讀書，將來成為章家賢慧的好媳婦，你聽明白了嗎？」

父親一席既懇切又嚴厲的訓話，志安句句聽得清楚，不敢再做任何抗辯。心想，反正過年之後，只要考上高中，就可離家住校，不再看見「她」。於是答道：

「我明白。」

兩代間的爭執，暫告休兵，晚餐時志安未再杯葛寶枝入座，三太太心中寬慰，似乎覺得兒媳關係有望改善，特地吩咐奶媽多加二道菜餚，再溫一壺黃酒，以備三老爺用飲。席間三太太自己斟了半杯，陪三老爺淺酌，氣氛尚稱平和。但是志安雖和寶枝隔桌對坐，始終仍未對她正視一眼。

志安投考省立蘇州高中，放榜錄取，讓章元亮夫婦極為高興，又把志安找來勉勵一番，也重申父母對他的承諾和期許，意在言外，望他好自為之。

快到開學時，三太太忙著為兒子去蘇州住校需要的行李、衣服和日常用品以及乾果食物等，準備齊全，還不時找寶枝幫忙一同打點，意思是要寶枝瞭解志安的生活所需。直到開學前二日，全家把志安送出大門，寶枝則躲在桐姊背後，不敢露臉。最後三老爺和三太太叮嚀完畢，由長工何南護送，搭乘小火輪船去到蘇州。

第二日，章元亮也回上海執教，章家頓時落入罕有的寧靜。

# 第六章 升學夢成真

少女的心懷，如同一面明鏡，純淨光潔。她沒有奢求，但求增進智慧，長保思想明亮。

寶枝開始過著沒有怒目惡視，沒有被踹風險，沒有受辱壓迫的日子，感覺輕鬆平和，心中舒暢得多，便向桐姊試探詢問，何時可以讓她恢復上學。桐芬立即表示支持，報告母親三太太同意後，隔日就讓寶枝隨同前往縣立學前小學申請入學，經過教務主任親自面試，雖然劉寶枝休學一年多，但程度很好，所以核准註冊，插班進入五年級就讀。

縣立學前小學，是常熟縣的一所知名小學，校譽極佳。校址設在孔廟之內，學校大門面對泮池，明倫堂便是學校的大禮堂，兩邊庠序成了各班教室，明倫堂後有一大片空地，則是學校操場，因為原是學廟所在，故稱之為學前小學。章桐芬畢業於該校，章志剛現在該校就讀，所以讓寶枝入讀學前小學，當然是順理成章的易事。

巧的是學校教務主任把劉寶枝編入五年甲班，恰好和章志剛同班。因之兩人每晨背著書包，一同相偕步行上學，在功課上，兩人平時也相互切磋。之外，劉寶枝在鄉村小學時，對踢毽子、跳繩練得一手絕活，來到學前小學上體育課時，偶爾展露一下身手，立即獲得老師和同學們激賞。其後在全校運動會，參加比賽，更獲得踢毽和跳繩兩項冠軍，大家對她刮目相看，章府上下也無不為她高興。

以後兩年，劉寶枝享受到她童年生命中最寶貴的一段時光，也是她記憶中最歡樂的時光。

在同班同學中，寶枝交了兩位知心好友，一個名叫李靜，另一個名叫張淑芳，三人在教室內的座位靠得很近，下課時也總在一起活動，形影不離，同笑同唱，快樂無比。有一天，李靜和張淑芳同時向劉寶枝提出一個問題，說道：

「劉寶枝，你姓劉，但是每天和章志剛一同上學放學，你和章家是什麼關係？」

這個問題，霎時讓寶枝愣住了，急切間答道：

「他是我表弟，他母親是我表姨媽，我來城裡讀書，住我表姨媽家裡。」

李、張二同學都異口同聲說：

「你們倒是蠻好的一對。」

寶枝立刻正色地回說：

「你們不可亂講，他是我表弟，以後不許胡說。」

高小畢業典禮時，學校安排畢業班同學排演一場話劇，是演戰國時代一位叫蘇秦的策士，合縱連橫遊說六國聯合抗秦，並受六國拜相的故事，學校老師指定章志剛飾蘇秦，又指定劉寶枝飾演蘇秦的妻子，劇中有一段情節，敘述蘇秦少年苦讀、懸錐刺股，蘇秦受傷，其妻為夫療傷，寶枝演來，生動細膩，全校師生大為讚賞，也因之更把他們說成「蠻好的一對」。

之後寶枝和李、張兩同學一起考入縣立女子初級中學，志剛則進了縣立初中，雖不同校，但所用教科書，則是同一版本，所以回家晚上一同溫課，姊弟感情，日益增進。加上桐姊的親切照顧，三太太對她的愛護，讓寶枝幾乎忘了前三年的苦楚。

同一時期，章志安在蘇州高中，一心求學，用功讀書，他根本不去想他婚姻的事，把家裡有個童養媳的那個女人，試著忘得一乾二淨，即使寒暑假期，也儘可能託詞，為了準備考上國立大學，要留校補習而不能回家，避開見到劉寶枝。三老爺既經有言在先，也就不急著施加壓力。

寶枝也是專心求學，一切順其自然，不作任何空想。她和李靜、張淑芳的交情，愈趨濃蜜，三人無話不談，彼此講話幾乎全無保留。有一次三人聊天，談到男女戀愛問題，李靜是個極端自由主義者，首先表示意見，她說：

「戀愛是婚姻的前奏，由戀愛產生感情，由感情結合為夫妻，是必然的途徑。婚姻不能是被動的，所以封建時代的『父母之命、媒妁之言』壓制式的婚姻是沒有感情基礎的婚姻，絕不能接受。」

張淑芳個性比較保守，凡事都採中立態度，她說：

「婚姻是終身大事，總應慎重。當然男女自由戀愛可讓雙方彼此能有更多瞭解，有助婚後共同生活的和諧。但父母為子女選擇配偶，一定是為他們幸福著想，因為父母們的生活經驗比較實際，只要出自善良好意和周詳考慮，未必全然不能接受。」

輪到寶枝發言，顯然這是她的一道難題，以她和李、張兩個同學的友誼來說，應該全無隱秘。不過她是童養媳的身分始終未曾透露，只說她和章家是表親，主要原因就在那件預售式的契約婚姻，根本談不到「自由」或「戀愛」的層面，實在羞以啟齒。尤其章志安的態度還是個未知數，她的命運尚難預料，所以此時更不知作何表示。經過稍稍考慮後終於說：

「我覺得婚姻就是命運，上天已為每個人作好安排，我們中國人常把結婚用『天作之合』四個字來當賀詞，似乎必然是美好姻緣，有『良緣天定』的含義。其實究竟是好是壞，尚在未定之天，而且自己不一定具有足夠能力來選擇命運，所以只好順其自然，接受命運。」

李靜和張淑芳聽了寶枝的說話，都覺得和她平時參與學校各種活動的形象不太一致，李靜立即說道：

「劉寶枝，你的論調太悲觀了吧，怎能把你的一生幸福，完全交給命運？」

張淑芳接著也說：

「寶枝，你的主張確實好像過於被動，人的一生，為了保護自己，有時也需要一點主動。」

劉寶枝無可奈何，輕描淡寫地再答：

「最重要的是面對現實，不作空想。」

三人繼續聊天，進一步談到選擇對象的問題，李靜仍先發言：

「我希望將來的對象是個大學教授，學識淵博，有智慧，有幽默感，能使家庭生活品質豐富充實，有樂趣。」

張淑芳接著表示：

「我盼望未來的終身伴侶是個工程師，不但會造橋築路，替國家做建設，還會給自己建造幸福家園。」

李、張二人轉而問寶枝：「你呢？」

劉寶枝靜靜地說道：

「我只希望有一個對我很好的丈夫，不論他是怎樣的身家、財富和地位，能愛護我的便是好丈夫。」

三個已由童年進入青少年的女生，天真純潔地談論她們的理想，構築她們的人生美夢，不過，其中的劉寶枝，顯然處處抹不去她心中的陰影和對未來的憂慮。

章家後院的書房，裡面藏書很多。當章元亮不在家時，志剛常常進去抽閱他有興趣的小說書本，像《三國演義》、《水滸傳》、《紅樓夢》和《西廂記》等他都拿來讀過。課餘時間，來到父親書房看書，幾乎成為志剛生活中不可或缺的節目。母親三太太不但未加阻止，反稱讚他的勤讀是件好事。

有一星期天，志剛問寶枝：

「我們一同去爹書房看書好嗎？」

「我能進去嗎？」寶枝有些意外，反問道。

「有什麼不可以。」志剛回答說。

於是寶枝隨著志剛進到書房，只見兩壁書櫥中排列很多書籍，有洋裝本的、有線裝本的、有平裝本的，中英文都有，她便好奇地問：

「爹的藏書那麼多，他都看過嗎？」

「絕大部分都看過。」志剛答道。轉而又問：

「寶哥，你想不想看小說？」

「當然想。」寶枝答道。

「你希望看哪本小說？我給你拿。」志剛再問。

「我可以拿來看嗎？那請你給我介紹好嗎？」寶枝回問。

「好，我建議你先看《紅樓夢》，另再推薦兩位名家的著作，一是曾孟樸的《孽海花》，另一是徐枕亞的《玉梨魂》，這兩位作家都是我們常熟人，這兩本小說，現在全國風行，熱賣暢銷，我想你一定會喜歡。」志剛熱誠地說。

寶枝聽了十分高興，便道：

「《紅樓夢》我從李靜那裡借來看過，只是看得不夠精細，很想再讀一遍。」

於是志剛便從書櫥中取出曹雪芹原作《石頭記》前八十回和高鶚續作後四十回合印的《紅樓夢》一書，交給寶枝，並說：

「寶哥，你讀完之後，我們可以討論交換意見。」

「好，謝謝你。」寶枝答道。

果然十多天後，寶枝看完《紅樓夢》，把書交還志剛，放回書櫥，並對志剛說：

「書中的詩文，固然寫得都很典雅，每個人物的特性也都寫得很生動，但我不喜歡書中所講的整個故事。」

「喔，為什麼？」志剛好奇地問。

寶枝接著表示她的看法：

「書中豪門貴族的眾多少男少女，天天過著驕奢淫逸的生活，除了日日吟風弄月、飲酒詠詩，算是風雅之外，從無一人談到他（她）們的人生抱負，或對國家社會能做什麼貢獻，也就是在他們的生命中，根本從未覺得有責任和壓力。尤其書中男主角賈寶玉，雖有才情，但終生混在女人堆裡，被作者寫來當作儆世醒俗的一個樣板，做風月寶鑑的犧牲品，未免太過殘忍。至於榮、寧兩府的興衰以至沒落，只是反映那個朝代的貪婪、黑暗與腐敗下必然的結果，引不起讀者的同情，所以我對《紅樓夢》的整個故事，沒有太多興趣。這是我對這本書的粗淺看法，請勿見笑。」

志剛未曾想到，寶枝會有如此高論，於是說道：

「寶哥，你有獨到的見解，我很佩服。可是你知道《紅樓夢》這本書，是被公認近二百年來最了不起的文學創作呢，你不認為那是一部崇高的文學作品嗎？」

「剛弟，我當然不敢批評《紅樓夢》的文學價值，只是對全書故事內容不感興趣而已。其實我對書中幾則故事中的故事，倒是十分感動，印象深刻。」寶枝答道。

「故事中的故事，你指的是什麼？」志剛接著問道。

於是寶枝繼續談她的讀後觀感，說道：

「例如，長安府太爺的小舅子李少爺，在長安善才庵進香時，一眼看中也在進香的一位姑娘，姓張名金哥，硬是派人上門求親，但金哥早已許配給趙家公子，且已收了聘禮，而張女的父親因為貪財，又畏權勢，竟要趙家退親，因之打上官司，張父輾轉透過關係，拜託王熙鳳收了三千兩銀子，說服了長安最高官員節度司判准退婚，逼得張金哥懸樑自盡，趙公子投河而死。一樁貪瀆案，逼死兩條人命。還有像薛蟠那種紈袴子弟，為搶女孩打死對方未婚夫，可用財勢了案，都是曝露當時官場的黑暗和弊端，倒是《紅樓夢》書中可貴的地方。」

「你讀書很有心得，等好爹回來時，你和他討論一下好嗎？」志剛這樣提議。

「那我不敢。剛弟，那你對《紅樓夢》中許多少女有什麼評論，比較喜歡誰？」

寶枝問道。

志剛想了一下，說道：

「書中第一女主角林黛玉多愁善感，太柔弱，太多心，我不很喜歡。薛寶釵較理性，較有智慧，所以比起來和寶玉較為相配。史湘雲個性直率，快人快語，是陽光型女性，是我較喜歡那樣的女孩。書中最可憐的女人是秦可卿，死得不明不白。最可怕的女人是王熙鳳，欺下瞞上，吃裡扒外，但很能幹，手腕靈活，所以得勢。婢女之中，最可愛的是襲人，善解人意，伺候寶玉體貼入微，而且處事很有分寸，上上下下對她都有好感。不過，《紅樓夢》裡冤枉死的女人太多，像可卿、香菱都死得莫名所以。我想這是豪門內幕裡黑暗的一角罷了。」

「你看小說，很深入，還能讀出女孩們的個性，我看你將來一定會娶個像史湘雲那樣的女孩，對嗎？」寶枝接著說。

志剛跟著答道：

「寶哥，你別取笑我啦。你還想看別的小說嗎？我仍要推薦我們常熟兩位作家的名著，那《孽海花》是講清末狀元洪鈞和名妓賽金花的軼聞豔事，也諷刺清廷朝政的腐敗。那《玉梨魂》則描寫一對在舊禮教束縛下的青年男女，不能自由相愛，最終以悲劇收場的故事。兩書都很精彩，我都看過，值得一讀。」

《玉梨魂》對於寶枝頗有吸引力，因為猜想其中情節，可能與她身世相似，但想了一下，還是說：

「謝謝你，可是現在我們都該準備明年畢業考試了，好小說留待以後再看罷。」

時代巨輪畢竟還是向前推進，國民革命軍北伐成功，軍閥們割地稱雄的惡勢力正漸消退。江南地帶終於聽不到炮聲、看不到戰爭，老百姓連續過了多年的好日子，家家戶戶平安就是福，在太平歲月裡，可以作些打算，可以有些規劃。

章家算是小資產階級的地主家族，不免也要為兒女們做些準備，除了教育培養外，最重要的當然是孩子們的婚姻大事。長子志安過早為他定親，領了個童養媳，至今還在困擾狀態。所以長女桐芬的婚事，必須格外慎重。

桐芬年已及笄，性情溫婉，姿容美麗，是個大家閨秀的典型。章家許多親戚長輩，都在為她親事關心。在一再選擇之下，最後由常熟世代名醫蔣家的獨子、現在杭州之江大學讀書的蔣其昌雀屏中選。兩方家長同意，在年底之前，擇定吉日成婚。

對章家來說，桐芬出嫁，是件大大的喜事，一定要辦得風風光光，除了嫁妝豐厚之外，還要給女兒良田百畝作為陪嫁。到了婚禮之日，依當地民間習俗，大開喜筵不說，為顯富裕人家婚禮隆重，在新人拜堂之前，男家要先派樂隊和四人抬的綠呢大轎迎接舅爺（新娘的兄或弟）到達禮堂，由新郎出迎。用茶點香茗接待，然後再派紅呢大轎迎娶新娘。照理章府那位舅爺應由大弟志安擔任，但因志安託詞沒有回家參加這場婚禮，所以改由志剛擔當了「舅爺」的任務。而新娘桐芬本就喜歡志剛，倒也高興。同時寶枝也因志安不在感到輕鬆。於是整個婚禮進行，圓滿歡忻，三老爺和三太太頗感滿意，盼望藉這次桐芬的婚禮，能使兩個兒子未來的婚事，一樣辦得漂漂亮亮。

這幾年寶枝過著平安的日子，平時最能給她安慰和鼓勵的，便是大姊桐芬，讓她減去很多憂愁煩惱。現在大姊出嫁，臥房變得空虛，頓時感覺孤單寂寞。燈下無人可以談心，於是她開始學習書寫日記。

她的第一篇日記，日期是民國二十二年三月十五日，開首簡短地這樣寫著：

「我為何來到這人間？我不知人生道路有多遙遠？有多艱險？我自幼失去父母，爺爺要我在一張契約紙上捺下手印，我的身體便已不再屬於自己，命運由誰安排？什麼是我的未來？只能去問天爺！

我是一個農村弱女子，能夠上學讀到初中畢業，該算是萬幸罷。那以後呢？還能繼續升學嗎？還是等待童養媳正式過房？桐姊不在，無人可以商量，徬徨！」

以後的日子裡，寶枝以寫日記為她的經常作業。她認為日記是她跟自己說話，是抒發內心思慮的個人園地，毋需掩飾，句句真情，所以時時耕耘，樂此不疲。下面幾個片段，便是寶枝日記中的幾個樣本：

「終於接到校長親自頒發縣立女子初級中學的畢業證書，眼淚奪眶而出，我不知道是喜是悲。李靜和張淑芳過來和我擁抱，她們並不瞭解我的心情，只以為我理所當然喜極而泣，還告訴我，她們都已準備報考蘇州景海女子師範學校，盼我繼續能和她們同校同學，我無言以對。」

「安哥回家數天，對我依然視同陌路，雖無怒目相向，卻仍完全沒有我的存在。

其實自從我在那張紙上捺下我的指印以後，便已決心承諾信守契約，願意委身終生，怎奈他始終那麼冷酷，自卑乎？自賤乎？」

「剛弟自從去年縣中鬧學潮罷課、轉學蘇州東吳大學附中以後，很少見面，只有假期回家時，偶可重聚談心。他為人溫和，個性豁達，不管討論任何問題，都是合情合理，和他相處，總能覺得輕鬆愉快。桐芬姊出嫁，志剛弟遠去，真有點寂寞。」

「桐哥婚後滿月歸寧，又是一番熱鬧。姊夫對她十分體貼，看來非常恩愛，人的命運好壞不同，我無法去羨慕，只能祝他們永遠幸福。她對我的關愛，一如往昔，問我是否想再升學，我只答說是『想』，但不敢奢想，而她竟滿口答允，代向爹媽請求，諒可獲准。讓我感激不盡。」

「接到李靜和張淑芳兩人來信，知道她們都已考取景海，即將報到入學。照她們所形容的景海，是個非常貴族化、現代化的女子學校，校舍富麗堂皇、設備精緻新穎，同學穿著入時，老師逾半是外人，上課都講英語，學費自然相當昂貴，讓我感覺那是一所培養公主、王妃和貴婦的學校，我並不嚮往，但我仍為她們二人慶幸，能夠接受那樣高級的教育培養，將來必有美好的人生。」

「剛弟在東吳附中住校，日前忽在半夜劇烈腹痛，經舍監請校醫診視，疑是急性盲腸炎，立即送到東吳斜對面的博習醫院治療，準備開刀，校方連夜用長途電話傳呼通知，姆媽清早趕往蘇州探視，臨行囑我暫時照顧家務，責任重大，不敢懈怠。所幸數日之後，姆媽返家，原來剛弟並非真患盲腸炎，服藥止痛之後，已經回復正常，照樣上課。一場虛驚，平安落幕。我的管家任務也算完成。」

寶枝近時生活寧靜，除了陪侍姆媽三太太的飲食起居之外，她個人的功課，就是讀書和寫日記。讀的書本，都是從好爹三老爺書房的書櫥中揀選取閱，三太太也不予制止，所以知識頗有長進。有一天，三太太在打完牌之後，召她問話：

「阿寶，你想繼續升學，我不反對，你也想入景海嗎？」

寶枝一聽，知道桐芬姊代她請求，已經獲得姆媽同意，心中極喜，所以接口說道：

「謝謝姆媽，我是很想繼續升學，但我並不想去景海，那裡太貴族化啦，對我並不合適，我想多學一些比較實用的知識。聽說蘇州有一所女子家政學校，教學很認真，校譽很好，去那裡升學，也許對我更為合用。」

三太太見到寶枝並不愛慕虛榮，還很務實，心中煞是高興，也就接著說道：

「好呀，你可以跟桐哥商量，看看什麼時候可以入學，早點辦妥，讓我知道，也好給你做上學住校的準備。」

寶枝一再道謝，覺得三太太真是一位充滿慈愛的長輩，沒有把她看作外人，視同己出。因之眼前突然顯出一道曙光，似乎她的前途，展現出無窮希望，可憐亦可愛的劉寶枝，隨之變得活潑輕快，但她不敢手舞足蹈，也不敢上去擁抱姆媽，只是緊緊握著三太太的雙臂，眼淚汪汪地不停點頭，連一句道謝的話都說不出來。

升學進修的美夢能夠實現，象徵幸運的可能降臨，至少會是較好未來的一張保單。

# 第七章　姊弟無嫌猜

寶枝如願考進蘇州女子家政高級職業學校，順利辦妥秋季開學入校報到，她生命中另一新的階段，於焉開始。

女子家政學校，位於蘇州城內織造街，距離景海不算太遠。景海位於葑門內天賜莊東吳大學的對門，人稱兩校是鴛鴦校，也稱景海是東吳的新娘預備學校，因為很多景海的女生，被東吳的男生，近水樓臺先得月，畢業之後結成良緣。

寶枝的好友李靜和張淑芳得知寶枝也已來到蘇州升學，趕緊連絡，約在一個星期日聚會。等到劉寶枝抵達景海，李、張二同學已在校門前守候，三人相見，分外熱烈，立即擁抱歡叫，可是寶枝乍一回頭，驀然看見對街一座牌樓，上面刻著「東吳大學」四個大字，由於她先前不知景海和東吳是對門鄰居，所以不禁嚇了一跳，爆出一聲「啊」，讓李、張二人以為不知出了什麼差錯，同聲問道：

「怎麼啦？」

寶枝強作鎮定，回答道：

「沒有事，你們怎不快點請我進去看看你們的校舍？」

於是三人一同走進校門，踏上如茵綠草周圍的水泥步道，走向紅瓦白牆、三層建築的宿舍大樓。李、張二人同處一室，房間窗明几淨，整齊清潔，三人坐下，互道別後離情。她們原本無話不談，海闊天空，百無禁忌，所以李靜直截了當問寶枝：

「剛才你在校門口突然啊的一聲，是何道理？」

寶枝沉默一下，還未作答，李、張二人同時催著問道：

「難道有什麼難言之隱，連我們都不能知道？」

寶枝的表情深感無奈，只好坦誠地答道：

「說來話長，首先我必須說非常抱歉，因為多年來我一直瞞著你們。現在我從頭說起，早年我父母雙亡，爺爺把我賣到章家，立了契約做童養媳。我的未婚夫是章志剛的長兄，叫章志安，但他一直拒絕接受他父母的安排，堅不認同我與他之間的婚契關係，所以我現在是『妾身未分明』。所幸他父母待我如生女，還有他的長姊對我愛護有加，我能繼續升學，是她全力促成，否則我今天不會來到這裡。剛才看到對面東吳大學的招牌吃了一驚，是因章志剛正在那裡附中上學，他是我的小叔，不是表弟，萬一碰到，不免會驚奇，因之啊了一聲，倒讓你們見怪，不好意思。」

寶枝言罷，深有生不逢辰的感嘆！

李靜和張淑芳聽了寶枝一番告白，大為驚訝，不由得和她同聲一嘆，原來多年同窗好友，竟有如此私秘和委屈，不為她們所知。因之除了深表同情之外，只能安慰鼓勵，一切唯有自己努力，不然幸福不會從天而降。而李靜為了調和氣氛，更笑著用逗趣性的話問道：

「你跟章志剛不是一向感情很好嗎？我看這是造化弄人，錯點了鴛鴦譜。」

寶枝捏了李靜一把，帶著點羞澀說：

「這種話，以後不能亂講。」

三人暢敘終日，直到傍晚，互道珍重後分別。

寶枝回到學校，回味李靜的話，雖是一句戲言，卻在她心中迴盪不已。難道真的是造化弄人，要不何至於會有今日的痛苦與煩惱。一陣遐思，反把她陷入無盡迷惘。於是她揉揉眼睛，敲敲腦袋，振振精神，警醒自己，不能繼續往下胡思亂想。

那年章志安自省立蘇州高中畢業，接著報考國立浙江大學，回家等待放榜。由於自認考得不錯，他的心情顯得輕鬆，但此時家中上下，人人緊張，尤其是寶枝更加小心，刻意處處迴避，不敢招惹，免得自取其辱。幸好不久，捷報傳來，志安果然金榜題名，於是全家歡欣，三老爺即刻吩咐，當晚多備酒菜，為兒子考上浙大慶祝，還要把桐芬和女婿一起請來，全家團聚，帳房吳先生作陪，熱鬧一下。

晚餐時三老爺興致特好，除了勉勵志安繼續用功讀書之外，面託女婿蔣其昌在杭州多多照顧志安，不料其昌回報說：

「從下學期開始，我將轉學到東吳大學，因為東吳的化學系辦得比之江大學好。此事還未向好爹和姆媽報告，不知可不可以？」

岳丈聽他快婿說明，隨即說道：

「甚好，想必你已向你父母親報告，如果他們同意，我自然同意。」

席間桐芬坐在三太太旁邊，悄悄向母親說道：

「姆媽，我懷孕了。」

於是三太太興高彩烈，對大家說：

「今天雙喜臨門，桐寶快要做媽媽了。」

一時大家都向桐芬道賀，包括她丈夫其昌也情不自禁，當著大家的面，擁抱桐芬親暱一下。寶枝靜坐一旁，不敢作太興奮的表態，只向桐姊含笑點頭，桐姊回以頷首示意，暗示理解。

照說今晚餐敘，主題是為志安考進浙大慶賀，最高興的應該是寶枝，但志安對她依舊不理不睬，無視她的存在，所以她偏坐餐桌一角，無言無語。而爹媽對他們的親事，也始終未曾提及，大概是履行上次的訓示，等他學業有成再談。因之她不敢造次，不發一聲，是最安全的選擇。

秋季開學時間一到，大家各自分別回到學校，寶枝也回蘇州女子家政。之前，她和李靜、張淑芳在常熟會面，約定到蘇州再見。

蘇州女子家政高職，教學認真，授課內容甚廣，除了高中基本的國、英、數、理之外，包括縫紉剪裁、烹飪料理、美工設計、親子護理、室內佈置、庭園造景、音樂奏唱、寵物飼養，以及家務文書、財物管理等等，其教育宗旨在於培養女性知識份子，成為專業的家庭主婦，個個都是賢妻良母。寶枝用功讀書，各項知識多有長進。她也時常給桐芬姊寫信，報告心得，轉報三太太知悉。桐姊也不時回信，轉告姆媽的嘉許。所以暫時忘卻那婚事的煩惱，心情稍獲寧靜。

另一個星期天，李靜、張淑芳同來家政學校，探望劉寶枝，好友重逢，分外高興，不免舊話重提，關心她和志安關係有無改善，寶枝據實以告，並無改進。因之，李、張二人覺得寶枝過於善良，缺乏積極主動，兩人對她說：

「人生的下一分鐘，可能就是你所未曾想到的燦爛陽光，如果你能保持積極的話！」

這兩句話，讓寶枝印象深刻。她反覆思量，她的命運究竟操在誰的手中？究竟誰做主宰？自己還是別人？這個鬱悶不能解開，她知道自己往後永無快樂。

經過長時間思考，她決定主動修書一封，直寄志安。書信內容和用字措辭，由於心情紊亂，一改再改，難以成文。最後終於定稿，複閱多遍，自覺尚能表達心意。

信的全文是：

「志安哥鑒：

我本農村弱女子，幼失怙恃。吾祖懞懂，茫然將我賣進章府，奢望一紙契約，換我百年好合，奈事與願違，十年來未曾獲君一睬，所受羞辱，豈能一言道盡。緣淺緣寡，是我命薄。而所以貪生至今，無非候君一念之變，容我信守契約承諾，委身事君，以迄白頭。

今君榮登國立大學，想必前程似錦。我之就讀家政，原無宏志，但求學習如何克盡內助之職，相君於左右，無負初衷。

翁姑仁慈，永世難忘。今日我能修書於君，悉因二老恩情所賜，我必盡心報答，畢生無違。

翹首雲天，盼得君書，即使片紙隻字，雪泥鴻爪，均所珍惜。紙短情長，不盡一一。

敬候

學綏

妹劉寶枝拜　二十四年四月廿日」

寶枝親赴郵局，把信函用掛號寄出，原未期待志安立即回心轉意，只望他有個反應，到底他對婚契是否認同？對她信中表達的誠意能夠接受多少？總得有個態度。哪知信去之後，一月、二月，……竟如石沉大海，毫無回應，這就讓她感到心灰意冷，再次受到重創。所謂「積極主動」，全無效果。她冷靜思索，委屈並不能求全，這樣形同單相思的苦惱，於情有損，於事無補。因之她甚至考慮輟學，不再空想任何寄託。於是她在日記中有了如下抒發感想的記載：

「我本將心托明月，奈何明月照溝渠。真情換來空虛，是失落？是悲傷？我已不在意上。

會恨嗎？何必自尋煩惱？

白居易的〈長相思〉有『思悠悠，恨悠悠，恨到歸時方始休』的詩句，那恨的是良人出征久久未歸，所以歸時恨便休。而我呢？說不定等他歸時恨更多。

罷啦！不如歸去，回到鄉村小學教書倒還自在。或像英文老師修女姆姆一樣，奉獻天主，度我餘生。到時青春不再，年華老去，『幸福』二字，遙不可及，就可不再自作多情，現在也不必再去多想了。」

寶枝的哀怨和消極，在她日記中躍然紙上，她的情緒也落到谷底，幾至茶飯不思，她病了。

接連數日，寶枝發燒不退，校醫給她診治，服了些藥，熱度下降，但身子仍很虛弱，勉強上課，總覺體力不支。

桐芬許久沒有接到寶枝書信，於是寫信給她丈夫蔣其昌，要他約同志剛前去探望。其昌和志剛如囑去了女子家政學校，方知寶枝真的病了，人也消瘦很多。寶枝看到他們來訪，又喜又悲，但不想把自己心事，跟他們訴說，只能連聲道謝，並請轉告桐姊和姆媽：「沒有事，休養幾天就好，請她們勿要擔心。」

寶枝對志剛和姊夫其昌來訪，百感交集，對二老的恩慈，對志安的無情，愛恨交加，無法解脫。她深知如果精神上繼續不能脫困，將是給自己折磨，永遠沉淪。於是她決定要振作，要奮起，要恢復參與學校的各項活動。

首先，她參加全校作文比賽，老師們知道劉寶枝的國文程度不錯，預料她會獲得優勝。這次的考題是：〈試論乾綱坤順〉，劉寶枝稍加思索後落筆，她就時代賦予男女平等立場，應無天地之別，亦無順從之分，申論男女平權，可以相輔相成，相得益彰，共謀家庭和諧的道理，寫了不到一千字的文章，順利交卷。結果評審揭曉，給了寶枝首獎。

之後，她又參加了全校歌詠比賽，在決賽時，她唱了〈昭君出塞〉一曲，委婉淒涼，盪氣迴腸，結果又獲得冠軍。這兩榮譽，讓她稍舒心中積鬱，重行專注於功課學業。

可是，不如意事接著發生，又給寶枝一次打擊。

那年中秋假日，志安居然帶了浙大同學朱佩華來到常熟旅遊，且要登門拜訪章家伯父和伯母。這樣舉動，顯然含有示威性質，表明他在自由戀愛之中，對父母為他已經娶了童養媳的事，用行動表示不予接受。雖然章家二老，考慮之後拒絕接見，等於是給寶枝支持，但對寶枝來說，一次又一次的傷害，讓她完全喪失自信。

她經常用自我療傷的方法寫日記吐露她的憤慨和無奈。這天她在日記中這樣寫著：

「章志安欺人太甚，不給我留絲毫顏面，不給我留寸尺餘地，竟然帶了女友回家，要來完全否定我的存在，是可忍，孰不可忍？難道童養媳就是這樣毫無地位嗎？倫理或法律都不給保障嗎？

我孤弱，我無力對抗現實，那就除了忍耐，還是忍耐，不過忍耐到何時呢？唯一的希望，明年之後，回到鄉村當小學教師，割斷和章志安的瓜葛。可是婚契的債務如何清償？對二老的恩情如何報答？費思量！費思量！」

寶枝心中的煩愁和矛盾，一時難以消除。時光流逝，不久她自家政學校畢業，帶著疲憊的身心，回到章家，且待後續發展，再定行止。

三太太看到寶枝回來，非常高興，只是見她弱不禁風的樣子，相當驚訝，於是問道：

「阿寶，你身子怎麼啦？怎會瘦了一圈？上次你病了以後還沒有完全恢復嗎？現在還不舒服嗎？」

三太太一連串關懷的問題，讓寶枝感到陣陣溫暖，立刻答道：

「謝謝姆媽，我一切還好，只是上次病後，體重掉了幾磅，還沒回復，又因準備畢業考試，大概累了一些。沒有關係，不會有事。」

「那就好，回家多休息，多進食，快點把身子補回來。」三太太說。

桐芬聽到寶枝畢業回來，也很高興，於是立即抱了她初生的兒子趕回娘家，見到寶枝，分外親切。由於寶枝心境，桐芬瞭解最深，所以二人促膝長談，不時發笑，不時感嘆。桐芬始終給寶枝全力支持，只是有些事情愛莫能助而已。

現在志安和寶枝都已到達適婚年齡，對他們的親事，章家大概可以分為幾種態勢：

- 父親當然希望他們早日成親，但不採高壓態度；
- 母親認定寶枝是個好媳婦，想方設法，儘快讓他們圓房；
- 志安正和朱佩華熱戀之中，對寶枝依然杯葛，無迴轉餘地；
- 志剛對寶枝十分同情，思想較開放，認為應該還她自由之身；
- 桐芬雖已出嫁，仍很關心娘家事，她覺得他們倆應快快結婚；
- 寶枝本人是關鍵所在，她十多年來習於逆來順受，而且她對契約上捺下指印一事，非常認真，認為是做人誠信的基礎。更重要的是，她對志安仍未絕望，抱著有朝一日終成眷屬的想法，所以一直不做任何反抗。同時她對二老的愛護，銘記不忘，因之她絕不會有激烈的表態，免讓二老感到為難。

事態就這樣膠著，好像唯有聽其自然，讓時間來解決！

# 第八章　情慌意亂夜

世事多變化，十之八九，難以逆料。大時代的大變化，帶給小百姓們的衝擊和損害，更難以估算。

民國二十六年七月七日，日本軍閥在我國河北省宛平縣盧溝橋發動侵華戰爭，國民政府忍到最後關頭，終於號召全民奮起抗戰，抵禦外侮。於是全國軍民一致投入抗日戰爭。不久戰火迅即蔓延全國，寧靜的江南，再度聽到隆隆炮聲，豐潤的大地，又成為殺戮的戰場。善良的江南百姓，義無反顧，跟全國軍民一樣，奮勇抗敵。其間無數可歌可泣的英烈故事，為初期抗戰史，增添了不少光彩的篇章。

章家同樣不可避免受到戰爭威脅，收不到田租，經濟立顯拮据，連居家安寧都成問題，為了避難和節省開支，已在準備從縣城遷回鄉下。此時章元亮原在上海執教的愛國女校，校址適在江灣的戰事區內，遭到戰火嚴重破壞，學校被迫關閉。幸好他又及時接到設在租界內私立上海中學的聘書，可託租界孤島的庇護，下學期仍能回滬執教。不過他瞭解這場戰爭，絕非短期內可以結束，因之決定由三太太率全家避難鄉下。

由於國家採取長期抗戰政策，國立浙江大學奉令西遷到廣西柳州，章志安還有一個學年就要畢業，勢必隨校後撤，因之一方面回家向父母稟告，一方面請撥最後一年的學費。至於對寶枝的婚事，一無表示，顯然這檔子事，根本不在他的思考範圍之內。

章三太太心中異常焦慮，兒子此番一去，不知何年何月方能回來，豈不他的婚事必將永無結果。想來想去，她得把握時機，決定有個處置。於是她把奶媽找來，囑咐一番，並交代今晚好好做頓晚餐，為安寶餞行，也請桐芬大小姐和姑爺過來，志剛和吳先生作陪，一同敘敘，也可以談談未來。

另外，三太太又把寶枝喚到房內，很委婉地對寶枝說：

「阿寶，今天有件重要的事，要跟你商量。現在時局不好，打仗不曉得打到哪年，你和安寶的事，一直掛在我的心頭，他對你的態度，也一直讓我覺得你受太多委屈。你們現在都已長大成人，我始終把你當做我的好媳婦，早晚總得完成婚事，可是目前兵荒馬亂，他又即將遠離，所以我要求你，今晚你得和他圓房，你們成就夫妻，往後你就屬於他，我也把他交給於你，望你們在這遍地烽火年頭，不離不棄，我們做父母的才會心安。阿寶，請你照著我的話做，不會後悔。」

不論三太太所講，是否一廂情願或如意算盤，在寶枝聽來，字字如雷震耳。她萬萬沒有想到，三太太會有如此要求，她該如何處理。或許這是長者的好意，想要完成十多年來的心願，但突然之間，要她和一個向來仇視她的男子同床，還要獻身，她的尊嚴何在？是要她受夠精神虐待之外，再受肉體的蹂躪？她一陣心酸，只能迸出幾個單字：

「我怕」，「我不敢」。

接著她淚流滿面，低頭哭泣。

三太太見狀，知道這是一道難題，於是急忙安撫，捧著寶枝淚濕的臉，說道：「阿寶，難為你啦。你乖，姆媽一切還是為你著想，在這戰亂時期，是不得已的辦法，總要先把你們夫妻關係定了，才算妥當。你可放心，安寶大學畢業之後，不管他在哪裡做事，我一定想法把你送到他身邊，讓你們成家。」

寶枝感到這是她一生最難抉擇的時刻。她依然低垂著頭，思潮起伏，各種想法湧上心頭，更想到她的爸媽，心中在問：「我會對不起你們嗎？」、「童養媳的宿命都必這個樣子嗎？」、「契約上捺的指印能不信守嗎？」、「今夜我必須獻出我的童貞嗎？」、「應該嗎？」、「值得嗎？」……連串問題，讓她遽然驚醒，似乎她爸媽冥冥中給了她力量，她抬起頭來，望著三太太，沒有答話，只是輕輕地點了一下頭，撲進三太太的懷裡，哭著低聲說：

「姆媽，我聽你的。」

三太太如釋重負，安慰著寶枝，連說：

「好，阿寶，我不會虧待你。」

出得房來，三太太喚奶媽過去，細聲吩咐一應事宜。又叫桐芬到身邊，說明經過，要她陪著寶枝先行回房，盡力安撫。

章三老爺與女婿和全家人一同晚餐，為志安遠行祝福，寶枝稱病未入席。三太太和桐芬未終席先行離桌，奶媽從旁不斷給爺兒們溫酒，三老爺酒量尚可，其昌善飲，十觴不醉，除了時時給岳丈敬酒之外，連連向志安舉杯，祝他遠行平安，志剛和吳先生也頻頻向志安進酒，但志安酒量實在有限，三巡之後，已經不勝酒力，而其昌仍連續勸酒，連老爸也一再勸飲，不久終於不支，伏在桌上，酩酊大醉，奶媽立刻上前扶著志安回房，時已將近三更。

寶枝呆在房內，奶媽遵照三太太指示，早就準備給寶枝沐浴，浴罷又抹了香液，伴著她進了志安房間，讓她睡進志安床鋪，還給她墊上一塊綢巾，然後替她闔上蚊帳，輕聲說道：

「寶姑娘，你千萬不用緊張，這是喜事，祝你們百年好合。」

奶媽說罷，點燃了桌上兩枝紅蠟，熄了房內電燈，掩上房門，回到餐廳守候。

此刻寶枝獨自躺在志安床上，猶如待宰羔羊，兀自恐慌，想想今晚將要獻出她的初夜，不斷撫摸自己身體，自問此身是否今後非我所有？後悔她答應這樣做是否錯了，甚至總覺有些荒唐。至於什麼是男歡女愛，她不懂，也不往那方面去想。她已陷入情慌意亂、志昏神迷，只有祈求她爸媽在天之靈，庇護保佑，最好讓志安拒絕上床。

奶媽扶著志安進到房間，他已醉得稀裡糊塗，意識已不清楚，衣衫也已不整，當他臥倒床上，奶媽替他脫了外褲和上衣，推了一把，讓他躺到床的中央，然後退出房外，關上房門，站在門外靜聽伺候。

志安爛醉如泥，順手一揮，碰到軟綿綿的肉體，滑溜溜的身軀，直覺有好的觸感。他還是處男，從未跟女子有過肌膚之親，現在身邊有個誘惑的胴體，仗著酒力的暴衝，於是本能地躍身擁抱，發揮人類原始的天賦張力，突然勃起，猛力衝刺，初嘗禁果的滋味，益發興奮，益發使勁，感到從未有過的暢快。而此時的寶枝，則像一枝幼嫩的海棠，經不起急風驟雨，搖曳中欲拒還迎，只有任他為所欲為，經過一陣又一陣的合歡，欲罷不能，直到最後只剩吁喘哼呼，回歸沉寂。

志安迅即呼呼大睡，寶枝也倦極入眠。奶媽始終站在門外，室內一舉一動，她都聽得一清二楚，於是趕緊跑到三太太臥室，輕輕敲了二下房門，三太太啟門，看到奶媽一臉歡喜的樣子，情知大事已妥，就含笑點頭說：

「奶媽辛苦你啦，辦得好。」

次晨志安醒來，發覺狀況有異，而且二人赤身裸體，知道出了差錯，他沒向寶枝多看一眼，更沒問話，急忙起床穿衣，對著鏡子自照，醒悟昨晚酒醉，有人扶他進房，以後的事，全然不知，想必有人設計，讓他中了圈套，大錯鑄成後悔已晚，趕緊離房去找奶媽問個究竟。

這時天色剛亮，父母都還沒有起床，志安直去奶媽房間，敲門進去，拉住奶媽雙手問道：

「奶媽，這到底是怎麼回事？怎會讓她和我同床共寢？誰的主意？這樣害慘我啦，我不要！」

奶媽慢條斯理答道：

「我的少爺，你別著急，現在我先幫你做早餐，你先坐下，就在這裡，我們邊吃邊談好嗎？」

志安坐定之後，奶媽端上一碗熱稀飯，兩碟小菜，兩塊棗泥月餅，坐到方桌對面，和志安同用早餐，接著說：

「安寶，你已長大成人，大學都快畢業，不能再像小孩一樣任性，做事應該負起責任，還要懂得孝順，免得父母操心，……」還沒講完，卻被志安打斷，立即插口說：

「奶媽，你劈頭就來訓我，要負責，要孝順，難道你們做好了圈套，讓我跳火坑，還要我負責嗎？」

奶媽心平氣和地繼續說道：

「你要冷靜，事情並非像你想的那樣，什麼圈套、什麼火坑的。因為時局不好，這個仗又不知打到哪年，你要遠行，又不知要到哪年回來，三老爺和三太太怎不操心？你是章家長子，怎能沒有責任？人家寶姑娘，雖是童養媳，畢竟是個黃花閨女，書也讀了不少，性情也溫和，配你也算相稱，這是三老爺和三太太多年來培養她的苦心。但總不能長期把她放在家裡，耽誤她的青春，也耽誤章家血脈傳承，因之讓你們提早圓房，將來局勢平靜，保證要為你們風風光光補行婚禮。現在我跟你講句私話，生米已成熟飯，你去完成你的學業，即使在外交個女朋友之類也沒有關係，但不能和你父母鬧翻，也不能再欺侮寶枝姑娘，這樣各方面周全，就是我剛才所說的孝順和責任，你便是章府的好少爺。」

志安聽了奶媽一席話，一時覺得難以反駁，火氣稍消，問道：

「那你說，我該怎辦？」

奶媽看到志安漸歸平靜，於是補充說道：

「昨夜的事，你可不提，當作接受，也可當作沒有發生，跟平常一樣，去跟爸媽請個早安，同時請示將出遠門，有何囑咐，你當遵守。至於寶姑娘那邊，最好跟她說句道別的話，情面上有個交代。你看著辦吧。」

志安匆匆吃完早飯，站起來拍了一下奶媽的肩膀，說出去一下，即刻回來，讓奶媽感到這位小佛爺暫時不致發威，於是定下心來，準備去見三太太。

寶枝在志安離開之後，急忙收拾衣服，撿起那塊已經霑紅的綢巾，回到自己臥室，躺在床上，反覆思量昨夜的一夕驚魂。她已年華雙十，初試雲雨，先有短暫痛楚，瞬又進入蜜鄉，但是畢竟還有恐懼心理，所以不能產生「碧玉破瓜時，回身就郎抱」那樣的情懷，更無「巫山一段雲」那樣的浪漫。她想到的只是她已履行契約的承諾，把童貞獻給了他，盡了應盡的義務，也不負婆婆的付託。因之，她認為可以解脫十多年來所背童養媳的枷鎖，無怨無悔，成為章志安的妻子。

寶枝的想法，可說純是理性的思維，表現女性的成熟。當她梳洗完畢，走出臥房，見到公婆時，說聲「早安」，語氣溫文，三太太心中竊喜，完成了一件大事，也確認她是章家的好媳婦，便向奶媽問道：

「早餐預備了嗎？大家一起用吧。」

「已經擺好啦，請老爺、太太用早餐。」奶媽應聲回答。

三老爺、三太太餐桌坐定，不見志安，眼光對著寶枝問道：

「安寶還沒起床嗎？」

奶媽搶著答道：

「他已吃過早飯，一早出門去看兩個老同學，說好一會兒就回來。」

於是二老和寶枝、志剛等同用早餐，三太太還頻頻給寶枝夾菜，頗有慰勞之意，三老爺則點頭微笑，沒有說話。

沒有多久，志安從外面回來，進屋就向父母稟報，他馬上就要啟程，先到杭州集合，經過浙江、江西、湖南等省，最後到達廣西桂林，轉車再到柳州。三太太聽了哇的一聲問道：

「這麼長的路程，要走多久啊？」

「爹媽放心，一路校方都有安排，而且師生集隊同行，大家互相照顧，沿途地方政府都會接應，不會有何困難，一到柳州，我就來信向爹媽報告。」志安回答。

三老爺、三太太聽了，覺得心安，一同說：

「這樣就好，望你一路平安。」

正要出發，奶媽走過來，把她特地縫製的一個腰袋，拿來綁在志安身上，對他說：

「安寶，你把老爺、太太給你的錢和重要東西，通通放在這個腰袋裡面，緊緊扣好，這樣就比較安全，不會丟失。」

三太太一看，便道：

「還是奶媽想得周到，趕快給安寶綁上，把錢放好。」

一陣忙碌，何南過來報告，黃包車（人力車）已在門外等候，請安少爺上車。志安便向爹媽叩別，也向志剛、奶媽道別，提著一個箱子，逕往外走，但對站在一旁的寶枝，居然視若無睹，連個示別的眼神，都未出現，真像昨夜的事沒有發生一樣，如此無情，寶枝豈能承受，因之立即轉身離開，回到房間。不但覺得身上無形枷鎖依然存在，還多了一層棄婦的悲哀，羞恨交織，深自怨艾。

三太太察覺寶枝神色有異，但因此時剛把志安送走，又要忙著打點三老爺為了籌錢家用，當天就要率同吳仁和何南下鄉處理部分田產，也為搬家避難作準備；加上志剛也在同天要回上海，所以有些手忙腳亂，無暇照顧寶枝的不安。

直到午餐之後，三老爺等一行和志剛都已出發走了，家中就剩三太太、寶枝、奶媽和桂花四人，顯得有些冷清，於是三太太把寶枝喚到房內，拉著她的雙手，而且用了從未聽過的稱呼，溫和親切地說道：

「寶兒，委屈你啦。我也是女人，知道女人對最珍貴的初夜，有怎樣的感受，都因時局突變，安寶又要遠行，不得已才有這樣的急就章，現在你們既然成了夫妻，自然就應相守在一起。我已跟你說過，不管安寶走到哪裡，我一定想法把你送到他的身邊，你要相信我，說到就必做到。」

三太太這種說法，在她的舊觀念中，自覺理所當然。但對寶枝來說，在志安加給她新的傷害之後，讓她感到似乎完全聽任擺布，並未受到最起碼的尊重。因之對三太太的話，也有若干存疑。不過，她一向都有感恩的心，而且如今木已成舟，還能有何主意，於是她只能答道：

「我明白。」

就這樣，可悲，昨夜的事告一段落。

這晚回到房間，沉澱一下混亂的心緒，寶枝在日記簿上留下她的感言。她寫著：

「丁丑仲秋，窗外月明如畫，吾心則如黑夜。昨破童貞，綢巾留紅，代表著什麼？代價是什麼？是姑命難違？是童養媳的宿命？還是我把自己推下了深淵，無以自拔。

李白的怨情詩中『不知心恨誰？』不管該恨誰，最可恨的是他居然臨別無言，此情此景，本無離愁，卻有別恨，這愁可以不上眉頭，這恨則將永在心頭。

罷啦，我本不該妄自多情，既然原本無情，那就不必空自追惜。一切是我命薄，但看今後有無勇氣，從深淵中騰躍而起，做我自己。」

寶枝寫罷擱筆，掩上日記本，也掩上淒涼的心扉。她對自己說，不要流淚，不要哭泣。

夜已深沉，身心俱疲，亟想休息。可是上床之後，難以合眼，輾轉翻側，無法入眠，不免思潮又起，想這十多年情與恨、恩與怨，剪不斷、理還亂，不知這齣戲碼何時可休。她覺得累了，人生才起步，已經跌跌撞撞，下面路遙，還不知如何前行。真累了，閉上眼睛，養一下神。

不久屋外雞鳴，天已破曉，只好起床，略事梳粧，聽到房外已有聲音，打開房門，看到奶媽正在整理雜物，奶媽一見寶枝，就笑瞇瞇地說道：

「寶小姐早，不，我應該改稱少奶奶了，昨夜睡得好嗎？」

寶枝立即回應答道：

「奶媽，不要這樣取笑我，你最瞭解我的心境，以後還望你多疼著我哩，你說是嗎？今天怎麼一早就在忙啦？」

「就是嘛，我不疼你，還疼誰？今天該做的多著哩，只等何南回來，就要動手搬到鄉下，大約最多四、五天內，便得起身，我們已經僱好一條航船，正等著呢。所以東西有要帶的，有要包的，有要封的，正在忙著整理。」奶媽回答。

正說話間，三太太從房內出來，身上披了一件毛衣，還是覺得稍有涼意，一看寶枝穿得單薄，便說道：

「寶兒，現在秋天，當心切勿著涼，快去加件衣服。還有你的臉色，今天看來，好像精神不怎麼好，是否夜裡沒有睡好？」

寶枝確實精神不好，有點懶散，便即回答：

「謝謝姆媽，我睡得還可以，倒是天氣真的有些冷啦，我去加件背心。」說著轉身回她房間，藉此掩飾一下她的倦容。隔了一會兒，她稍稍補粧，出來陪三太太吃罷早餐，又幫助收拾要帶下鄉的一些應用物品。三太太則忙著指揮這、指揮那，整個上午，都在準備搬家事宜。

晌午時分，何南從鄉下回來，報告一路看到的狀況。他說沿途全是軍隊、士兵、槍炮、車輛、驢馬和糧草等作戰用的兵器和物資，道路壅塞，但看起來兵強馬壯，士氣高昂，這個仗一定會長期打下去了，老百姓得有長期準備。高談闊論，說了一套，還想繼續往下再說，三太太打斷了他的話，問道：

「那麼鄉下老屋怎樣，要很大整修嗎？賣田的事怎樣啦？三老爺有什麼決定？」

何南這才想起，還未報告正題，於是連忙補充：

「老屋大致完好，有些門牆需要修補粉刷，已經找泥水工開始做啦，另外又找了二個大嬸，做清潔打掃，以幾間臥房為先。三老爺吩咐，避難期間，一切從簡，只要將就能住，不用太多花費。至於賣田的事，三老爺指定田涇浜附近兩塊農地約一百多畝可以讓售，已交由帳房吳先生負責處理。三老爺本人因為亟須回學校教課，諸事交代以後，逕行從東塘市坐快輪，穿過昆承湖，經崑山轉回上海去了，命我向三太太報告，搬遷的事，就請三太太作主。」
三太太聽了何南的報告，嘆了一口氣，說道：
「以後章家的事可不好管啦。打仗，年成不好，又收不到租，家人東分西散，柴米油鹽樣樣漲價，日子越來越不好過，當家難做。只好求菩薩保佑，大家平安。」
大家聽了，都靜了下來，體會到未來歲月，將有很長很艱苦的路要走。
搬遷的準備工作，經過幾天忙碌，大致就緒。正要出發前夕，章志剛忽又回來。他說奉父親之命，回家陪母親遷鄉，因為這次下鄉避難，恐非短期可以回城，所以趕來望母親寬心。三太太一見志剛到家，喜出望外，連聲說道：
「剛寶，你來得正好，我正想著你呢。明天我們一同下鄉，看看鄉下的日子怎麼過法，最好多住幾天，再回上海。」
寶枝也接著說道：
「剛弟，你的回來，讓姆媽和我們添加信心，真的希望你在鄉下多住幾天，姆媽會格外高興。」
志剛給母親請安之後，對著傭僕們說：
「姆媽有你們照顧，爹爹和我都很放心，以後還要你們費心，多多服侍姆媽。」
大家聽了，都覺得這位二少爺，溫和親切，完全沒有少爺的架子和脾氣，所以齊聲答道：

「剛少爺，請放心，我們一定會好好伺候三太太。」

章志剛二年前遵從父親指示，放棄高三，逕以同等學力，考入私立上海法政大學，提前一年做了大學生。他自己認為跳班並不合適，但父親盼望他早點就業，還是順從了父親意願報到入學。現在因為戰爭，學校遷到租界之內照常上課，還有二年可以畢業，這次父親要他在學校搬遷的空檔期間，回鄉協助母親搬家，讓三太太大為高興。

第二天一早，三太太就差遣桂花到蔣家請桐芬大小姐帶著外孫歸來，作下鄉前的團敘。桐芬回來看到快要遷家前凌亂的樣子，心中有些辛酸，對著母親說：

「姆媽，你要好好保重身子，千萬不能太過勞累，尤其在這兵荒馬亂的年頭，凡事可以簡單一些，平安第一。」

三太太回想早年因鄉下盜賊猖獗，搬到城內，現在事隔二十多年，又因戰爭要從城內遷回鄉下避難，令她感慨，所以說：

「真是世事難料，人生無常。如今我已年將半百，還要逃難，也還不見得就能安全。但求觀世音菩薩，神靈保佑受苦受難的眾生，早日渡過苦海，那就阿彌陀佛。」

語罷，抱起外孫，連說：

「寶貝，乖乖，外婆喜歡你。」一面吩咐奶媽早點開飯，一面問桐芬：

「你們蔣家要不要下鄉避難？」

「我聽婆婆說，因為公公要替病人看診，我家暫時不能離城。」桐芬回答。

午飯時，三太太又說：

「吃過飯後，你們姊弟三人可以多談談，恐怕以後這樣講話的機會不多啦，好好聊聊。」

大家回答說：「是。」

桐芬、寶枝和志剛姊弟三人，原是章家意味相投、可以談心的三個好友，已有很長時間沒在一起聊天，現在因受戰爭威脅，大家都有景物全非的感慨，尤其志安圓房之事以後，桐芬、志剛一直替寶枝擔心，所以講話格外謹慎。桐芬首先問志剛：

「剛弟，你看時局會變到怎樣？」

志剛想了一下答道：

「一般看來，這次對日戰爭，是中國人全民抵禦外侮的戰爭。日本軍閥侵略中國的野心一日未止，中國人抗戰到底的決心，也一日不會改變，這從蔣委員長最近幾次發表的談話可以看出。而日寇的侵略在沒有嚐到苦果之前，也不會收斂。因之這次戰事非短期可以解決。現在中國老百姓已經覺醒，絕不做亡國奴，抗戰到底，也就是要忍受戰爭的苦難到底，不到最後勝利，絕不終止，已是全國民眾共同的認識。所以我們要有避難的準備，更要有長期受苦的心理準備。我個人的準備是，如果上海租界可以苟安一時，那就先完成學業，然後立即前往內地，參加抗戰行列。我雖非軍人，不能上戰場殺敵，但身為知識青年，可以為國效忠效勞的地方很多，我不會留在淪陷區過忍辱受侮的日子。現在安哥已經隨校西遷，然後我再去內地，做兒子的不孝，只有拜託桐哥、寶哥你們二位多多照顧爹媽了。」

說到這裡，志剛有些激動，以致哽咽不能再語，只用雙手作揖，向二個姊姊打躬，表示愧疚，也表感謝。但又請求二位，現在千萬不要向姆媽明說。

桐芬聽了志剛的長篇大論，似乎茅塞頓開，說道：

「剛弟，要不是你方才的解說，我還真不知道這次戰爭的長期性和嚴重性。你說的不錯，男兒應該志在四方，效忠國家，更是理所當然。父母親這邊，我自會照顧，你不必擔心。」

寶枝聽完之後，反應比較複雜。她知道抗日戰爭的長期性和全面性，但她應該去內地隨在志安身邊？還是應該留在家中侍候公婆？她未必有強烈的國家意識，她只是考量如去內地而志安仍不接納，她將如何自處？或者留在家中做個終身童養媳又將如何自處？兩難之間，都很難作抉擇。因之她未能即時做出明確表態，只能含糊做個回應，說：

「剛弟，你說得對，我們都得做好準備。」

桐芬和志剛對寶枝的心情，都有理解，所以未再多談。

午後，桐芬帶著兒子回家，三太太由寶枝和志剛陪著，計劃明天的航程，何南、奶媽和桂花在旁侍應，說明一切準備妥當，明早可以準時出發，請三太太不用操心。

三太太看著志剛和寶枝親和合作的樣子，腦際突然閃過一個怪想，莫非真的錯配了緣分？剎那間覺得此事玄奇，過於複雜，立即驚醒不能再往下想。

入晚用罷晚餐，三太太囑咐大家早點休息，以便明晨啟程，於是大家各自回房。

寶枝進到臥室，看著房內傢俱，除了床鋪之外，都已包封覆蓋，一張小書桌上，也已空無一物。她靠桌坐下，打開抽屜，拿出預備帶在身邊的日記本，輕輕摩拂，細細翻閱，讓她百感交集。想起唐詩中「世事波上舟，沿洄安得住」的句子，明日即將離開這個宅子，何時再能回來，不得而知，真有波上舟的不安定感。於是從懷中掏出自來水筆，寫下她在常熟城內最後一篇日記：

「今夕何夕，月明星稀，風歇人未息。

戰局緊急，欲來山雨，斯地已難久居，明將別離。

聽剛一席言，慷慨激昂，義正辭嚴，大有男兒當自強氣概。

而他的兄，一夕發洩，揚長而去，竟連揮個手都吝惜，

既負心，又負義，哪有丈夫骨氣？

別了海虞，這個傷心地。何時重相聚，只待凱歌響起！」

次晨一早，何南率同船伕、搬運工人來到章宅，把待運器物，先行抬到岸邊，然後一件件搬進船內。三太太囑寶枝和奶媽回屋逐一檢視，屋內每個門窗關閉落鎖，最後囑何南把大門關上、加鎖妥當。

正要出發，桐芬匆匆趕到，給母親送行，母女相擁，互道珍重。寶枝、志剛和

桐姊，更是依依不捨。直到船伕催促，桂花扶著三太太登舟，大家又再揮手告別。

這條航船，過去章府時常僱用，三太太每年去杭州靈隱寺進香，或者三老爺每年暑假帶著子姪們下鄉曬書，都僱此船作為交通工具，所以跟船老大老徐極熟。不過今天老徐身體稍有不適，不能親自前來服務，改由女兒小紅、並派兩名熟練船伕代他當差，還特別拜託何南向三太太致歉。

三太太等進入中間船艙坐定，船首的一位船伕解開纜索，用力撐竿離開堤岸，船尾後面兩個搖擺雙櫓，沿著琴川河，穿過水西門，然後循護城河回轉向東，轉入大運河，再朝東南向行駛，加速航行。隔一會兒，小紅端著一個盤子，裡面盛著一壺熱茶、五個杯子，還有兩個碟子，一碟是烘青豆，一碟是杏仁酥，她彎著腰，從後艙跨進中間大艙，恭敬地說：

「三太太，我爹因病，今天不能過來當差，要我代向三太太陪罪。這壺茶是三太太喜歡的龍井，才用開水泡的，還有乾點，都請品嚐。」說得中規中矩，三太太聽得高興，接著說道：

「謝謝你小紅，你很能幹，你爹身子沒事吧？」

「謝謝三太太關心，我爹受了點風寒，有點咳嗽，應該不礙事的，休息幾天就好。」小紅答道，說畢又回船尾去了。

艙內的人，一邊飲茶，一邊觀兩岸景色，但見兩邊岸上，來往的盡是軍隊士兵、騾馬車輛和錙重槍炮等，就像何南所說的那樣，忙碌地在移動，想來戰局相當緊張，大家不免有些驚恐，憂形於色。

三太太坐了一會，便叫桂花扶著，進到後艙休息，奶媽則到船頭甲板透氣，免得暈船，中間艙內就剩寶枝和志剛二人，難得可以長談。

志剛繼續昨天的高論，志在報國，鐵定後年必去內地，轉問寶枝作何打算。寶枝至感無奈，吐出真言：

「剛弟，照說巾幗不讓鬚眉，我們女子一樣應該參加抗戰行列。但我不像你幸運，可依自己主意作選擇，我身為童養媳，沒有自由，要聽公婆的，也要聽丈夫的。何況那夜之後，我已委身於他，不伺候他，就得孝順翁姑，否則我讀書多年都白唸了。目前時局緊迫，安哥已經隨校西遷，我沒有得到他半句話的關切，那我除了陪伴姆媽照顧她老人家之外，還能有何別的選擇？這是我的命。剛弟，我希望你將來學業事業都有成就，更希望你有個貼心的伴侶、美滿的婚姻和幸福的人生，我會為你祝福和祈禱。」

寶枝從來沒有在章家人面前，講過這樣率直的話，讓志剛聽來如泣如訴，感動不已。但現實擺在面前，他實在無能為力，拿不出任何主意，能給寶枝有所幫助，所以只好說：

「謝謝寶哥給我的勉勵。我覺得你一向很有智慧，事理分明，雖然目前亂局，不如平常，但我相信你有足夠能力，應付任何難題，只要永遠不放棄希望，你的願望就會來到你的身旁。將來如有我能效勞之處，我必全力為之。」

寶枝感受到志剛的善意，隨即答道：

「謝謝剛弟的好意，你我都該往前看，都要珍重。」

三太太躺在隔壁艙房，其實並未入睡，只是閉目假寐，倒是桂花坐在一旁，呼呼睡了。寶枝和志剛兩人的談話，三太太聽得清楚，引起她一些省思和內疚，莫非真的配錯了。但事已至此，也只能將錯就錯，難以補救。唯有等待將來事態怎樣發展，讓他們年輕人自行處理。

隔不多久，船已駛抵東塘市，三太太推醒桂花，回到中間艙房，喚奶媽過來問道：

「我們要不要上岸，到餐館吃個中飯？」

「報告太太，小紅已經為我們做好中飯。」奶媽回答。

「那小紅真是周到，等會叫何南多給些賞錢。」三太太說。

不一會兒，小紅果然端出二葷二素四道菜，加上一碗紫菜蛋花湯，讓大家吃了一頓清爽的午餐。

航船繼續行駛，不到半個時辰，抵達老家柯村。

眼看章家舊宅在望，迨船靠岸，船伕繫住纜索，放妥跳板，三太太等依次登岸，幾個清潔工人已在戶外迎候。大家進到宅內，三太太一看房屋確是舊了，不過打掃得還很清潔，幾個房間大致可以居住，等到何南帶領工人，把船上帶來器具物件一一安置停當，便在中堂坐下，先囑何南給小紅、船伕和清潔工等打發賞錢，然後對大家說話：

「今天大家都辛苦了，這次下鄉，是來避難，一切不能像住城裡那樣，日子要過得簡單和節省一點。現在打仗，大家惶惶不安，我知道奶媽也想回家，跟薛二守在一起，我當然不能勉強把她留下，所以就從今日起，很多事都得由我、寶枝親自操作，將就能住、能過便好。總之，望菩薩保佑，大家平安。」

奶媽鼻子酸酸地說：

「我實在捨不得跟三太太和大家分開，但薛二等著我回去，也要做些逃難準備，因之明天送了剛少爺之後，我便得回家，請三太太多多保重，寶少奶奶和桂花，拜託你們啦，我一有方便，就會來看你們的。」

奶媽說到這裡，喉頭哽住，說不下去，匆忙提了些船上帶來的蔬菜和肉類食品走向廚房，預備做晚飯去了。

章家在柯村這個老宅，寶枝還未來過，所以志剛帶她前前後後參觀一週。這個宅第是老三房時代合建的一所大宅，總共房舍大小五十餘間，格局相當氣派，只是年久失修，大部分都嫌破舊，但大廳所懸「太史第」的匾額，依然存在，想見當年興建這座大宅門時的風光，現在三太太回鄉暫住的後院，僅是大房中的幾間堂屋，不過極小部分而已。

桂花正把城裡帶來的六盞煤油燈，一排擺在屋前一張小桌子上，預備擦抹乾淨後，供入晚照明之用。寶枝參觀房屋回來，一見那些煤油燈，立即走向桂花說：

「來，我們兩人一同來擦。」

桂花以為寶枝要來為她分勞，實則寶枝童年初到章家時，最令她好奇且有興趣的事物，就是煤油燈，高腳凸肚的形狀，入晚掌燈，可以照明。後來章家裝了電燈，煤油燈收藏起來，成了骨董，此時古物出現，勾起了童年回憶，於是興沖沖地要和桂花一同去擦燈罩，在她潛意識裡，擦亮燈罩，似乎也擦亮了光明和希望！

這時三太太身旁，就剩志剛一人，不免要和兒子談談心事。志安和寶枝圓房之後，情況未見改善，甚至反壞，隻身遠離，對媳婦不聞不問，因之做母親的向另個兒子抱怨地說：

「剛寶，你哥的事，實在讓我心煩，不知怎樣才能使他們像對夫妻，時局這麼壞，該怎麼辦好，我真的沒了主意。」

志剛對他哥的作風，原本不以為然，此時母親既然問及，就大膽地說道：

「姆媽，我認為這件事一開始就是錯誤。因為這樁婚事，安哥事先不知道，所以自始反抗，可以理解。但寶哥是無辜的，多年被欺侮，還要被安哥酒醉侵凌，之後還被背棄，不屑一顧，她至今默默承受所有苦果，實在太不公平，我覺得這是章家一件可恥的錯誤。姆媽，我們現在應該做一件事，把那童養媳的契約燒掉，還她自由之身。如果她得不到安哥的疼愛，她儘可另找對象，到時姆媽應該把她當作女兒一樣出嫁，還她一個公道。」

三太太知道志剛和寶枝感情不錯，但沒有想到他會那麼激昂的反應，更驚訝他有強烈的建議，來得意外，於是沉默了一下，未有表示。稍停之後，她緩慢地對志剛說：

「剛寶，天下父母心，都是要為子女好。你說的也有道理。不過我們章家長輩對寶兒始終未曾虧待，讓她升學，接受好的教育，就是把她當作女兒一樣。只是安寶的倔強、頑固、偏執確實太過絕情，傷透了寶兒的心。我想大局平靜之後，總可以想法挽回。你知道，我為他們的事，心中煩惱，一直覺得有塊石頭放不下來，不知如何是好。」

志剛看到母親那樣憂愁，恐怕鬱出病來，連忙加以安慰，說道：

「姆媽是天下最好的母親，你盡心盡力，撫育我們，過於辛勞，還是自己要多保重。尤其這個亂世年頭，身子健康第一，千萬勿太操心勞累。至於安哥他們的事就由他們自己去決定，姆媽不用再去費神。我想寶哥個性純孝，她一定會陪在姆媽身邊，好好服侍你的。」

第二天，志剛向母親告別，接著奶媽也回她自己的家。於是章家老屋就剩三太太、寶枝和桂花三個婦女，幸虧何南白天在外工作，晚上回到老宅過夜，讓三太太安了心。

鄉間生活，算是平靜，但外面烽火連天，從許多傷患士兵不斷退下看來，戰局似乎相當激烈，而且也不很順利。尤其日軍敵機時常在上空轟隆飛過，聲勢嚇人，所以大家平日不敢出門。

有一天，寶枝偶在門外張望，看到隔河對岸樹林下，來了一批軍隊在那裡紮下營帳，她緊張地以為戰場已在附近，但仔細一看，營帳的帆布篷上，都有個大紅

「十」字，想必是個傷兵站，於是她走過木橋，看見有斷臂的、有缺腿的、有身上流血的、有頭上包著紗布的，還有許多躺在地上等待抬進篷帳的，寶枝心想戰爭真是殘酷，油然生起惻隱之心，想起在家政學校時曾經學過護理課程，眼前眾多傷兵，因保衛國家而在生死邊緣痛苦掙扎，責任心驅使她往前走去，想要盡一點力。

當她遇見一位青年軍官，正在忙於指揮進出車輛和擔架移動，她便上前問道：

「你們需要幫手嗎？我可以來當志願義工嗎？」

那位領章上佩著一顆三角形的少尉軍官，覺得有些意外，便問道：

「你是護士嗎？」

「我不是護士，但學過護理課程，也做過實習，我能做一般性的救護工作。」寶枝答道。

那位軍官想不到在這鄉村僻壤，居然能有懂得護理的女子願來效勞，而此刻救護站也正需要幫手，當然高興，隨即答道：

「我們極需護理人手，歡迎你來服務，但請問你貴姓，從哪裡來？家住哪裡？」

「我姓劉，就住在隔河對面那座宅院。」寶枝答道。

軍官一聽，連聲說「好」，並從一個箱子裡找出一件白色衣服，交給寶枝，又說：

「劉小姐，請你穿上這件衣服，現在就可開始工作。」

寶枝不慌不忙，替幾個傷兵擦洗污血，塗上藥水，包紮傷口，雖不熟練，但手腳乾淨俐落，讓帳裡的幾個護士兵看得滿意，都給她讚許。

不知不覺，已經工作了二個多小時，寶枝這才警覺，她出門時沒有跟桂花說過，於是急忙向那軍官報告：

「我現在必須立即回家，明晨再來。」

寶枝回到家中，看到三太太獨坐廳上，面有不悅之色，因之立即上前，把剛才經過的事，一一向三太太報告，覺得做了一件平生最快樂的事，所以請求明日再去工作。

三太太先是認為女孩子家不該拋頭露面跟阿兵哥們混在一起，但聽完寶枝所說傷患士兵那麼痛苦和她人溺己溺的心懷，也被感動，便即允許明日可以再去，讓寶枝萬分高興和感激，抱著三太太說：

「姆媽真是有慈悲的活菩薩，我一定不會讓你失望，我會盡力去救助那些傷兵。」

哪知第二天下午，寶枝正替一個士兵裹傷，突然一陣頭暈站立不穩，幾乎跌倒，幸好邊上有把椅子把她擋住，她只好小坐休息，但仍很不舒服，軍官見她身體不適，走過來說道：

「劉小姐，謝謝你這兩天的義務幫忙，士兵們都在讚你是白色天使，我代表部隊感謝你。現在你身體不舒服，可能是工作把你累壞了，快點回家休息。同時我正要告訴你，我們部隊要轉移陣地，明天一早就要開拔，希望我們後會有期，在勝利的戰場再見。」

寶枝聽了至為感動，有點黯然神傷，隨即轉身慢慢步行回家。

三太太看到寶枝提早回來，而且臉色有點蒼白，問道：

「寶兒，今天怎麼很早回來，有不舒服嗎？」

「是有一點不舒服，我想休息一會就好，待會再陪姆媽。」

寶枝答過後，隨即回房躺了個把小時，突然想要嘔吐，於是起床對著臉盆，一陣噁心，果然翻胃，吐出不少黃水，還連聲作嘔，驚動了三太太，立即叫桂花拿一杯溫水進房察看，著急地問：

「寶兒，你真的病了嗎？」

「沒有事，吐乾淨，喝點水就好，姆媽請放心。」寶枝吃力地答。

三太太還是不放心，仔細看看寶枝臉色，白裡還帶有淺淺的紅暈，於是再問：

「寶兒，你身上月信是否照常？」

「照說，這個月的經期已過了幾天，但還沒來。」寶枝想了一下答道。

三太太聽了，心中有數，八成她是有孕，但還不能斷定，且看幾天再說。於是囑咐好好休息，走出房外。

晚餐時，寶枝坐到飯桌，聞了菜的味道，又要想吐，桂花急忙拿著臉盆，靠到寶枝口邊，但又吐不出什麼東西，三太太肯定她是害喜，便說：

「寶兒，媽要恭喜你啦，你是懷孕了。明天讓何南去東塘市請個大夫診斷一下，就見分曉。」

當晚何南回來，三太太囑咐他明天去請大夫，但是何南回答，近來戰事緊張，東塘市的醫生逃難的逃難，停診的停診，恐怕不一定能夠請到大夫過來。隔天何南到東塘市，果然請不到大夫出診，只有一位藥鋪的老師傅，懂得一點醫理，何南便把他請到柯村，給寶少奶奶把脈之後，對三太太說：

「少奶奶的脈象，是有小寶寶啦，恭喜三太太要添金孫。」

這時三太太果真大大歡喜，想不到安寶臨行前夕，在她的安排下，居然給章家留了寶種，實是一件天大好事，所以趕快要給人在上海的三老爺報個喜訊。

寶枝此刻，卻有另樣的想法，她一則以喜，一則以悲。喜的是她將為人母，有女性天賦的驕傲感；悲的是這胎兒並不是他們愛的結晶，只是他洩慾的結果。他未留情，卻留了種，也可以說留了遺憾。所以她對三太太的喜形於色，並無熱烈的回應，只說了短短的一句話：

「姆媽，我想休息。」

寶枝對往後的想法，很複雜，很矛盾。因之這天她在日記中寫下她辛酸的感言：

「今日藥師說我懷孕，依我近日生理狀況而言，可能是真。但這不一定代表是個美夢，也許是場噩夢的開始。

有個孩子原不失為是件好事，但必須是愛的結果，可是我與他之間是這樣嗎？當然不是，那麼這個胎兒和被狂徒強暴留下的孽種有何不同？這是童養媳必須吞食的苦果嗎？

然則現實就是這樣，我將如何面對未來？

有顆平常心罷，怕的是不容易呀！那我只能再求上蒼，給我勇氣，去面對許多的未知，去接受新的挑戰吧！」

天可憐見，一個弱女子的無助和無奈，躍然紙上。劉寶枝的悲哀，就是典型童養媳的悲哀。總結一句，「聽天由命」而已。

寶枝靜心待產，婆媳更是和諧。不過戰局不斷惡化，常熟縣城已被日軍佔領，江南大部分縣市相繼淪陷，隨之首都南京失守，政府西遷武漢，再遷重慶，而日寇竟在南京城內對無辜民眾實施大屠殺，死亡三十萬人，以致人心惶惶，震動國際。各地方政府由一些媚日份子，籌組臨時的「維持會」和「治安會」等不倫不類的傀儡機構，不但不能保護百姓，有時反而助紂為虐，搜括民眾。國軍撤退後的殘餘部隊，雖有少數組成游擊團隊，但於大局無補，徒增民間恐懼，以致家家戶戶，苦不堪言，真是到了民不聊生的地步。國家有難，百姓如芻狗，令人浩歎！

劉寶枝十月懷胎，次年七月產下一名女孩。生不逢辰，自無歡慶可言，但三太太還是染了一百個紅蛋，分送柯村的左鄰右舍，算是給大家一個通知，章家有了一個孫寶寶。

過了兩天，寶枝再在她的日記中寫道：

「生兒育女，原是上蒼賦予女子的天職，如今我既為人母，母氏劬勞，乃是為母的本分，自古皆然，我也不能例外。只是此兒的父親人在何處，他也不知已經有個女兒出生，即使他知了，又會如何看待，恐怕未必善處。是則此兒命苦，或將更甚於我。如把前天算作我的受難日，也許更是這個稚女的受難日子，她何必來此世上！

際此亂世，不求多福，但求無禍，願蒼天有眼，賜我們平安。」

此時的章志安已從浙大農化系畢業。他和朱佩華的戀愛，由於上次同去常熟旅遊，遭到父母拒見，使朱不悅，兩人時有爭執，心結一直無法解開，因之愛情起了變化，終於分道揚鑣。而章志安把此結果，完全歸咎於寶枝，因為寶枝的存在，破壞了他和朱佩華的愛情，始終不予諒解。

現在志安經由浙大一位教授的推薦，要去安徽祁門茶葉改良場做研究工作，可以學以致用。他以為一去祁門茶場，身處深山，遠離塵囂，可以把失戀的痛苦和婚事的煩惱，拋得一乾二淨，一了百了，當然他還不知，他已是一個孩子的爸爸。

祁門紅茶，舉世聞名，章志安能去那裡工作，等於是到了產茶聖地，心情至為興奮，他致力研究茶葉品種分析、分類、栽植與土壤改良試驗和氣候適應，以及茶葉烘焙過程的改進等工作，十分專注，頗獲茶場場長的讚許，讓他真的忘了所有的煩惱。

# 第九章　千里送嫂

戰爭愈打愈烈，國軍屢敗屢戰，誓死抗敵到底，不得勝利不止。因之凝聚了高昂民心士氣，愈挫愈勇。即使淪陷區的知識青年，也無不嚮往重慶的精神堡壘，是自由的燈塔，紛紛千方百計，想去內地，參加抗戰行列，為國效勞。

章志剛早就有此志願，所以他在上海法政大學修畢學業之後，決心儘早西行。經過一位教授的介紹，獲得國府財政部所屬在皖南屯溪某一單位的工作，極為興奮，立即去向父親報告，只怕父親不許。未料章元亮不但未因長子已在內地而阻止，反而給他鼓勵，認為國難當頭，理應以為國效忠為優先，讓志剛莫名感激。不過，父親囑他行前應先下鄉向母親稟告辭別，志剛當然答允遵辦。

志剛回鄉見了母親，三太太看到兒子回來，不勝驚喜，高興地說：

「剛寶，你來得好，姆媽正想著你呢，學校畢業了吧？可以在家多住些日子，還有你尚未見過的小姪女，可以逗她玩玩。」

志剛向母親報告內地之行的計畫，三太太一聽志剛也將遠行，頓時轉喜為憂，說道：

「剛寶，你說什麼？你也要去內地？你怎麼不想想，你哥已經去了那邊，如今你也遠去後方，那不知今生是否還能和你們相見，叫我怎生度日？」

志剛百般安慰說：

「姆媽，我向你保證，這個仗我們中國一定會打敗日本。到時兒子勝利歸來，侍奉爹媽安享餘年，福壽雙全。」

「你倒儘揀好聽的說，那不知要到何年何月，才會見到你們。」三太太帶著疑問回答。

「一定會，一定會，姆媽和爹都必壽比南山還高。」志剛這樣回答，無非是要母親寬心。但停了一下，三太太忽問：

「剛寶，你要去的是什麼地方？屯溪？那離安寶有多遠？」

志剛一聽母親語氣有些鬆動，立即請示說：

「姆媽有什麼吩咐，兒子一定遵命。屯溪離祁門不遠，我會很快傳達。」

三太太想了一下，緩慢地說：

「這樣罷，我交給你一件任務，你這次去內地，你就護著你嫂子和姪女，把她們送到安寶身邊，讓我了卻一件心事，也可免得我天天精神上為此勞累。」

寶枝和志剛都未料到老太太會有這樣的主意，同時訝異地問道：

「姆媽，你是要我們都去內地？」

「是的。我說過一定要把寶枝送到志安身邊。」三太太清楚地回答。

志剛的反應，覺得母親深明大義，十分偉大，於是抱緊了母親，感動地說：

「姆媽，我會照你的吩咐去做，但我不放心讓你一個人留在鄉下。」

寶枝的反應，很是微妙。她懷疑老太太的指示是否過於倉卒，怎會未經商量就作出如此重大決定。她認為她應陪在老人身邊。不過從另一方面想，孩子是志安的骨肉，老太太要她們去和志安相聚，同時要履行她作過的承諾，真是用心良苦，感激之情，讓她淚流滿面，也抱著老太太激動地說：

「姆媽，我要陪伴著你，不要和你分離。」

三人加上一個娃兒，圍抱在一起，籠罩在濃濃親情之中，難捨難分，還是老太太明智，放開雙手，果斷地說道：

「剛寶，我就託付給你，你把她們平安送到安寶那裡，我便心安。這裡有桂花陪我，何南每晚都會回來，不用擔心。還有，你們一到上海，要立即向你爹報告，問他還有什麼指示，我想你爹大概不會反對這個決定。」

「姆媽，我一定照你的囑咐去做，全力辦妥。」志剛答道。

老太太和寶枝的感情，這幾年來好得如同親生母女，所以寶枝真的覺得不捨分離，但老太太意志堅定，她的命令怎能不從，因之只能偎在老太太身旁，不再發言，用默默表示遵從。

志剛在柯村停留兩天，終於要啟程出發。這回不同的是要照顧寶枝母女，千里送嫂，長途跋涉，責任重大，感到有些惶恐，母親一再訓勉「平安」二字，他必須謹記在心。於是臨行前安慰母親說：

「姆媽不用擔心，兒子辦事，一向妥貼，絕不有誤。倒是要請姆媽務必多多保重，抗戰勝利之後，我一定儘早回來，侍奉姆媽。」

寶枝拜別的情景，顯得有些淒切。一因此去，志安態度還未明瞭，二則對老太太恩情未報，卻要遠離，實在不捨，所以哭得如同淚人，只能連說：

「姆媽，我會一直想你。」

還是老太太鎮定，催促他們上路。臨別時，寶枝又回頭對桂花說：

「桂花妹妹，求你務必好好服侍老太太，平平安安，我們回來一定要重重謝你。」

三太太由桂花扶著回進屋內，結束了別離的愁苦場面。

志剛、寶枝一行，離開常熟到了上海，立即去見父親，報告母親的決定，父親完全同意，並且為他們的行程規劃路線。

其時東南沿海各地，幾乎全都淪陷，上海到內地的陸路交通，已全斷絕，只剩溫州海線可通。所以必須先坐海輪由滬到溫，然後登陸進到浙東各地。父親託人買了兩張招商局普通艙的船票，親自送他們到十六鋪的輪船碼頭，看著他們踏上斜梯，經過甲板，走向艙房，一次「送嫂之旅」、「尋夫之旅」，啟程開航。在亂世的暮色蒼茫中，父子黯然忍淚，揮手道別。

輪船於傍晚六時啟航，沿著黃浦江經吳淞口出海。航程需一天二夜，也就是後天早晨，可以到達溫州。志剛護著寶枝嫂和姪女嬰兒進到艙房，一看房間極為狹窄，鋪位分上下兩層，志剛讓寶枝母女睡下鋪，自己睡上鋪，於安頓行李雜物之後，寶枝要給娃兒餵奶，雖然燈光昏暗，但總要露胸，志剛覺得不便，故意走出艙房外面，寶枝並未覺察他在迴避。稍後志剛帶來一些食物回房，將就充飢。

是時船已出海，天已大黑，房內通風不佳，異常悶熱，寶枝有點暈船，志剛就把房門打開，兩人步出房外，站在甲板，靠著船舷邊欄，吹吹海風，頓覺暢快，寶枝說道：

「剛弟，這兩天辛苦你啦，不知前面路程是不是好走。」

「沒有辛苦啦，我只覺得我們即將踏上國府管轄下的國土，很興奮，再艱難的道路，也都值得。」志剛回答。

「要不是現在戰爭，倒是有點像作海上旅行。」寶枝又說。

「說的也是，有點想像也好。」志剛再答。

海輪繼續前進，寶枝又指著一個方向說道：

「你看前面有點點光亮，不知是島嶼還是漁火。」

志剛順著寶枝所指方向，遠遠瞭望，答道：

「也許可能是條船，要慢慢看那光點是否移動。我們都是第一次坐海輪，缺乏航海的知識，說不定還會看到其他奇幻的海象和海景呢。」

寶枝似乎感到自己言語太多，未再發話。一陣海風帶著細雨吹來，臉上微微有些潮濕，於是他們走進艙房，看到娃兒還在熟睡，便互道晚安，各自登床就寢。

其實他們都未入眠，也同樣的都在思考，叔嫂二人，從未如此同處密室，如此接近，上下鋪之間，呼吸氣息，幾乎可以彼此相聞，感覺有些怪異。真是唯有在此非常時期，才有這樣非常的場合，異床不同夢，卻有同感。

第二日，海上仍有風雨，船身較多動盪，寶枝暈得厲害，因之臥床未起，一日三餐，都由志剛從餐廳拿回一些食物，供她食用，雖因船暈而食之無味，但對志剛的殷勤，倒是有些異樣的滋味。

第三天清晨，輪船已抵甌江口外，由領港導引進港，停泊溫州碼頭，旅客依次登岸。志剛等因須繼續西行，而溫州到青田的公路已遭破壞，必須就在碼頭換乘內河航輪。等到換船入艙坐定，船隻溯甌江上行，下午抵達青田。

青田是個靠山的小城，屬於浙東貧瘠的小縣，但盛產雞血石和結晶石，行銷海外，因之青田人旅居歐洲經商者頗多，為家鄉帶來不少外匯收入。不過縣內基礎建設，仍然相當落後，電力供應就嫌不夠普及。

志剛等當日下午投宿城內僅有的一家客棧，而店內僅剩一間空房，裡面有兩張單人小床，只好登記入住，旅店管事的，以為他們是少年夫妻，還對沒有雙人大床致歉，他們也懶得分辯。

晚餐後兩人都想提早休息，店家拿著一盞玻璃罩的煤油燈送到房內，引起寶枝好感，一因她對煤油燈自小就特別有興趣，二因煤油燈可在蚊帳之內輕易捕捉蚊蟲，所以她對店家道謝，接過之後把燈放在兩床中間的小方桌上，室內頓時放出光明。

那兩張床，一樣大小，都是長方造型，四周床架有繩吊掛蚊帳，床上鋪的涼蓆，也還算清潔，睡前兩人隔床對坐，相視一笑，好像都蠻有趣，然後寶枝把煤油燈芯轉小，各自掩上蚊帳就寢。

隔不多久，寶枝發覺帳內有蚊蟲騷擾，於是起床又把煤油燈轉亮，拿到床帳之內，對準蚊蟲停留之處，蚊蟲立即掉入燈內燒死，極為有效。因之隔著床帳問道：

「剛弟，你帳內有無蚊子？」

「好像也有。」志剛答道。

「那我來給你捕蚊。」寶枝一邊說話，一邊拿著煤油燈走到對面，跨進床帳內，雙腿跪在蓆上，拿燈尋找蚊蟲。此時志剛上身赤膊，下身僅穿一條短褲，而寶枝也只穿著薄羅衣衫，章志剛從未如此接近過女性身軀，他仰臥床上，對著燈光，隱約看到寶枝雙胸隆起，不禁脈搏賁張，心有悸動。其時寶枝恰好燒死一隻蚊子，回頭過來，對著志剛一笑，說道：

「你看，蚊子逃不過我的法掌。」發現志剛瞪著兩眼，有侷促不安模樣，便說：

「好啦，還有一隻馬上可以捕到。」

青年英俊、但也深知禮教的章志剛心波盪漾之餘，立即自覺失態，於是側身答道：

「謝謝寶哥。」

這時突聞「哇」的一聲，打破了瞬間情窘時刻。原來娃兒又被蚊咬，開口哭喊，因之寶枝急忙返回對面床鋪，哄慰小孩。不久室內歸於寧靜，一宿無話。

其實，寶枝和志剛二人，從小同班同學，時時切磋功課，耳鬢廝磨，姊弟情深，潛意識裡早有愛苗，只是礙於叔嫂倫常，相互抑制，沒有讓它滋長而已。這次千里送嫂，偶爾肌膚接觸，不免挑動情弦，亦屬人性之常，或者可以說，本是錯配鴛鴦。

次晨醒來，志剛有些不敢正視嫂子，寶枝倒是落落大方，一如平常。匆促吃完當地的米豆煮粥後，趕往車站，搭長途公共汽車，前往麗水。

浙江麗水，位於甌江之北，是浙東名城。清朝設府治，稱為處州府。街道寬闊，房屋整齊，不失大城氣派。寶枝和志剛來到麗水，住的旅社，遠較青田小店寬敞。志剛登記時，定了兩個房間，寶枝心照不宣。飯後二人帶了娃兒上街蹓躂，瀏覽當地風光，在路人看來，自然認為他們是對年輕夫婦，不過他們二人行為，力持謹慎，克自抑制，只是專心趕路，不作遐想。所以從麗水，經永康，到金華，改坐浙贛鐵路到達蘭谿，換乘柴油輪船，循新安江到浙皖邊界的威坪，最後換乘皖南公路局的長途汽車，一路馬不停蹄，早行晚宿，最終到達祁門。

祁門縣屬安徽省徽州府，盛產紅茶。屯溪是一個鎮，屬安徽省休寧縣，都在皖省南部。抗戰初期，戰事失利，安徽省府所在地安慶淪陷，曾遷省府到皖北的合肥。旋因合肥又告失守，省府乃在屯溪設置皖南行署，中央部會駐皖機構，也都設在屯溪。因之屯溪成為當時東南戰區的軍、政、經重鎮之一，有重兵駐守，始終是國府所轄的自由地區。

# 第十章　拒人千里

志剛千里送嫂，自覺平安完成任務，可以卸脫仔肩，向父母交差，怎知事與願違。

章志安到祁門工作，剛滿一年，諸事順利。但是他常想到和朱佩華失戀分手，把根源一切歸諸父母之命，給他找來一個劉寶枝，才有婚事的苦惱，所以他把寶枝恨之切骨。他常意氣用事，缺少理性思考，因之對父母之命一再違抗，對寶枝始終不理不睬，甚至一夜情之後照樣棄之不顧，都是情緒化的作為。實際上他對劉寶枝從未有過一次正面對視，對她的品行、性格、學識和諸多美德，從來未曾加以觀察和留意，根本上對寶枝沒有最起碼的瞭解，只因她是他所不要的童養媳，所以痛恨，所以排斥。自以為來到深山野地，從此遠離家庭，遠離煩惱，拋開過去，拋開一切。

志剛、寶枝和一個娃兒，突然出現來到祁門，確實給志安帶來極度震驚，也極為憤怒。一開口不問父母親可好，卻厲聲責問志剛：

「你這是怎麼回事？那小孩是誰？你帶她們來這裡是甚道理？」

志剛看他怒氣沖天的樣子，就平靜地答道：

「安哥，你先別吼叫，這不是我的意思。這孩子是你的親生女，我奉父母之命，在這亂世，要讓你們夫妻和孩子一家三口團聚，命我護送她們來到這裡。這千里迢迢，你不問路上是否辛苦，也不問爹媽可好，卻開口就罵，太沒道理。」

志安一聽，火氣更大，又憤恨地說：

「父母之命，父母之命，我被這父母之命害慘啦。什麼夫妻？她不是我的妻子，我沒和她結婚，我不承認那個買賣式的婚姻契約，那孩子也不是我的。你把她們帶來，我不接受，請你把她們帶回去，離開這裡。」

志剛聽他安哥如此蠻橫無理，也不免怒上心頭，回嗆說道：

「安哥，你太不講理，不認婚姻，不認妻女，難道連父母都不認了嗎？我懶得和你爭吵，這原本不干我的事，我現在就走，把寶哥她們留在這兒，隨你怎麼處理，與我無關。」

說完，志剛真的提著行李，衝出門外。寶枝一看事態糟成一團，立刻上前一步，說道：

「剛弟，且慢，我有幾句話要說。」

志剛只好停止腳步，回頭講：

「寶哥請說。」

寶枝含著眼淚說道：

「事情鬧成這樣，都是因我而起，現在我帶著章家的骨肉來到此地，即使她爹不認，我還得留下，盡章家媳婦的責任，請你回報爹媽，我不會辜負他們對我的恩德，一定努力做好一個媳婦的本分，請二老不用為我操心。」

兄弟二人一場激烈吵架，到此無可挽回，志剛說了一聲「再見」，隨即離開祁門，趕往車站，搭車前往屯溪，向他任職的單位報到。心頭卻壓著一副重擔，無法向父母交差，左思右想，覺得還是不能把全部真相，向父母稟報。於是到了屯溪之後，立即修封家書，只報平安到達，以免二老擔心。

這邊章志安必須收拾殘局，這場風波發生在他辦公室內，讓他有些躊躇。依他個性，很想不顧一切，不管不理。可是現場一大一小母女，還有行李雜物，都在辦公室，不能不作處理。不過他心中已有決定，絕不讓她們住進他的宿舍。因之他強作鎮定，把平日幫他做實驗工作的茶場老師傅周仝找來，說：

「老周，請幫我辦一件事。我去過你家，離茶場不遠，你們周家老屋，應該還有空的房間，可否租給她們母女暫住，同時麻煩周嫂兼管她們的伙食，一切拜託，行嗎？」

周仝剛才站在辦公室門外，聽到爭執，知道有些困難問題發生。他是個忠厚人，對於這種突如其來的不情之請，確實有些為難，但不忍心拒絕，所以只好答道：

「章先生，你交付的事，我一定盡力照辦。不過我得先行回去，跟家裡的說明一下，讓她做些準備，過一會兒就回來，然後接她們過去，我想不會有問題的。」

周仝的誠懇，給志安很大寬慰，認為可以幫他暫解難題，所以向老周說聲謝謝。然後看著老周離開，跟著也就走出辦公室，頭也不回，沒說一句話，逕自去了茶田，好像事情已經了結，對寶枝未作任何交代。

寶枝呆在一旁，目睹一場鬧劇，真似萬箭穿心，一次又一次被他凌辱，她都逆來順受，如今來到這深山野地，舉目無親，他竟還是那樣冷酷，讓她覺得生不如死。正傷感間，周仝興沖沖地回來，發現章志安已經不在，便就對著寶枝說：

「我老婆非常歡迎，就請小姐，唔，不對，請太太過去，我帶路。」

寶枝看他一副善良老實的模樣，怎能拂他好意。而且她這時上天無路，入地無門，也就只好隨著他去。老周幫她提著行李，寶枝抱著娃兒，跟著踏上崎嶇的山路，高一腳，低一步，小心行走，好在距離不遠，不一會兒到了周宅。

寶枝舉目一望，倒還是座磚牆瓦頂的建築，足可抵禦風寒。心想姑且暫住，往後再作打算。於是跟著老周跨進周家大門，裡面周嫂聞聲出迎，說道：

「歡迎太太，你是貴客，只是我們這兒太寒酸，如果你不嫌棄，儘可在我家裡長住，粗茶淡飯，還可以供得上來。」說著又伸手把娃兒抱過去，笑著說：

「小寶寶長得真好，有一歲了吧？」

周嫂是個勤儉樸實的鄉村婦女，她那滿臉笑容、親切熱誠的樣子，立即就讓寶枝一見便有了安全和信任的好感，於是答道：

「周嫂，不好意思要來打擾。我的名字叫劉寶枝，往後就叫我『寶枝』，千萬不要把我當作客人，好嗎？」

「好，我就叫你寶小姐。我們這兒鄉下，吃的都是地上採的，喝的都是井裡挑的，雞蛋都是雞舍裡撿的，保你平安。我家老周天天不在茶山，就在茶場，大兒子在外打工，小兒子上學，白天家裡，就我一人，有的時間你可以陪我，我可服侍你。」周嫂說了一大堆的話，句句真誠。

寶枝聽了急著說道：

「周嫂，真不敢當。我來你家借住，已是萬分感激，可以幫你做點打雜的工作，絕不是來作客的，否則我會折福，以後我把這裡當作我家一樣，可以嗎？」

「好，好，只要自在就好，寶小姐。」周嫂答道。

寶枝萬萬沒有想到，在她絕望時刻，會有這麼一對善心夫婦如親人一般待她，對她來說，真如海上漂流看見燈塔一樣，重新燃起希望。她記起，老同學李靜、張淑芳曾經在她苦惱時對她說過，「人生啊，下一秒可能就會見到你想不到的燦爛陽光」，她應珍惜她們的鼓勵，要堅強地活下去。

寶枝平靜地住在周家，和周嫂感情融洽，共同做些家務，相處至為愉快。晚間給周小弟燈下補課，更覺親如家人。

她等待章志安會給她說個明白，可是十天、一個月、二個月、三個月都過去了，章志安居然始終未曾出現。她也曾想過，要不要去茶場找他理論，即使給她一紙休書，也算有個了斷。但她還是未去，怕的是不願再一次當面受辱。以致長日漫漫，空自怨艾，不知何時脫離愁海。

某一日，她在日記中，寫下一段淒惻的文字：

「今年，我過了一個最寒冷的夏天，他的冷漠、冷酷、甚至冷血，讓我冷澈心肺，冷得顫抖，冷得入骨。

是我遇人不淑，是我命薄，也是我自始就錯了，不該捺下那個指印，那時我年幼無知。但更錯的是不該輕易地委身於他，落得如今進退失據，此愁此恨，不是淚水可以洗滌。錯、錯、錯！

今後茫茫人海，何去何從，哪裡是彼岸？何處有藍天？就此沉淪，不甘、不甘！追討孽債？更是難，難！」

不幸的事，意想不到接踵而來。

時已進入寒冬，周仝身穿的大棉襖，衣上已有一些雪花，匆匆忙忙，進門就跟周嫂悄悄的說：

「章先生已經離開祁門，說是出差，其實可能已經辭職，因為沒說去了哪兒。但留了兩佰元給我，算是當作寶小姐她們的伙食費用，看來八成不會回來。你比我細心，這事對寶小姐應該怎樣說法？」

周嫂嗯了一聲，沒有細問，忙著去做晚飯。

冬日天黑得早，晚飯也開得較早，寶枝把娃兒放在鋪上，跟老周夫婦，還有他們的二兒子一同用餐，覺得老周夫婦臉上，有些尷尬神色，似有隱情不便明說，於是開口問道：

「老周、周嫂，有什麼事不能說嗎？你們是我的恩人，相信不會瞞我，再大的打擊，我都撐得住，請跟我直說好啦。」

周仝夫婦，交換了一下眼色，在老周示意下，周嫂緩慢地說：

「寶小姐，你人好，脾氣好，待人又好。其實我們早就知道，章先生對你不好，否則不會讓你住到我們周家，而你從未抱怨，也從來沒有聽你說過章先生一句壞話，你真是一個大好人。今天老周回來跟我說，章先生出差，去了哪裡也不清楚，不過看到他宿舍裡的東西都已搬走，好像不會再回祁門。這樣做法，確實不太厚道，我跟老周商量，現在大寒天，寶小姐不宜行動，最好繼續住在這裡，有什麼打算，等春暖以後再說。」

寶枝聽了周嫂一番話，有氣憤，但不悲傷，反而如同大夢初醒，章志安既然如此絕情，那就不必對他再有任何期待，從此可以斷絕所有牽掛，還她自由之身。只是她認為章志安做事太欠光明磊落，每次都是不辭而別，全無責任觀念。因之，她對事情一切演變到此結果，包括最初捺下指印的婚契，都可不必再負責任。所以她對老周夫婦告知的訊息，反應平靜，倒是對他們的善意，萬分感激，因之答道：

「老周、周嫂，難得你們這麼好心腸，實在感謝。我就聽你們的，繼續待在這兒，再住一陣，暫不離開，因為我真的需要安靜地想想我的未來。」

老周夫婦聽到寶小姐接受他們建議，願意繼續暫留鄉下，非常高興，同聲說「好」。老周又說：

「還有，章先生臨走時，留下二佰塊錢，好像是說當作你們的伙食費用，我們絕不能收，現在還是交給寶小姐，請你留著吧。」

「喔，我絕對不能收下這錢，而且我還不缺錢用。老周，就請你照著他留下的意思收下來吧，我會感謝你們。」

老周夫婦看寶小姐那樣堅決，就不再推讓。他們覺得寶枝是個堅強的女性，認為她必有好的前途，默默為她祝福。

真讓寶枝再度受到極大傷痛的事，是沒隔多久，她娃兒的夭折。其實早在二、三個月前，她就發覺娃兒對於聲響的反應，有些遲鈍，除了哭聲之外，她口腔的發音不很正常，似有聽障的樣子，而且娃兒的免疫力顯示不足。寶枝學習過兒童護理課程，聽過有一種罕見的疾病，是先天性染色體變異症，會影響語音，大多是一歲左右的嬰孩，容易罹患此症，死亡率極高，無藥可救。寶枝深恐娃兒得此絕症，恰逢天氣驟冷，娃兒得了風寒，高燒不退，而且哭聲異常，還來不及送醫，三天就病亡。

寶枝傷心欲絕，自感命運多舛，連個唯一親生骨肉的嬰孩都不能保住，老天為何如此對她，思前想後，悲不自勝。連日茶飯不進，亦不言語。周仝夫婦看得著急，擔憂她身子撐不下去，周嫂整日陪伴著她，百般勸慰，方始逐漸進食一些米汁或稀粥，精神體力，稍稍好轉。

周嫂這一對善心的夫婦，對寶枝在患難中給予熱情照顧，雪中送炭的溫暖，讓寶枝沒齒難忘。

寒冬還未過去，寶枝沒有踏出戶外一步，好像大山中的居士，一直對著窗外，靜坐深思。周嫂把她看做高人入定，不去打擾。

經過多日思量，寶枝做了幾點決定。第一，她必須把最近的變故如實修書稟告章府二老；第二，她不再和志安見面，也不和志剛聯繫，免生枝節；第三，她必須振作，於大地回春時，離開祁門，走自己的路，開創自己的人生。她勉勵自己，可以哭泣，但不能洩氣；她警惕自己，可以悲傷，但不能放棄。

她做了三點決定之後，心情感到寬鬆，積累多年的鬱悶，似乎得到了釋放，也給以後要走的路，定出了方向。有一天，周嫂看她狀較愉快，於是走近跟她說話：

「寶小姐，你今天看來臉色紅潤，身子應該好了許多，真是阿彌陀佛。前些日子，我正恐怕你會病倒。現在你想吃些什麼？我會做給你吃。」

「謝謝你，周嫂，你家飯菜，我吃得很好，不用為我另做特別的菜，你對我這麼好法，我就賴著捨不得走了。」寶枝笑著回答。

「那太好了，你就永遠住在這裡，不要離開。不過講到這裡，寶小姐，我能不能問一句，為什麼那章先生要如此欺侮你？我都為你不平。」周嫂關切地問。

寶枝沒有立即回答，嘆了一聲之後，說道：

「謝謝你的關心，這事說來話長。我從小就被他欺凌，因為我是他家的童養媳。由於父母雙亡，被爺爺賣到章家，立了一張婚契。不過我現在想通了，我和章志安唯一有關連的娃兒已經不在，我不再做那婚約的奴隸，以後的劉寶枝，就是自由的劉寶枝，來去自如，海闊天空。」寶枝一時說得興奮，沒有把說話的對象當作一般鄉村婦女，只在一洩胸中積憤，因之又再補充一句說：

「對不起，我說得太激動了些。」

而周嫂頗能理解似地說道：

「寶小姐，你說得對，人要為自己活著。」

寶枝休息幾日，心境稍寬，於是她提筆給章家二老寫了一封簡短的書信，信中這樣寫道：

「好爹、姆媽雙親大人：

寶枝不孝，拜別尊前，已逾半載，未能朝夕侍奉，罪過殊深。此番遵命遠來內地，原意把身心託付志安，奈何他依然視我無物，甚至月前未留一言棄我而去，是乃無言宣告仳離，寶枝只能默默承受。

尤不幸者，娃兒早夭。爾後寶枝孑然一身，飄零天涯，不論朝吹寒風，晚淋細雨，我不畏懼。但行必慮正，取事有則，毋違　雙親教誨。

寶枝有生之年，總冀得能盡孝，答謝二老親恩。不然來生亦必結草啣環，以報萬一。　　敬請

金安

弱女劉寶枝謹叩」

寫罷此信，寶枝已是淚濕滿襟，仍再複讀一遍，套進信封，寫上地址，交給老周，請他送到附近郵政代辦所，即日寄出，但內心依然惆悵不已。

周仝夫婦，待寶枝親如家人，關懷備至。這年歲尾，周仝大兒子周根生回家過年，就像一家五口團聚。根生小學畢業後，就在祁門城內一家專做木桶的老店當學徒，六年多來有些長進，已經升為老店的掌櫃。這次回家，看到未曾見過的貴客，周嫂不待他發問，就把兒子拉過來說：

「根生，過來見見寶小姐，她是我們周家的貴客。」

寶枝看到這位贛厚健壯的少年，態度穩重，便說：

「根生好，我早就聽說你是個好男孩，現在看到你紮紮實實的樣子，果然是個好漢子，你爸媽真是好福氣。」

根生還未說話，他弟弟長生搶著說話：

「哥哥是個好榜樣，我要跟他學習，都聽爸媽的話。」

根生一面拍拍弟弟的腦袋，一面回答說：

「寶小姐的誇獎，不敢當。以後有什麼事要我做，請隨時吩咐。」寶枝聽了很是歡喜。

熱呼呼的年夜飯，一家五口，圍爐吃得高興。尤其是寶枝離鄉背井，在異鄉客地，能有這樣溫馨的歲末過年，格外感動。相互舉杯敬酒時，寶枝破例一飲而盡，然後鄭重地說：

「老周、周嫂，多謝這半年多來你們給我的照顧，你們是我患難中的恩人，我永遠不會忘記。開年之後，我決定出去走走，探探我該走的道路。不過無論去到什麼地方，我都會寫信給你們知道，不讓你們為我擔心，我會好好照顧自己。」說罷，掏出手帕，輕輕拭著潤濕的眼睛。

老周夫婦看在眼裡，有些心酸，對寶枝十分同情之外，更已有了很深的感情，她要離去，還真不捨。於是周全說道：

「寶小姐，我們知道你有學問，你要走的一定是陽關大道，我們沒有理由阻擋，只願你一路順暢。但你畢竟是一個單身女人家，出門在外，務必處處小心才是。」

周嫂也接著說道：

「寶小姐聰敏，一定能夠應付。其實如果你不想走動，我們這兒縣立祁門小學的校長，是老周小時候的朋友，只要招呼一下，那兒也找不到你這樣好的老師，他們一定會請你去當教員，那我們還可時常見面，有事需要跑腿的話，讓根生去辦，一切都無問題。」

周仝和根生父子，在旁都說「是」。

寶枝真沒想到，周家一家人待她如此情深義重，讓她感動。於是壓抑一下情緒之後，答道：

「謝謝你們為我設想得如此周到，你們的盛情，我畢生難忘。不過這事，我已想了很久，才作決定，即使有風險，還得嘗試一下，看看我自己到底有多少能耐。如果真的遭遇挫折，無路可走，那就按你們為我安排好的退路，回來當個教員，我就沒有後顧之憂，這樣出去闖蕩，也許膽子可以大些。所以我要再謝、再謝。」

周仝接著又說：

「今天過年，大家不說洩氣話。我相信寶小姐一定萬事如意，平安順利。來，大家再喝一杯，祝新春新歲，百福吉祥。」

年夜飯在歡欣氣氛中結束。周仝帶著二個兒子在門外燃放鞭炮，周嫂和寶枝在廚房收拾碗盤，順便閒話聊天。

周嫂再一次勸寶枝說：

「寶小姐，我的意思你明白嗎？現在江湖上險惡，你去隻身旅行，我還是有點擔心。到祁門小學當老師，其實也蠻好，這樣比較安全，而且聽說薪水也不少。」

寶枝又是再三道謝，並說：

「周嫂，我當然明白你的好意，我會好好想想。不過路遠總得有個起步，沒有開始，就永遠沒有成功，你說對嗎？你的主意，為我留了退路，我還是要謝你。」

廚房收拾完畢，老周父子也放完了鞭炮，於是大家互道晚安，互祝新年新禧，各自回房休息，靜待換歲。

大地回春，茶田一片綠意，四周青山翠谷，冬眠過的樹木，也都長出了新枝。寶枝開始收拾行囊，準備她的「尋夢之旅」。在她啟程前夕，回溯往事，瞻望前程，有太多感觸，於是寫下她在祁門的最後一篇日記：

「我非大山隱士，卻在此幽谷中潛居半年，往事，不堪回首。回憶多麼痛苦，遺忘又多麼困難，我在遺忘和回憶中徘徊，心似深秋合成愁。李清照的詞句：『無那，無那，好個淒涼的我』，不就是我的寫照？

可是我還年輕，不甘陷入悲傷。我還是相信那句話：『在絕望的邊上，一定會有個露出笑容的臉龐，靠到你的邊上，那就是希望。』

不就是嗎？像周仝夫婦那樣，萍水相逢，卻給了我極大力量，讓我生出勇氣，不再徬徨。

隔日我將出發，尋找何處是康莊。」

一個晴朗的清晨，寶枝和周仝夫婦殷殷話別，周嫂更是緊緊擁抱寶枝，願她多珍重。根生挑起寶小姐的行李，一直送到祁門車站，就此再見祁門！

# 第十一章　還我自由身

俗諺說：「天無絕人之路」，又說：「人能絕處逢生」，劉寶枝屢逢危機，也屢有生機。

寶枝已經計畫，第一個目的地是浙江金華，因為她去年來時，路過金華，覺得那兒民風淳樸，民情和善，而且目前金華是浙東自由地區最大的政經重鎮，四通八達，工商繁盛，是個機會較多的地方，所以她買了直達皖浙邊界威坪的車票，中途不停靠屯溪，再經蘭谿，逕去金華。

到達金華，憑著記憶，寶枝雇了一輛人力車，把她載到上次住過的中國旅行社招待所，定了房間，入住休息。

她想到途經屯溪，過門不入，未去和志剛道別，有些矯情，稍感歉疚。又想到章家二老，現況如何，總有罣念。看看窗外，下著細雨，不想外出，於是就在旅社內叫了一碗牛肉麵充飢。入晚就寢之前，掩上窗帘，坐上小桌，又寫了她的日記：

「孤鳥單飛，初入人間叢林，無枝可棲。周家給我的溫情，永難忘記。今日又來金華，這個充滿著抗日禦敵、戰志昂揚的城市，感覺上精神隨之振奮，這是我進入內地，初次產生的反應，莫非提示我該走一條新的道路，新的方向？過去我所想的，都是只關我個人的意志，從未有過所謂愛國思想，乃是我的淺薄。身為中華兒女，是該調整我的視野和思維的時候了。

何謂『奮起』，無非要認清時代，及時力行，我應以此自勉！」

次日清晨早起，劉寶枝在餐廳早餐，順手從報架上取了一份當天的《東南日報》，首先進入眼簾的是一則廣告，內容是第三戰區政治作戰部文康工作團招考新團員，其中說明，年滿二十歲，高中以上畢業，不論性別，有志從事藝文康樂活動者，均可報考，如經錄取，待遇從優，並供膳宿，另附報名地點及報名日期。寶枝不信自己眼睛，有無看錯，於是重複再閱一次，驚見報名截止日期，就是當天，認為機不可失，決定前去報名一試。

她匆匆吃完早餐，回到房內，從箱子裡檢出家政畢業證明書和兩張相片，即刻出門，雇了一輛人力車，前往報名地點。

到達目的地，一看就知那是一個軍事機關，門口有二個武裝士兵站崗，讓寶枝略感緊張，經說明來意，衛兵放她進去。左首一間辦公室門口，貼有「報名處」的紅色紙條，她就跨過門檻走進室內，裡面並排有幾張辦公桌，最前面的一桌，坐著一男一女，都穿軍服，態度溫和，那位女性工作人員，問她是否要來報名，寶枝答是。隨即辦理一應手續，那位男性工作人員，發給她一張准考證，並且對她說道：

「你運氣很好，趕上報名截止的最後一日，再晚就趕不上應考，祝你好運。」

寶枝回到旅社，想想這種機會可遇不可求，莫非將要轉運。三天之後，她按照考證上所寫考場地址，如期準時到達考場。那是借用一所中學的禮堂，應考人數約有百人，錄取名額十人，錄取率是十中取一，讓她感到有些壓力。

考官當場說明考試規則，考試科目，分筆試及口試二部分，先做筆試，每人以自傳代替作文，一小時繳卷。然後進行口試，包括口頭詢答、詩歌朗誦及才藝表演，每人用時五至六分鐘，總需八到十個小時考試完畢。

劉寶枝寫的自傳，下筆前決定不提她的身世，除了介紹自己年齡及出生地等基本資料外，儘量以求學經過和學業心得為作文主題。全文不過七、八百字，但文字簡潔，文筆流暢，敘事條理明晰，看得出來國文程度根底不錯。而且書法娟秀，更難得的是，她用不到五十分鐘寫畢，全場第一個交卷，引起主考官的注目。

口試時除了主考官口頭詢答發問之外，另有四位考官，評審應考者的朗誦和才藝。輪到劉寶枝上前應試，主考官注意到她是第一個作文交卷的考生，首先發問：

「劉寶枝，你的自傳作文中，何以沒有提到你的家世，能不能談談你的家庭狀況？」

寶枝心想，終究逃不過難題，既然無法躲避，就只能勇於面對。於是答道：

「我是農家獨生女。童年時原很快樂，但八、九歲時，父母相繼亡故，成了孤兒。幸好後來一位表姨把我領養，在她家長大，而且讓我跟表姊、表兄弟一樣，接受教育，這樣的恩惠，我一生難忘。但對父母雙亡，永遠是我心中的傷痛，所以不忍寫進我的自傳之中。」

寶枝的委婉敘述，獲得考官們極大同情。不過主考官繼續問道：

「那你這次怎麼單獨一人在金華應考，而且你的通訊地址寫的是中國旅行社招待所，分明你在金華無親無友，是嗎？」

此刻的寶枝已被逼問到節骨眼上，真想有個地洞土遁，但又不能吐露受辱被棄的真相，只好勉強鎮定答道：

「我的表哥和表弟都在皖南工作，我去探望他們，路過金華，看到你們在報紙上的招考廣告，一時好奇，想來試試我的能力，於是就報了名。」

這樣含糊其詞的答復，顯然理由並不充分，幸而考官未再往下追問。

口試的第二階段——詩歌朗誦，寶枝自忖可優為之。考場桌上陳列著四位文學大家、每位五篇的詩作，都是當年新文化運動中備受青年們崇拜的偶像，計有徐志摩、胡適、朱自清、劉半農等人作品共二十篇，都是傳誦一時的新詩。劉寶枝選了胡適在一九一九年創作的〈上山〉，拿起桌上的詩稿，開始朗讀。由於聲調抑揚頓挫，富有節奏感，且口齒清晰，咬字精準，全篇用時一分半鐘，一氣呵成頗有韻味。讀畢之後，從容地把詩稿放回桌上，鞠躬坐回原處，各位考官都用點頭默示嘉許。

口試的第三階段才藝表演，可以用唱歌、唱戲、口技、單口相聲、吹口琴等任何方式表演個人所長。劉寶枝選擇歌唱，自選歌曲〈母親您在何方〉。開唱首句：「雁陣兒飛來飛去」，就有引人入勝的吸力，抓住了聽者的心弦。之後每句歌詞，都唱得婉轉悱惻，如泣如訴，把歌詞中思念亡母的親情，發揮得淋漓盡致，尤其最後三句：「等著您、等著您，等您入夢來」，她把尾聲用中低音拉長到四、五秒鐘之久，不僅繞樑三日，更有能讓九霄雲外的母親聽到女兒呼喚的感覺。唱畢時劉寶枝自己淚流滿面，也讓在座聽者熱淚盈眶。她鞠躬回座，場內立即報以熱烈掌聲，只好起立，再次鞠躬，表示感謝。

全程考試完畢，寶枝一身輕鬆，也真的累了。回到中國旅行社，進到房間，把自己擲到床上，倒頭便睡。她需要休息，直到次晨黎明方醒。

三天後，劉寶枝收到由一位傳令兵送來第三戰區政戰部的一份通知，她已被錄取為文康工作團的團員，並定隔日上午七時在原報名地點集合，前去上饒報到。新團員共十人，同時集體出發。

她把通知看了又看，讀了又讀，鐵定她被錄取，絕無錯誤，內心由驚異而興奮，肯定她將進入一個新的生活、新的生命。

時間方值中午，她看窗外，陽光明媚，春暖花開，樹頭新枝綠葉，一片春到人間景象。此時寶枝心情愉悅，隨即拿出她的日記本，用特大字寫下了她有生以來最樂觀、最堅強的字句：

「我做了自己的選擇，踏出自己的腳步，自由的腳步、自信的腳步，就像胡適所說，做了過河卒子，只有拼命向前。

從此日起，努力、努力、努力向上跑，朝著標竿，忘記背後！」

寫完這幾十個大字日記之後，寶枝心志堅定，有了目標，就有了信念。於是收拾行李，準備明日一早集合出發，走她新生之路。

第二天清晨七時以前十分鐘，她就到達指定地點。那時已有多位穿著軍服的辦事人員忙著打點行程事宜，她上前報出姓名，有一位佩著三朵梅花領章的軍官，過來招呼說：

「你是劉寶枝，很好，我看到你的考試成績，考官對你的評分很高，希望你能成為本工作團的中堅團員。我的名字是齊國榮，是本團團長，等會兒各位新團員到齊之後，再來讓你們一一自我介紹。」

寶枝一聽他是文康工作團的團長，立即肅然起敬，行了個鞠躬禮，說：

「是，我在此等候。」

不久，所有錄取人員陸續全部到齊，於是齊國榮團長吹了一下哨子，宣布說：

「我是團長齊國榮，現在請大家注意，再過二十分鐘，我們就要集體出發，到金華火車站，坐八點十分班車，到上饒團本部，請各位辦理正式報到手續。此刻想利用等待的時間，請各位簡單自我介紹，好讓彼此有個認識。我依次唱名，請各位依次發言。」

大家安靜無聲，齊團長唱出的第一個名字，就是劉寶枝，並且補充說道：

「今天是劉寶枝第一個到這兒，又因她的考試成績，名列前茅，所以請她首先發言。」

劉寶枝被點第一名發言，有點不好意思，但只好立刻遵命出列，平靜地報告：

「我姓劉，名寶枝，寶貴的寶，樹枝的枝，現年二十二歲又六個月，江蘇常熟人，蘇州女子家政高級職業學校畢業，請多指教。」

新進團員十人，六男四女，每人依著點名次序自我介紹，寶枝一時無法記住每個人的姓名，但對其中兩人印象較深，一個是男生，姓崔名子希，長得相當挺拔，臉色略黝黑，發聲有英氣。另一個是女生，姓林名圓，頗有姿色，眼波不斷四周流轉，說話有嗲氣。

當大家自我介紹完畢，齊團長下令整隊出發，連同執事官兵一行十八人，準時到達金華火車站，搭上浙贛鐵路西行八點十分班車，於十一時半抵達上饒火車站，齊團長下令整隊出站，已有一輛軍用有篷卡車在站前等候。團長坐到駕駛兵旁的前座，其餘皆從後面跳進車廂，女生則用一張木凳墊腳爬上車內，兩旁各有一條長板座位，大家坐定開車。

車子經過饒河大橋，駛上一座小山，繞了幾個山坡，轉了幾個曲彎，大約不到中午十二時，車輛進到原是一座廟宇、現在用作團部前面的一片空場停下，大家下車進到屋內大堂，看到已經擺好三桌飯菜，還有團部的工作人員十餘人，已在屋內列隊歡迎，等待一同午餐。

團長請大家入座之後，開始講話：

「今天文康工作團，歡迎十位新團員加入本團，他們是本團的新血，是本團的生力軍，給本團注入新的力量，我們熱誠歡迎（鼓掌）。抗日戰爭已經進行三年，戰事愈來愈艱苦，我們將士的鬥志愈來愈高昂，全國民心愈來愈振奮，因為蔣委員長已經明白昭示，抗戰必勝，建國必成，所以大家的信念愈堅強。現在前線將士奮勇殺敵，正用熱血在築我們新的長城，後方全國同胞誓為抗戰英雄做後盾。」

「本工作團的主要任務，就是結合軍民一心，要向忠勇的戰地健兒們，要向保國衛民的將士們，用我們藝文工作的素質和熱誠，獻上至高的敬禮，為他們歡呼，為他們歌唱。我們不怕上火線，要把戰場當職場，來表達我們敬軍愛軍的至誠。」

「今後本團所有的勞軍演出與活動，都將一本既往，以發揚中華文化的忠義愛國精神為基礎，盡力展出我們藝文工作的最高水準，希望全團同志們，親愛精誠，相互砥礪、相互協助，為神聖的抗戰而努力，為本工作團的榮譽而努力！」

「今天餐會，以茶代酒，現在請大家舉杯，祝大家健康、樂觀、奮鬥、成功！」

團長講話完畢，全體起立舉杯，互祝成功。

餐會結束後，按照預定安排，新團員男女分別兩人一間寢室，寶枝被分配與林圓同一房間，於是各自安置行李寢具，很快各自處理妥當。團方幹部又通知，自明日開始，新進團員接受三個月的培訓，明晨八時在大堂集合，現在可以各自休息。

劉寶枝既和林圓同寢一室，不免聊天閒談，林圓首先問道：

「劉寶枝，你是江蘇常熟縣人，怎麼說話、唱歌都不帶鄉音，一口普通話，說得那麼標準？」

「那沒什麼稀奇，我們小學裡教的都是國語注音符號。你是湖北漢口人，還不跟我一樣，說的是普通話。」寶枝答道。

「說得也是。不過你唱的那首〈母親您在何方〉倒真字正腔圓，你學過歌唱嗎？」林圓又問。

「謝謝你的誇獎，我們學校也有音樂和美術功課，我在校時還得過歌唱比賽冠軍哩。」寶枝笑笑答道。

「怪不得！」林圓似笑非笑地說了那三個字，不過那腔調和神態，多少帶有一絲妒意，寶枝本著與人為善的心懷，並不介意。

開訓首日早晨八時，齊團長率領二位教官和四位工作幹部蒞臨大堂，臺上長桌坐著團長和教官，臺下排排坐著全體團員和工作人員，當大家坐定之後，團長隨即講話：

「這次本團招考新團員，長官司令部非常重視，命令認真集訓，規定為期三個月。政治作戰部為了加強培訓成果，特地聘請二位資深教官，右手這邊是羅福成教官，左手邊是田力耕教官，培訓工作即日開始。課程主要內容包括戲劇理論探討、歌詠合唱演練、民族舞蹈研習、文宣工作要領、生活軍事化管理、戰地前線狀況瞭解，以及危難緊急救助等，詳細課目已由訓務組擬訂，經本人核定實施。每堂課程均有一位專業教官臨場指導。

十位新進團員可分成甲、乙兩組，每組三男二女，人員分配由抽籤決定，希望全體團員同志，互助合作，達到最佳效果，使這個文康工作團成為戰地的鐘聲，前線的福音。」

團長講話完畢，進行抽籤。結果女生部分劉寶枝抽的是甲組，林圓是乙組，男生部分崔子希是甲組，林圓對此結果，表情不很愉快，但已定案，無可更改。

此後每天訓練，都按既定課程表分組進行，寶枝和崔子希經常相互切磋探討問題。崔子希曾在上海戲劇學院肄業，因抗戰輟學。現在加入文康團工作，倒是學以致用，適得其所。每堂課程，他都坐在劉寶枝旁邊，一些細微雜事，他都殷勤代勞，好像是個伴讀，讓寶枝不免有些特別的感受。

某日上戲劇探討課時，談到傳統國劇和現代話劇在戰時宣導上孰輕孰重問題，甲組羅教官請團員表示看法，崔子希首先發言，說：

「國劇或稱平劇的興起，有其歷史背景，至今已有二百來年，到清末民初是它的全盛時期。論它的價值，要從它本身的藝術成就和它對社會教育的功效兩方面來看。從藝術方面說，國劇的唱腔、韻律和戲詞，都極優美，加上身段動作和華麗服飾，以及樂器的配合，無不以美為前提，多彩多姿，符合美的造型，因之齊如山大師指出國劇的特色是『有聲皆歌，無動不舞』，可以說是為國劇作了最好的詮釋。更由於同一齣劇，各家各派唱法不全一樣，其間創造性和伸縮性很大，各有不同風格、不同韻味，所以同一劇本，可演十年百年，千遍百遍，仍受歡迎。論它的社教功能，則因國劇劇情，大多闡揚我國固有文化中的倫理道德，表揚忠孝節義，所以國劇便是社會教育的最好教材。至於現代話劇，有點地方戲的淵源，以方言演出為特色，北京話也是方言的一種。但自新文化運動盛行之後，以北京話為劇本臺詞的現代話劇，大受歡迎，成為文化演藝活動的主流，其社教功能的影響力，甚有超過國劇之勢，不容忽視，所以我認為國劇和話劇應同時並重，齊頭發展。」

羅教官聽完崔子希的論述後，點頭稱許，說：

「崔子希同學具有戲劇教育的基礎，所以能有深入的評析，我們謝謝他的寶貴意見。請其他同志繼續發言。」

大家尚在猶豫，劉寶枝舉手發言：

「崔學長的高見，非常佩服。不過我個人認為，在此抗敵戰爭時期，藝文工作的主要目標是在激勵民心，鼓舞士氣，在這一點上，那麼國劇和話劇之間，以後者的效果較為直接和快捷。還有國劇的唱腔、身段和功夫等演技，都非短期內所能造就。而話劇演員，大凡具有基本藝文素養，口才便給，表情靈活，再經過演技訓練，有導演的指揮教導，應可登臺演出。所以我的建議是兩者都應發展，但應以現代話劇佔較大比重，積極推動。尤其在戰時，在軍中，要把它作為戰地藝文活動的主力。另外我要補充一點，希望大力推展電影製作事業，因為那是多元藝術的綜合創作，它的影響力必將超越前面所講的二者。」

羅教官接著說：

「劉同學言簡意賅，她的建議，非常實際，請問其他各位還有什麼意見？」在座其他人員交換意見後，表示支持劉寶枝的有多數，討論紀錄，由訓務單位司書人員負責整理。

經過此次討論之後，崔、劉二人互動較為頻繁，常因研究問題，時相交談，友誼也隨之快速上升。後來經常在晚餐後，兩人相偕走出團部，沿著山坡道路作飯後散步，藉此談談笑笑。

# 第十二章　烽火中初戀

山角一抹斜陽，照著一對青年男女，並肩齊步，看起來儷影雙雙，儼然情侶。

劉寶枝有生以來，從未和異性朋友單獨交往。長期以來，在無形枷鎖的桎梏之下，對兒女私情的事久已無感。她的感情世界，一片荒蕪空虛。她和崔子希的接近，完全是在不自覺的狀況下，先是對崔的第一印象不錯，繼之在交換意見時常能不謀而合，於是自然地二人常在一起。對寶枝來說，在她寂寞人生裡，初次有個異性朋友相伴，有些矜持，但也有些舒鬆，所以沒有思想上的防衛，順其自然發展。

林圓冷眼旁觀，一直對崔、劉二人的互動，在暗中觀察。她有個叔叔在浙江省政府當科長，平時說話，學得一些官腔官調。有一晚上，她對著寶枝問道：

「劉寶枝，你跟崔子希看來很有默契，一唱一和，似乎配合良好，你們有什麼合作計畫嗎？」

寶枝感到這樣問話，來意不善，於是微笑答道：

「哪有什麼默契，不過各自表示意見而已，談不到有沒有配合，我們更沒有什麼合作計畫。」

林圓接著找碴，冷笑地說：

「你瞧，『我們』二字用得多麼順口，可見我不是胡亂瞎猜吧。」

寶枝被一陣酸意逼得著惱，急忙答道：

「那是你問，『你們』有無合作計畫，我就順著接口用了『我們』二字答話，哪有什麼特別用意。林圓，請你千萬不要給我亂戴帽子。拜託！」

林圓見機收場，說道：

「好啦，好啦。等著瞧罷。」

三個月的培訓期，很快結束。文康工作團開始以新的陣容在第三戰區前線戰地作巡迴勞軍演出，所到之處，由於各色表演精彩，受到戰士們熱烈歡迎。對在戰壕內、火線上、戰車裡，任何崗位的弟兄勇士們，起了極大振奮作用。崔子希和劉寶枝經常搭擋演出，通力合作，真像林圓所說，「很有默契」。後來甚至其他戰區司令長官聞訊，專電第三戰區，邀請越區勞軍。文康工作團的聲譽遠播，團員們的辛勞沒有白費，政戰部主任還頒發獎金嘉勉。

等到快要過年，團部特許全體工作人員休假一週，可以各別自由活動，大家無不高興。林圓決定返回金華去叔叔家度年，崔子希和劉寶枝無處可去，都留上饒。

這是難得的機會，讓崔、劉二人每天朝夕相處，其實二人內心，早已默默相許，只是寶枝的感情領域，封閉已久，現在突然冷井裡投下一塊石子，起了水花，她還沒有經驗，不知怎生處理。但崔子希顯然行動積極，亟想博取寶枝芳心，因之假期內每天一早，就到女生宿舍，邀寶枝出去散步、爬山或進城內逛街，其間有一天，子希自稱是他生日，邀請寶枝同到上饒一家知名菜館玉樓東為他慶生，寶枝未予拒絕。一週下來，兩人密集交往，談笑詰問，相聚愉悅，愛苗由此滋生。

歡樂的時光，往往很快消逝。一週假期，瞬眼過去，年度也又更新，團部立即恢復工作，並且傳來消息，戰區長官司令部為紀念建國三十週年，預備擴大慶祝，政戰部要求文康工作團早早準備一部大型話劇，於國慶日盛大演出，屆時司令長官將親臨觀賞。所以團部希望團員們振作精神，全力以赴，再為文康團爭取最大光榮。

林圓回到團部後，似乎有些心神不定，因為看到崔子希和劉寶枝狀甚親密，感到不是滋味。有一天，她借題發揮，問劉寶枝：

「將來要演的話劇，男主角大概非崔子希莫屬，他戲劇學院出身，又擅長表演藝術，這男主角不作第二人想，那女主角呢？你看誰較合適？」

寶枝覺得這個問題，很有挑戰意味，於是答道：

「這個我可不知道，主要是看劇本的劇情，和角色性格怎樣發展，將來自然會由團長和導演來做決定。」

林圓接著又問：

「那你會爭取那個女主角的角色嗎？」

「這個我也不知道，因為現在根本還不知道是個怎樣的劇本，那女主角是個什麼樣的人物。不過我可告訴你，我絕不會去主動爭取。如果你有興趣，不妨早點表白，讓團長早些瞭解。」寶枝再答。

春天又來到，劉寶枝的心情，和一年前大不相同。她現在有固定薪水收入，生活安定，對工作又有興趣。她還有個知己朋友，且是異性，對她百般殷勤，是前所未有的甜美感覺，以致她的人生觀開始有了正面的改變，不再消極，不再頹唐。

但她記著落難時的恩人，沒有周仝夫婦給她溫情的照顧，給她親切的勉勵，她幾乎想要輕生，更不會有今天的新生。於是她提筆給他們寫信，向他們致以誠摯的感謝。不過，有關她感情方面發展的事，又覺不便明說，因之她只報告她有一份滿意的工作，身心健康，生活安適，讓他們不用為她擔憂、操心。

劉寶枝和崔子希墜入情網，文康工作團內已是人所共知。女團員中有個上海姑娘，名叫張亞莉的，對寶枝頗有好感，也非常友善，希望促成崔、劉間的好事。另一位姓史的女團員，保持中立，採取關心旁觀。但林圓則明顯不僅懷有妒意，而且還有敵意。所以她向團部申請，要和張亞莉對換房間，理由是她和那位史姓團員是同鄉，可以經常談談鄉情，實則她是不願繼續和劉寶枝同房。團部認為，只要所有關係人同意，自可照辦。於是寶枝改和張亞莉同室，更為樂意。

崔、劉二人相愛，形影不離，公餘之暇，例行攜手漫步，悠遊於山野樹林之間，或欣賞夕陽西沉，或觀看飛鳥歸林，心曠神怡，陶醉在大自然的美景之中，更溺迷在愛的甜蜜之中，即使兩人相對默默，只要目光對視，莞爾一笑，也有無言之美。這是寶枝的初戀、真情的初戀，是她生命中初嚐愛的滋味。

某個夜晚，月色皎潔，微風輕拂，他們步行在一叢小樹林間，枝葉相互依偎，子希和寶枝也緊靠在樹幹兩邊，仰望星星伴月的天空，子希興起，用口哨吹了一支小夜曲，寶枝給予輕輕鼓掌，子希回以要求，請寶枝在這幽靜月夜，高歌一曲，寶枝欣然同意。隨即展開歌喉，引吭唱出一首〈初戀女〉，歌詞雋美綺麗，歌聲如出谷黃鶯，由一個正在初戀中的女子，唱出初戀的情懷，格外動人。不待曲終，餘音還在林中迴繞之際，子希聽得痴迷，迅速轉身，站到寶枝面前，伸手緊緊擁抱，吻了寶枝的額頭，寶枝未予推開，反而順勢偎在子希懷中，感到男性健壯的熱力。於是子希鼓足勇氣，低頭再在寶枝唇上，壓下深深的一個長吻，寶枝柔軟地享受這個甜吻，但隨後輕輕呼吸一下，透一口氣，低聲說：

「你用力太猛，我的胳臂和嘴唇都被壓痛了。」

子希連忙道歉說：

「對不起，我實在太愛你啦，我愛你。」

寶枝略帶嬌嗔地回說：

「『我愛你』三個字，只需說一次，顯示真誠，說多了不稀奇。」

「我要說一千次、一萬次，我愛你。」子希頑皮似的又說。

二人笑著互挽著腰，步出樹林，回到團部，各自歸房休息。張亞莉看到寶枝面帶喜悅，暗想她的戀情有了進展。

這初戀中的初吻，打開了寶枝內心的感情之門，平靜的心底止水，起了波動。因之當晚到了午夜，仍未闔眼。她思索過去，從未得過愛的灌溉，現在的新生命中，開始給她注入了愛的元素，有些慌亂。但再想一想，那不是青澀少女的心態嗎？我現在已是二十三、四歲的成熟女子，怎能還是那樣的稚嫩？於是她決定要穩定心情，從容面對，慢慢地品嚐愛的甘露，細細地咀嚼愛的果實，更望能夠長長久久沐浴在愛河之中。她漸漸地進入了愛的、甜蜜的夢鄉。

隔不多久，齊團長偕同新自重慶聘來一位名叫石磊的導演，向大家宣布，今年國慶日要演出的劇本，已經選定為曹禺新編的《日出》。這是一部鉅作。全劇主旨，在於揭露舊社會剝削制度下「損不足以奉有餘」的罪惡本質，暴露半殖民時代大都市的黑暗面，指出社會的靡爛、都市中群醜的百態，來凸顯「有餘者」（剝削層）貪得無饜，「不足者」（受害層）備受壓迫，使「有餘者」和「不足者」形成強烈的對比和對立。劇中女主角陳白露玩世不恭，以都市交際花角色，周旋於追逐名利和聲色犬馬的群醜之中，紙醉金迷，日趨頹廢。她的昔日戀友（男主角）方達生，想盡方法要拯救她脫離苦海，但陳白露陷入過深，無力自拔，終於服毒自殺。此劇曾在上海演出，由白楊擔任女主角，轟動申江，成為演藝界當年最大盛事。所以一經齊團長宣布，全團感到震撼，認為是文康團成立以來最大的挑戰。

演出此劇的男主角，大家公認非崔子希莫屬，但女主角屬誰，則有不同聲音。林圓已經表明，她對陳白露這角色極有興趣，所以要爭取這女主角的任務。而另有一些團員，則認為應由劉寶枝擔任較為合適，以致議論紛紜。終於齊團長作出裁示，由石導演選定劇本中幾段臺詞和場景，請林、劉二位團員預作臨場試演，由石導演評分，以得分較高者勝出，擔任女主角。

團長的裁示，大家都得遵守，一場女主角的演前競爭，暫時停火。但實際上另一場兩個女人的愛情戰爭，則剛開始。

林圓首先發難，在一次團務會談上，提出質問：

「團內男女團員，可否談戀愛？會不會影響團務和劇務的正常運作？」

在座人員明知這是針對崔、劉二人的挑釁，所以大家不便發言。齊團長看著無人表示意見，於是即席說道：

「原則上，文康工作團不鼓勵男女團員在團內談戀愛，這是不成文的一個觀念。但本團所有規章，並無明文規定禁止男女團員戀愛，因為戀愛自由畢竟是每個人的權利，不能剝奪，也必須尊重，除非戀愛當事人有損害團譽的行為，或有妨礙團務和劇務的事實，可以令他們離開本團，否則不宜干預。請問各位有無其他意見？」

大家無人發言，但都點頭默示同意。林圓本想繼續爭辯，但看到眾人意向對她不利，便忍著不語。因之，齊團長當場作出結論：

「今天會談的討論，很有價值，剛才的裁示，可以作為本團規章的補充規定。希望全體同仁自尊自重，一體遵守。也謝謝林圓同志提出了值得討論的問題。」

崔、劉二人相視作了一個勝利的微笑。尤其團長所說「戀愛自由」四個字，在寶枝心中激盪，在她腦中迴響，這是她一直夢想的字眼，是她生命中認為不可能得到的奢望。現在團長講話的啟示，似乎即將引導她步入新生之路。

會談結束，林圓的首次攻勢，無功而退。

不久，團部把演出《日出》全劇四幕所有演職人員的角色位置全部名單排定公布，獨缺女主角的姓名，只待石磊導演擇定日期，由劉、林二人試演評比結果，再作決定。

劉寶枝和林圓都在勤奮地仔細研讀劇本，自行模擬演練。崔子希理所當然地時時陪著劉寶枝不斷試演，揣摹劇情精義，從旁提供建議，多所修正和改進，效果很好。

過了一個禮拜，石導演通知劉、林二位女主角候選人上場預演。齊團長和羅、田二位教官，以及其他團員一同到場觀看。石導演選擇劇中女主角要講的三段臺詞，每段需用不同的語調和表情，來表達那段臺詞的重心。另外又選了劇中三個不同場景，需用不同的姿態和演技，來發揮劇情的精髓。經用抽籤方式，決定劉寶枝先說臺詞，後試演技。

兩人都作了充分準備，劉寶枝首先朗背三段臺詞，其中有激昂慷慨的，有歡欣鼓舞的，也有哀怨悲淒的，聲調控制適度，節奏拿捏準確，配以適當手勢和動作，講來相當入戲，讓聽者動容，產生共鳴。其次由林圓朗讀同樣三段臺詞，效果和劉寶枝相比，在伯仲之間，無分軒輊。

休息幾分鐘後，再看演技。林圓先行試演石導演指定的三幕場景，每幕情節，需要投入不同感情，運用不同技巧，才能達到不同的劇效，其中陳白露自殺一幕，尤其須有極深刻的演技，方能讓觀眾感動。林圓演來，大致尚能把握重點，舉手投足，都算稱職。

輪到劉寶枝上場，先對臺下一鞠躬，氣定神閒，顯然有備而來，接著開始表演。第一幕演陳白露初入社會，尚有幾分純真，演來深淺恰到好處。繼演與方達生戀愛和其後在交際場中的狐媚妖豔，都能入木三分。最後演到陳白露自殺一幕，劉寶枝使出渾身解數，展盡演藝才華，把哀怨悲憤、痛苦無助的複雜情緒和人到絕境時的淒涼，發揮得淋漓盡致，讓觀眾幾乎都要為她同聲一哭，確實達到戲劇的最佳效果。

兩人試演完畢，導演請團長和兩位教官留下，其餘人員一律退出。當所有人員離開之後，石導演先詢問團長有何指示，齊團長謙遜地說：

「尊重導演的評審決定。」

繼問二位教官，都稱願聽導演的意見，於是石磊導演發表他的評審意見說：

「劉、林二位女士的試演，都對劇本作了很好的詮釋，都可說是很好的演員。但相較之下，劉寶枝的稟賦高於林圓。她有演戲的天才，同時對整個劇本的主題意識有深入的領悟，故能運用感情注入劇情，發揮演技達於頂峰。以劇中女主角自殺的一幕而言，是全劇的最高潮，劉寶枝演來舉重若輕，能放能收，充分掌握陳白露的性格，在最絕望的最後一刻，仍能不落卑賤，保留一份自尊。這種內心掙扎和外在表情的融合，是演劇藝術的理想境界，劉寶枝做到了。因之，我認為本劇的演出，女主角一職，由劉女士擔任，較為合適。」

齊團長接受石導演的評審結論，隨即說道：

「就這麼決定。」接著交由團部發布通告：

「本團演出《日出》一劇，由劉寶枝同志任女主角，其他演職人員名單不變，林圓同志擔任劇務督察。」

通告出來之後，劉寶枝感到一絲驕傲，但也覺得任務重大，不敢懈怠，所以每天都在石導演指導之下，勤奮排練，而由於劇中男女主角時常需要對戲，促成舞臺情侶和真實情侶合而為一，看在林圓眼裡，當然不是滋味，但也不能不接受再一次的挫敗。

又是秋高氣爽季節，劉、崔二人感情持續升溫，黃昏散步，已成他們日常生活中的例行功課，花前月夜，情意綿綿，手挽手，肩並肩，漫走在林中草地，聽樹林枝梢依偎悄語，猶似天上人間。這晚月色明亮，寶枝記起李白的詩句：「今人不見古時月，今月曾經照古人，古人今人若流水，共看明月皆如此」，說道：

「我們現在看的明月，也就是照過李白的同一明月。李白好飲，常喜對酒當歌，我們不善飲酒，今晚明月如鏡，可以對月當歌。崔子希，你唱首歌給我聽聽，行嗎？」

「那有什麼問題，我就唱一曲〈滿江紅〉吧。」子希笑著答道。

崔子希嗓音宏亮，中氣十足，把一首〈滿江紅〉唱得熱血沸騰，尤其唱到末句「待從頭收拾舊山河、朝天闕」，一股愛國情操，躍然臉上。寶枝立即鼓掌，並且主動給他臉上一個輕吻。子希喜出望外，回她一個擁抱。並問道：

「我知道你很喜歡詩詞，我想問一個問題。據說宋朝有一個才女蘇小妹，是蘇東坡的女弟，她用詩詞作弄追求她的秦觀，你記得那些詩句嗎？」

劉寶枝不假思索，答道：

「我記得蘇小妹出的上聯是『兩手推開窗前月』，秦觀一時想不出下聯，正在為難時，蘇東坡投了一顆石子進入水池，於是秦觀立刻作出下聯：『一石擊破水中天』。不過，就我所知，正史上根本並無蘇小妹其人，秦觀則確是宋朝的一位進士，詩文俱佳，才情不亞於蘇東坡，傳說中的戲弄故事，可能是驚世鉅著《今古奇觀》一書的作者編出來的。」

崔子希聽了恍然大悟地說道：

「喔，原來如此，我還一直以為是真的呢。其實你倒真的是個才女哩。」

「不可亂講，我怎當得起『才女』兩字。」寶枝連忙答道。

崔子希停了一會，突然正經八百地對寶枝說：

「等《日出》演完之後，我們一同到戰時首都、抗戰的精神堡壘——重慶去，我們在那兒結婚，好嗎？」

寶枝正色地問：

「這算是你的求婚嗎？」

子希立刻覺到剛才的話，有些鹵莽，連忙單膝跪地，鄭重地說：

「對不起，實在對不起，我只是在請求和請示，不夠莊重，務請原諒。但我實有求婚的誠意，請答應我，好嗎？」

寶枝見到子希著急的模樣，笑了一下說：

「罷啦，都照你的意思好啦！」

此時，天空驟然大片烏雲飄來，遮蔽了月光，天氣剎那變化，寶枝忙說：

「我們回去罷，好像快要下雨的樣子。」

於是兩人快步跑回團部，各自進入寢室。張亞莉看到寶枝及時回來，便說：

「我正擔心你們會不會淋雨，現在回來就好。」

說著，外面果然下起大雨，且有隆隆雷聲，還夾著閃電。寶枝感到好像逃過一劫，說道：

「幸好我們走得早，走得快，否則要成落湯雞了。」

距離《日出》正式上演的日期，越來越近，全團人員緊鑼密鼓，忙著做好一切準備。開演前三日，上饒《前線日報》就已刊出大幅海報，預告演出日期、時間及演員陣容，演出地點是上饒的中山堂，各方期待，顯然十分殷切。

到了雙十國慶那天，中山堂前車水馬龍，嘉賓雲集，第三戰區司令長官，率領黨政軍高級官員，以及各界人士蒞臨觀賞。全劇演出二個多小時，落幕後全體演出人員，集合在臺前鞠躬謝幕，全場包括司令長官站立給予熱烈掌聲，被視為無上光榮。

次日《前線日報》及《東南日報》大幅報導演出盛況，劇評一致盛讚演出成功，甚至把劉寶枝譽為劇臺的明日之星。劉寶枝看了報紙對她的讚美，有點興奮，也有點覺得承受不起。

三天後，齊團長設慶功宴，祝賀這次演出成功，給全體團員慰勞，並宣布長官司令部傳令嘉許，政戰部頒發獎金和獎狀，還特別表揚男女主角的精湛表演，全體演職人員皆大歡喜，齊聲歡呼，無不興高彩烈，唯有林圓一人稱病缺席。團長舉杯要大家為團部成立以來最光榮的日子乾杯。大家開懷暢飲，敬酒的目標人物，自然集中在男女主角，劉寶枝不善飲，不勝酒力，三個回合下來，就已醉倒，隨即由張亞莉和崔子希二人攙扶，回房休息。

# 第十三章　醋海興波

人類是好鬥的動物，戰場的殺戮、官場的競逐、商場的掠奪，無不爭個誰強誰弱。情場似醋海，更是有你無我，爭得不見生死，難以罷休。這是人類的愚昧，也是人類的悲哀。

文康團興奮高潮過後，團部回歸平靜，大家經過長期辛勞，亟須休息。劉、崔二人，正在編織要去重慶的夢。

孰料事出突然，某晚，文康工作團忽來二個持槍士兵和一位女性軍官，聲稱奉令要把劉寶枝帶走。團長得知，趕忙到場詢問究竟，那位女性少尉軍官，出示身分和公文，說是戰區情報部門要請劉寶枝前去問話。團長無法阻擋，只好讓劉寶枝收拾幾件衣服和一些物品，看著寶枝由兩名士兵押著登上一輛軍車疾駛而去。張亞莉出來追問是怎麼回事，團長驚魂未定，攤開兩手，表示不知所以。

劉寶枝對這突發的飛來橫禍，震驚得不知所措。上了軍車，一言不語，幸好那位女性軍官，沒有給她扣上手銬。還安慰她說：

「不用害怕，只要長官問話，實情實說，就不會吃苦。」

寶枝簡單的答了一句「謝謝」。

路程並不很遠，約莫行了十幾分鐘，車子駛進一座像是軍事機關的大院，旁邊辦公室裡有一位值夜軍官，當那少尉女性軍官把劉寶枝遞解過去時，照例問了姓名、年齡、籍貫，等寶枝一一照答後，忽又追問一句：

「你就是演《日出》的女主角？怎麼也來這裡？」

寶枝沒有答理，那位值班軍官又對她看了一眼，轉身對那位女軍官說：

「請你把劉寶枝即刻原車押送鉛山軍牢羈押。」

於是少尉女軍官和二名士兵再把劉寶枝推入軍車。

由於天黑，不知東西南北方向，寶枝只覺得車子駛在曠野顛簸的路上，開了個把鐘點，最後停在一所好像祠堂樣的房屋前面，門口有二個衛兵持槍站立，走到車前查看證件，女少尉遞過一張文件之後，衛兵准許把劉寶枝從車上帶進屋內，另有一位值班管理員問明身分後簽收，那位少尉女軍官跟劉寶枝點了一下頭，就率二名士兵開車離去。

劉寶枝跟著那管理員進了屋子，只見裡面燈光昏暗，中庭天井內隱約看到豎著二個約有一丈多高的大十字吊架，其中一個還吊著一個很像耶穌受難樣的男子。天井後面的大廳，有很多用木柱柵欄隔成一間間的臨時牢房，還有一些看來都是刑具，讓寶枝經過時覺得陰風慘慘，毛骨悚然。再經右首一道門檻，進到另一間較小廳堂，同樣是幾間小牢房，值班管理員把劉寶枝交給管監的中年婦女後退出。

那個婦女看了寶枝一眼，操著北方口音問道：

「你就是劉寶枝？好端端的不是話劇演得很好嗎？怎麼也會來到這個地方？幹了什麼犯法的事嗎？」

寶枝看著這個中年婦女還不算兇惡的樣子，便答道：

「大媽，我也不知道，我只知道我沒有犯法。說真的，我不做犯法的事。」

那個管監的婦女又說：

「你的嘴倒蠻甜的，稱我大媽，好吧，看樣子，你真也不像做壞事的姑娘。這兒天氣很冷，這條棉被你拿去蓋著，將就點，歇著罷。」

「多謝大媽。」寶枝一面說，一面接過那棉被。看到小牢房內地上有個小矮凳，上面放了一盞菜油燈，另有兩塊木板，擱在兩條長條凳上，木板上鋪著一些稻草，大概就是床鋪，她把棉被放到稻草上，心中一陣心酸，不知這無端橫禍從何而來，不禁流下幾滴眼淚，立即用衣袖擦拭一下，牢房門外的大媽，看在眼裡，唉了一聲，快步離開。

寶枝被折騰了大半夜，身心俱疲。她左思右想，百思不得其解，究竟犯了什麼大罪，會落得如此地步。她舉目無親，求天不應，求地無門，她和崔子希的熱戀，猝然之間，從雲霄墜到泥壤，今後是否還能見面，不得而知，因之悲從中來，獨自暗泣，直到天明。

文康工作團內一片慌亂，誰也不知禍從何來。齊國榮是團長，最為擔心，深怕因此受到牽累，所以急著四處探聽案情，但得不到要領。崔子希更是心急如焚，跟著團長到處奔波，幸從政戰部一位上校高參那兒得到一些口風，似乎劉寶枝被人檢舉，具有左傾思想色彩，並藉演劇鼓吹左派論調，政戰部認為情節重大，交由情報部門加以逮捕，目前拘押在鉛山的軍中臨時監獄。於是齊團長多方尋找關係，設法疏通，希望儘可能助寶枝一臂之力。

過了幾天，情報部門派了調查人員來到團部，詢問團長及有關人員，都說看不出劉寶枝有過任何左傾言行，同室張亞莉的證詞更為確切，直說從未聽過劉寶枝有左傾言論，也未見過她閱讀任何左傾思想的書刊。問到林圓，則說一概不知情。最後搜查劉的寢室，除了拿走劉寶枝的兩本日記之外，一無所獲而離去。

劉寶枝被拘禁期間，除了大媽每天早晚例行的巡視探望之外，並無一人對她詢問或和她談話。她覺得已經與世完全隔離，也已走到人生絕路，因之萬念俱灰，不作任何指望。不過她又記得，她在離開祁門前夕最後一篇日記中，她曾勉勵自己，「在絕望的邊上，一定會有一個露出笑容的臉龐，靠到你的邊上，那就是希望」，於是她又提起勇氣，打起精神，鞭策自己，要為自己的未來勇敢地活下去，更要為她和崔子希的美夢，堅強地活下去。

隔了很久，劉寶枝已經記不清日子。一個晴朗的下午，終於有一個校級軍官，帶了一個書記助理，來到監獄，傳劉寶枝問話。那位大媽陪著寶枝進到一間辦公室後退出室外，軍官命寶枝坐著說話，態度尚稱和善，直接問道：

「劉寶枝，你在演出《日出》話劇時，其中有一幕是早晨起床，陳白露拉開窗帘，推開窗門，你伸著雙臂說，『啊，太陽出來了，東方紅了』，可是劇本的臺詞，並無『東方紅了』這句話，你為何自行加上這四個字？」

劉寶枝略加思索，立即答道：

「報告長官，我確切記得，我並沒有說那『東方紅了』四個字，長官可以去向石磊導演查詢，全場工作人員和觀眾以及在場長官都可作證。」

那位軍官「唔」了一聲，繼續再問：

「那另外還有一幕，工人們為了工廠老闆剋扣工資，集體抗議時，陳白露對著工人們喊出『起來，不願做奴隸的人們』，劇本中也沒有這句臺詞，又是你在演出時加進去的？」

寶枝再想一下，斬釘截鐵地答道：

「冤枉，劇情中陳白露是同情工人的，她在工人集會上稱廠工為『勞工朋友們』，我唸的臺詞也是『勞工朋友們』，並沒有用『不願做奴隸的人們』那樣的詞句。報告長官，這完全是誣陷，請長官同樣可向導演和觀眾們查證。」

那位軍官點了一下頭，又問：

「你平時讀些什麼書？讀過那幾本左傾思想或馬克斯主義之類的書籍？要從實說來。」

「報告長官，我讀過的書，除了學校的教科書課本之外，平時喜歡讀的都是古典文學詩詞和經典小說之類，對政治思想的書本，毫無興趣，請長官明察。」

劉寶枝答話的語氣非常堅定，讓問話的軍官，相當程度信任她的誠實，於是交代助理記錄清楚後，結束詢問，離去時還特別對著劉寶枝注視一眼。

崔子希知道寶枝被拘禁的監所之後，想盡方法向政戰部那位上校高參索得了一張名片，不顧一切困難和艱險，決定前去探監。

他循著地圖上的方向，一早步行出發前往鉛山，走的都是崎嶇不平的山坡，或是泥濘不堪的道路，磨破了腳皮，也不覺得痛苦。不料走到一處，橫在前面有一條河流，左右卻看不見橋樑，他東張西望，找不到過河的途徑，正在著急，終於發現河的上游中央，有一條空船，卻無人撐船，心想正是唐詩中的「野渡無人舟自橫」，但此刻哪有心情來品味詩句，只恐今天到不了鉛山。

正徘徊間，他忽然看到船頭船尾各有一根很長的繩索，分別繫在河邊兩岸的樹幹上，原來是供渡客自行牽拉移動船身之用，真是天無絕人之路。於是他急忙拉繩把船身拉近岸邊，一躍登舟，再拉另外一條繩索，果然船身立即轉向對岸滑行，不過五分鐘，平穩到達彼岸，既簡單，又方便。他欽佩鄉野先人的智慧，更感謝老天爺的成全，沒讓他退回原路。

大約又走了十幾里路，總算到達了那座祠堂改為監獄的門口，崔子希出示上校高參的名片後，站崗的士兵讓他進門，指了一下右邊的辦公室。崔子希小心翼翼朝向那辦公室走去，裡面坐著一位軍官，問他所來何事，他就遞上那位高參親筆寫的名片，說明要見劉寶枝，又問他和劉的關係，他說是親戚。那位軍官看他一下之後，說道：

「你在這兒等一下，我去喚她出來。」

過了幾分鐘，劉寶枝由大媽陪同到達辦公室，兩人隔別將近二個月，如今在此場所相見，恍如隔世。子希看到寶枝消瘦蒼白，寶枝看到子希狼狽疲乏，不禁一陣心疼心酸，緊緊相抱，默默對泣。隔了一回，情緒稍定，子希第一句開口就憐惜地問：

「你有沒有受刑？有沒有吃到苦頭？」

「沒有、一點都沒有。」寶枝回答。

接著寶枝又把那位校級軍官前來審詢的經過複述一遍，兩人探討案情緣由，都認為林圓因妒生恨，捏造證據，誣陷寶枝的可能性極高，所以必須坦直辯白，不能含冤受屈。商量決定，請求齊團長出面，向政戰部陳情雪冤，早日開釋。

寶枝又說：

「還記得嗎？有個清風明月之夜，你我在山林間有說有唱，突然烏雲罩頂，有山雨欲來之勢，我們急忙跑回團部，隨即雷雨交加。那時我就有個預感，莫非對我們相愛是個不祥之兆？現在看來，果然靈驗。」

崔子希立即堵住她的口說：

「千萬別胡說，那是迷信。」

然後崔子希留下為寶枝帶來的衣服、食品以及寶枝薪水積蓄的幾佰塊錢，千叮萬囑，務必善自珍重。等到大媽過來催促，方才依依不捨離別。

誰知天意難測，寶枝一語成讖。他們此次見面，竟是最後的一次相會，成了訣別。

文康工作團同仁瞭解狀況後群情憤慨，一致要求齊團長公正處理。齊團長突然覺得事有蹊蹺，因為三天前林圓向他報告說，家有要事，請假一週，已回金華去了，顯然心虛，怕被告發，所以先行離團，溜之大吉。於是團長決定，立即向政戰部據實陳情，而政戰部對劉案也認為誣陷的可能性極大，因之接受文康團的請求，允即會同情報部門再行調查澄清。無奈一般文書作業流程的進度，遠不如處理情報檢舉的快速。劉案尚在複閱審核之中，東南戰局卻發生了急遽變化。

由於日本軍閥在一九四一年十二月偷襲美國珍珠港，隨即引發第二次世界大戰，中美成了盟國，美軍轟炸機可以利用中國基地浙東的幾個機場起飛，進行對日轟炸，日軍懷恨報復，對我浙東地區發動猛烈攻勢，以致金華、麗水相繼失守，衢州跟著淪陷，敵軍續向西進，江山告危，上饒瀕臨火線，三戰區迅作緊急撤退準備。其所管轄的幾個軍事監獄，來不及對牢中罪犯或嫌犯作何適當處理，幸好未予一律槍決，而竟大發慈悲，把他們統統放了，讓他們去各自逃生。

劉寶枝倉卒間被釋出牢外，茫然不知何去何從，只見到大批大批逃難群眾，像人潮般的前擠後擁，紛紛朝著同一方向撤走逃命。寶枝想尋找牢內的管理人員或幾個同牢難友，問個究竟，卻一個不見。她只好在難民群中隨便問一個婦女，到底是怎麼回事，只聽幾個人同時說道，「東洋鬼子打過來啦」，她才明白，大概戰局惡化。於是只好隨波逐流，跟著難民潮盲目走向不知去處、不知前途、更不知安危的什麼所在，是浮是沉？唯有聽天由命。

倉倉皇皇，不知走了多久，忽然看到一條鐵軌道上，停有一列火車，車頭煙囪噴著濃濃黑煙，似有升火待發的樣子。劉寶枝不管三七二十一跟著大夥，蠭擁爬上敞開的貨車車廂，好不容易擠出一點點空間，勉強可以蹲下，坐在車廂的底板上，讓疲勞不堪的雙腿稍稍休息。

這時車外還有許許多多爬不上車的老老少少，只好無助地蹲在鐵路邊的地上，盼望是否還會再有火車過來。而已經爬上車內的人群，則似海上飄流獲得一塊浮木，有了得救生機，喘上一口氣，可以逃離險境。可是不知火車何時開動？開往哪裡？

枯等了個把小時，車頭突然發出一聲巨吼，車身跟著搖晃震動了幾下，列車果然慢慢動了。前面一節車上，有個穿著制服的人，向後面揮手，指示大家不要移動，於是火車開始行駛，轟隆地、也很費力地在鐵道上向前爬行。傍晚時分，列車停在一處車站，由微弱的燈光看到月臺站牌上的地名，原來是當時浙贛鐵路尚能通車的最終一站——鷹潭。

車上難民紛紛從車內跳出，落到地上。其時天色已晚，大部分難民就在月臺上攤開鋪蓋，就地打鋪，車站人員也不予禁止。另一部分則在車站附近的小客棧投宿，劉寶枝也找到一家旅店，進住休息。

她獨自思量，此時的崔子希人在何處，大概也在逃難。只是遍地烽火，天各一方，生死難卜。現在的她，真是孤鳥單飛，無枝可棲，要是子希還在身旁，不至於落到這樣恐慌，難道前幾天的相會，果真是最後的一面？想著想著，一整天的緊張和勞頓，加上愁在心頭，不知不覺，昏昏入睡。

隔日一早，劉寶枝走出店外，到了車站，一看昨晚同來的難民已在開始移動，但動的方向，並不一樣，除了不會回頭向東之外，有的往西，有的往南，也有一部分往北。劉寶枝對江西的地理，一無所知，但去到任何方向，同樣都是無親無故，同樣都是人地生疏，所以她是站在十字路口，徬徨徘徊，不知所從。正猶豫間，一對中年夫婦過來問道：

「小姐，我們看你單身一人，滿孤單的，你想去哪兒，有什麼可以幫忙的嗎？」

寶枝愣了一下，看著這對夫婦，貌甚忠厚，心想他們不像壞人，於是坦然答道：

「謝謝大叔、大嬸，不瞞你們說，我正不知要往哪裡去呢，因為哪兒都不是我的家鄉，哪兒都是人生地不熟。」

那對夫婦聽了有些納悶，但又不便細問，只好再說：

「小姐，我們可以告訴你，從這兒往東南可去福建，但要翻山越嶺，路途艱險，不很好走。往西南可去湖南，有公路車可通衡陽，這路較為安全，但距離很遠。至於往北，可到南昌、九江，距離較近，但都是淪陷區，且要經過一些三不管地帶，不很安全，以你單身一人，只怕不太好走。」

寶枝聽了之後，更是憂心忡忡，不知如何是好，一時沒了主意，於是隨口問道：

「那請問大叔、大嬸，你們要去哪兒？」

中年夫婦即時答道：

「我們是九江人，一向在外經商，這次到浙江想採辦一些商品，帶回淪陷區販賣，沒想到戰事不利，生意沒做成，反而急著逃難，現在我們便是要回九江。小姐，如果你要去九江，我們可以作伴，保證安全沒有問題，因為這一帶地區，我們都很熟悉。」

劉寶枝沒有想到在這兵荒馬亂時刻，人人自顧不暇，而這對中年夫婦在逃難途中，還能如此熱心照顧別人，讓她感受到無限溫暖。心想如果和他們同行，旅途安全固可不必擔心，但是北行去了九江，等於重返淪陷區去做順民，心有不甘，而且從此可能再無機會與崔子希相見，因之躊躇良久，難做決定。轉而又想，現在走投無路，回到淪陷區，可對章府二老盡點孝道，也算她這生做人沒有白費。頃刻之間，她總得有個抉擇，於是她說道：

「對不起，我剛才沒有立即回應你們的好意，因為我確是有些難題需要考慮。現在我想還是安全首要，而我又是江蘇人，所以決定隨同你們北走九江。可是我還沒請教二位貴姓？」

「鄙姓鄧，我們都受日本鬼子的害，既然在患難中相遇，能夠盡一點力幫助難友，何樂不為。那小姐你貴姓？」

「我姓劉，在戰火慌亂中跟同事們失散，我又不熟這兒的地理環境，因而不知所措，多虧鄧大叔、大嬸指點，此後一路還得仰仗二位照顧。」寶枝答道。

鄧氏夫婦相當熟悉這條路線，三人同行，走過國軍、敵軍、偽軍三不管地區時，知道怎樣應付，所以順利通過。雖然一路交通工具不很方便，有時甚至要坐人力推動的獨木輪車，十分顛簸，經過三、四天的辛勞行程，終於平安到達九江。

這是江西省的門戶，是長江的通商大埠，商旅繁榮。現在屬於淪陷區，雖無昔日盛況，但仍熙來攘往，頗形熱鬧。鄧氏夫婦為盡地主之誼，邀請劉寶枝到他們家暫住，劉寶枝別無選擇，欣然接受。

鄧家在九江算是個小康之家，屋雖不大，尚稱雅潔，寶枝入住一間小房，當晚由於多日旅途勞頓，賓主各自休息。

次晨，鄧太太已經備就清粥早餐。寶枝感謝他們的熱誠招待，讓她享受了好幾個月未有的通宵好眠，接著又問他們從九江去上海如何走法？鄧先生答道：

「那很簡單，坐長江輪船，買張船票，不過一佰來元，一個晝夜，就可直達上海。」

寶枝又問：

「可不可以拜託鄧大叔代我買張船票呢？」

「那有什麼問題，當然可以。不過劉小姐初到這裡，不妨多留幾天，一則有足夠休息，二則也可遊覽一下九江的風光，你看怎樣？」鄧先生答允代辦船票，又作了善意的建議。

盛情難卻，寶枝謝過鄧大叔的熱心，便向鄧大嬸說道：

「那就不好意思，留在府上多打擾幾天罷！」

鄧氏夫婦陪著劉寶枝到處閒逛瀏覽，解說九江是個龍蛇雜處、幫派組織相當複雜的社會，尤其碼頭各幫勢力常有鬥爭，不過抗戰軍興之後，黑道逐漸偃息，現在治安，尚算平靜。走到長江邊時，看到江上船運頻繁，似乎沒有太多戰時景象，但一轉身，見到江心停泊幾艘軍艦，上面揚掛著腥紅的太陽旗，令她怵目驚心，感到厭惡，不想再在江邊逗留，於是三人轉往市街閒逛，不久便回住所。

劉寶枝此刻固然是在回鄉路上，但一回想這幾年的遭遇，一次連一次的變故，讓她一波又一波的頻受打擊，真有歷盡滄桑之感。尤其想到初戀情人崔子希不知人在何處，能否再度相見，更是覺得前程茫茫。不過她也感謝上蒼，每次在她絕望之際，往往遇到貴人相助，出現希望，讓她絕處逢生，又不免感到幸運。最惋惜的則是她的兩本日記，在上饒被搜去沒收，以致失掉她多年親筆所寫苦難生涯的寶貴記錄。

二天後，鄧先生已經買到招商局的船票，寶枝要償還票款，但她身上只有法幣，所以要請鄧先生折成儲備券歸墊，而鄧先生堅持不收，作為送給她的程儀。寶枝感謝之餘，順便也把身邊所餘法幣，全部託鄧在九江地下市場，兌換成儲備券，方便回到上海使用。

啟行之日，鄧氏夫婦把劉寶枝送到碼頭，互道珍重，一直看到寶枝登船入艙，方始揮手離別。

輪船定時啟航，寶枝獨坐艙房，想到三年前帶著一歲不到的嬰兒，由章志剛陪同乘坐海輪從上海到溫州，進入內地，往事歷歷在目，只是不堪回首。如今一人坐著江輪，又回上海，不禁百感交集，點點滴滴，俱是淒淒切切，只能搖頭嘆息。罷啦！罷啦！不能也不忍再去多想，免給愁腸再添千千結。

招商局航輪，次日傍晚按預定時間到達上海，同樣停靠在十六鋪碼頭。寶枝下得船來，舉目四望景物依舊，碼頭周圍，仍是喧譁囂鬧，工人們扛著笨重的貨箱，裝的卸的，哼唷哼唷，忙個不停。劉寶枝無心觀看，就在十六鋪附近掛著「悅來」招牌的客棧，租了一個房間，暫作歇腳處所。

# 第十四章　十里洋場

巧遇、巧合、巧事，世間萬象，都是無巧不成書。劉寶枝回到上海，之後接連發生一些巧遇和傳奇。

由於日本發動了太平洋戰爭，英、美、法等國都成了日本的交戰國，於是汪偽政府在日本卵翼之下，接管了上海的公共租界和法租界。上海市依舊是十里洋場，有錢人照樣醉生夢死，過著燈紅酒綠、紙醉金迷的靡爛生活。而平民們也依舊在貧困中掙扎過著苦日子，沒有指望，沒有未來。

劉寶枝幾天來到處走走，到處看看，覺得眼前的上海，和她所演《日出》劇本中描寫「損不足以奉有餘」的社會型態沒有什麼不同，是淪陷區人民的苦海，更是中國人的時代悲劇。她思潮起伏，要重返內地？她無能為力。要隨波逐流？她實是心有未甘！

如同過去幾年中，她的人生命運，屢次在偶然間起了改變。有一天，她在南京路的永安百貨公司閒逛，看看玻璃櫥櫃裡的商品，突然對面迎見一位男士，向她注目，立刻兩人同時說道：

「你是劉寶枝？」

「你是羅福成教官？」

這樣意外的不期而遇，兩人都覺得十分驚訝，又同樣發出問話：

「你怎會來到上海？」

事情當然說來話長，羅福成隨即邀請劉寶枝走進同層樓的咖啡廳就座，以便長談。

原來羅福成是廣東人，香港出生，高中畢業後，考進上海藝術學院，興趣是音樂、劇藝和繪畫，藝院畢業，在中學教書，抗戰軍興，進入內地。他父親是永安公司的常務董事，在上海算是個商界聞人。去年他在上饒，接到父親病重消息，那時文康團剛剛演完《日出》，因之他向團方請了長假，回滬探望父病，幸而現在父親病癒，今天來到公司辦點小事，乃有此巧遇。

劉寶枝則把林圓誣告她思想左傾，身陷囹圄，以及後來浙東戰局危急，倉惶逃出的經過，詳細敘述那些羅福成離開上饒後發生的事，羅聞後頗表憤慨，也就問起崔子希目前情況，引起寶枝感傷，只能黯然答道：

「完全失去聯繫，不知他人在何處。」

羅福成除了加以安慰之外，又說：

「這兒一切，我都很熟，任何事情，我都可以效勞。這樣罷，我請你到這公司三樓的東亞酒樓吃個便飯，算我給你接風，同時可以繼續長談，好嗎？」

「當然好哇。」寶枝含笑答道。

於是兩人同乘電梯，登上三樓，進入東亞用餐，邊吃邊談，自有說不盡的話題，最後羅福成問道：

「那你這次來到上海，有什麼規劃？」

「唉，我落難來此，能有什麼規劃、什麼打算？除了發愁之外，就看命運怎樣安排啦。」寶枝嘆一口氣答道。

羅福成思索了一下，又說：

「我就叫你寶枝吧，現在我父親病癒，有足夠空餘時間來幫你想想出路。不過我有個想法，只怕不好啟齒，說了你勿要見怪。」

寶枝聽了，不免有些疑惑，以為有何異想，隨即問道：

「教官，你有什麼指教，請儘管說罷。」

於是羅福成慢條斯理地說道：

「自從在文康團聽了你扣人心弦的歌唱，又看了動人情感的演劇之後，我就認為你有音樂和劇藝方面的天賦，如往這個方向發展，必能有所成就。現在這裡的政府，不過是個傀儡，從來不為人民福祉著想，做些什麼善政，老百姓只能自求多福。現在這兒上海的生活，費用很高，在此居，大不易。如果你尚無其他計畫，我想到有個工作，你必能勝任愉快，只是我不知你能否屈就？願否下海？」

寶枝被他的話，引起更多疑問，什麼屈就，什麼叫下海，於是緊接問道：

「教官，你說得讓我有些迷糊，是什麼樣的工作呢？我能勝任嗎？我能適應嗎？」

羅福成繼續緩慢地答道：

「是這樣的，永安公司在隔壁新建一棟大樓，並在第七層樓開設一家舞廳夜總會，規模場面，都是一流，名為『七重天』。我知道他們正在徵才，擬聘一位駐場女歌星，每晚獻唱幾首歌曲，待遇很高。現在上海許多歌星小姐，都在熱烈競爭這份差事。我想以你的才華、你的風格，加上我父親的關係，一定可以壓倒群芳，取得勝利。那時你在上海不但有個立足點，而且說不定還能創造你的一番事業。只是你是否願意往這方面發展，當然要由你定奪。」

寶枝聽了相當感動，隨即答道：

「謝謝教官的關懷，為我設想出路，十分感激。不過你對我的才藝可能過於高估，我去應徵，未必一定勝出。至於那個職業，我是否適應，可否容我一、二天後再作答覆。」

羅福成忙即說道：

「那個當然，你仔細想想，我等你的消息。」

兩人愉快結束用餐，互相留了聯絡電話，走出永安公司，握手道別。

劉寶枝回到旅舍，仔細思考，今日與羅福成的巧遇來得意外，他的建議，更是非所想像。她覺得在這關鍵時刻，需有一位長輩的指點，她第一個想見的人，是章志安的父親——章元亮。她知道老先生在私立上海中學教書，決定第二天前去請安和請示。

隔天早晨，她向客棧伙計，問清楚了上中的地址和路線，並在附近水果攤買了一盒蘋果，按址前往。當她到了上中門口，正在張望如何進去，傳達室一位年老校工，從窗口探出頭來問道：

「你找誰呀？」

「請問章元亮老師在學校嗎？」寶枝回道。

「你說是誰？」校工立即再問。

「章元亮，章老師。」寶枝再答。

那校工嘆了一聲說：

「章老師去年就已病故了。」

寶枝一聽，猶如晴空霹靂，立刻哇的一聲，哭了起來，手中提的水果盒也掉到地上，泣著說道：

「寶枝不孝，我回來晚啦。」悲慟不已。

校工看此情形，走上前去，勸慰著說：

「這位小姐，不要難過。章老師是個好人、好老師，他去了天國，得到安息，我們全校師生都永遠紀念著他呢。」

校工一邊幫她拾起水果盒，一邊說：

「你慢走。」

寶枝悲傷又無奈地離開學校，原道回到悅來客棧。

這一噩耗，重重打擊了劉寶枝的精神意志，使她幾乎崩潰。

她選擇回到淪陷區的主要因素，就是想要侍奉章府二老，報答他們培育之恩，現今章三老爺作古，她更應好好奉養章三太太，善盡兒媳孝道，於是如何多賺點錢，成為必要考量。因之，她決定採納羅福成的建議，去「七重天」應試，如被接受，賺了足夠的錢，可以回鄉伺候婆婆——章三太太。

次日一早，她和羅福成通了電話，表示「七重天」的事願意前去一試。羅聞後極為高興，答允儘快安排，有了眉目，立即電話告知。

劉寶枝等待消息期間，心神兀自不寧。一則章三老爺故世，尚在哀痛；二則她對歌臺舞榭生涯能否適應，存有幾分懼怕；三則對自己的才藝還無充分自信。然則，她知道人生旅途關關難過，都得要過，因此必須鼓起勇氣，面對現實，接受考驗。

隔了三天，羅福成來了電話，約寶枝第二天下午六點在東亞酒樓晚餐，屆時「七重天」經理和樂隊指揮都將參加。他會在五時卅分駕車來接，盼她預作準備。

劉寶枝掛了電話，心中稍感安定。但她又想「預作準備」，要如何準備？準備什麼？要練習演唱嗎？既無場地，又無樂器，環境條件均不許可，那就無從準備。再想一下，莫非要她在儀容和服裝上做點準備？大概不錯，於是又到南京路先施公司，選購了兩套上衣連裙的套裝和一雙黑色半高跟的皮鞋，花費了四佰多元儲備券，雖然有些心痛，只能當作投資。

回到旅舍，寶枝靜坐想想，還有什麼需準備？那就應該是心理準備。她回憶二年多前在金華應徵文康工作團的考試，好像初生之犢，不知畏懼，而現去「七重天」應試，反倒覺得很大壓力。因她深知，這次的抉擇，是一次大膽的嘗試，也是她人生的一個轉捩點，不免多了些得失的顧慮。因之她告訴自己，必須鎮定，也就是要做好所謂「心理準備」。

翌日傍晚，羅福成駕車準時到達「悅來」，一下車見到劉寶枝已經站在門口迎候，感覺眼睛一亮，看她薄施脂粉，容光煥發，身穿湖藍色套裝，高雅大方，婷婷玉立，儀態端莊，不由得暗讚「好美」，即刻趨前，引著寶枝走到座車右邊，開了車門，請她坐進右方前座，關上車門，然後自己走到左邊，坐上駕駛座位，啟動車輛，一派西方紳士風度，讓寶枝感到備受尊重。

車行不久，到達永安公司東邊門口停下，一個穿著制服的門僮立即過來幫他停車。兩人進入大樓，乘電梯直上三樓，羅福成已在東亞預定一間包廂，房內一張圓桌也已擺好四人的杯盤和座位。稍頃，另兩位客人同時蒞臨，羅福成忙即介紹，其中年齡稍長的，是「七重天」經理歐陽德，另一位樂隊領班兼指揮，姓溫名湯姆，這時姓溫的接嘴說：

「大家叫我 Tom One，就叫我 Tom 好啦！」

四人哈哈一笑，相互握手，坐定之後，羅福成首先說：

「我介紹這位劉寶枝小姐，完全是為『七重天』找人才。上海歌壇明星不少，歌也大都唱得不錯，但像劉小姐那樣高氣質、高才藝的實在不多。我在江西認識劉小姐，發覺她的才華被埋沒了，後來她在上饒演了《日出》一劇，非常成功，因之聲名大噪，不過還沒有讓她充分發揮。這次在上海巧遇，真如天上掉下給『七重天』的一項珍貴禮物，可以說是萬分幸運。我費了很多唇舌，勸她留下，現在我很鄭重向歐陽經理推薦劉小姐作為『七重天』常駐歌星的候選人。」

劉寶枝很禮貌又很謙虛地說：

「羅先生過獎了，我真怕出醜呢。」

歐陽經理接著說：

「劉小姐才藝雙絕，羅先生已和我們說過。今日見面，不用試唱，光聽你說一句話，就覺得音色清脆優美，必有一副天賦歌喉，所以謝謝羅先生的推薦，此刻就做決定，聘請劉小姐為『七重天』的常駐歌星。不過到職之前，有些例行手續，要先辦好。第一，要請劉小姐到我們指定的雪懷攝影社拍幾張藝術照相，供我們發海報和廣告之用；第二，我們雙方要簽訂一份契約，規定雙方的權利和義務和契約期間，詳細內容文字，這裡有份範本，待會兒請你過目；第三，劉小姐要找個保證人，為你履約作保證；第四，正式登臺之前，要有一週時間和我們樂隊每天作二小時的演練，以求演出時能夠密切配合，以後的經常演唱時間，契約內會有規定；第五，也是最後有個要求，劉小姐需要取個藝名，替代你的真實芳名，使得文宣推廣更具吸引力。」

羅福成首先輕輕鼓掌，說道：

「歐陽經理不愧為是第一流的專業經理人，所提意見，說得有條有理，也都合情合理，其中保人一節，只要劉小姐同意，我願擔任。」

Tom One 接著說話：

「演練時間愈早愈好，如果劉小姐方便，下週一就可開始。說到劉小姐的藝名，我有個建議，她的聲音，如同出谷黃鶯，那就取名『鶯鶯』，怎樣？」

歐陽經理立即接著說道：

「名字雖好，但歌壇已經有位小姐取了這個藝名，雖然姓氏不同，還是不能重複。」

Tom One 馬上又說：

「對，對，我倒忘了，不能重複。」

最後輪到該由劉寶枝表示意見，她緩緩地說道：

「謝謝各位厚愛，我真不知用什麼言語來表達我的感激。首先，歐陽經理所講五點，我都接受，不過我要坦白說明，我不是一個音樂家，不是一個歌唱家，只是從小喜歡唱歌，在學校歌詠比賽也常獲冠軍，但終究不是一個職業演唱者，現在讓我擔任常駐歌星，我怕專業歷練不足，壞了『七重天』的招牌，我會擔當不起。至於藝名，如屬必需，我想取名『露露』，因為我演過陳白露，而我喜歡那個角色，不知各位以為如何？」

羅福成開口說道：

「我知道你的實力，這點歐陽經理可以放心。」

然後與歐陽交換一下意見，歐陽便說：

「好，『露露』兩字，叫起來、聽起來都很響亮，就這樣決定，以後任何場合，我們都稱劉小姐為露露小姐。」

晚餐即將結束，要討論的事情大致都已就緒，Tom One 看看腕錶，已快八點卅分，立即站起說道：

「我要去隔壁上班了。露露小姐，下週一下午三時見。」

此時歐陽提議說：

「羅先生和劉小姐，何不現在一同去看看『七重天』的場面風光？有什麼需要改進的地方，還請指教。」

羅表同意，劉無意見，於是一同走過兩幢大樓間設在五樓的天橋，再換電梯到達新廈的七樓，迎面看見用藍色霓虹燈綴成的中英文招牌「七重天」和「SEVENTH HEAVEN」，閃耀晶亮。侍應生看到經理陪著二位貴賓來到，立即上前迎接，引進夜總會大廳，選了最好位置，請各位坐下。

劉寶枝從未來過這種場所，舉目四望，覺得真是富麗堂皇，尤其四周上下的燈光設計，明暗交錯，讓人感覺如入夢幻之境，難怪要取名為「七重天」。大廳中央是舞池，已有幾對舞客翩翩起舞，只是樂隊尚未出場，暫先播放音樂唱片，效果也還不錯。不久 Tom One 率領六位樂師出現臺上，其中有二位看來是菲律賓人。

樂隊首先奏了兩支西洋舞曲，之後有一位女士登臺唱了兩首中文歌，寶枝都很仔細傾聽，覺得平平。其時客人陸續進場，入池跳舞的人也越來越多。寶枝心想，上海真是夜夜笙歌、城開不夜的都市。正遐思間，歐陽經理突然輕聲問道：

「請劉小姐跳個舞可以嗎？」

寶枝一聽，有點尷尬，只好回答道：

「對不起，我不會跳舞。」

歐陽經理並不介意，接著又說：

「那麼我想今天劉小姐可以貴賓身分，登臺高歌一曲，讓大家享享耳福，行嗎？」

寶枝此時感到不能再行推辭，一則經理無條件聘她為常駐歌星，情義上怎能拒絕。二則這樣場合，這樣要求，無異職前測試，又豈能拒絕。但她久未唱歌，事前毫無準備，一時不知唱哪首歌。羅福成一旁看出劉寶枝的猶豫，急忙補充說道：

「歐陽經理的建議極好，等會就請劉小姐登臺一展歌喉，一定精彩。」

劉寶枝已經無可迴避，只能答應說：

「好吧，遵命，讓我試試。」

歐陽經理感到滿意，連忙接著說道：

「謝謝劉小姐，過一下我要上臺宣布，給大家一個驚喜。」

這時寶枝依然有些情怯，但既已答允，勢須面對。她想要以安全第一為上策，決定選她曾在學校歌詠比賽時得到冠軍所唱的〈昭君出塞〉，這是她拿手的曲子，不會出錯，所以她暗中開始默默背誦歌詞。

歐陽經理在樂隊中場休息時，找來 Tom One 說明狀況，等到樂師們回到臺上時，歐陽走到臺前，握住麥克風，對著大家說：

「各位女士、先生，晚安。我要向各位報告，『七重天』今晚要給大家一個驚喜，現在各位嘉賓之中，有一位特別來賓，是位天才歌唱家，歌聲美妙動人。今晚她願為各位獻唱一曲，這是我們極大的榮幸，請大家熱烈鼓掌，歡迎劉小姐！」

劉寶枝在掌聲中從座位起立，慢步走上舞臺，經理一邊伸手引她走到麥克風前，一邊為她調整麥克風的高度。寶枝態度從容，先向大家彎腰一鞠躬，接著向大家說話：

「謝謝經理的誇獎，我不是歌唱家，只是非常喜歡唱歌而已。今晚獻醜，請各位多多包涵。」

短短兩三句話，措辭得體，尚未開唱，臺下又是一陣掌聲。寶枝和 Tom One 交換幾句之後，又說：

「我要唱的是〈昭君出塞〉。」

樂隊悠揚地奏起樂聲，劉寶枝開口第一句，嚮亮唱出「王昭君」三字，一口氣悠悠漫長，約莫唱了十秒鐘，戛然中止，其間音階轉變，天衣無縫，快慢調節恰到好處，把全場聽眾震懾得鴉雀無聲，之後逐句續唱，節奏分明，加上她咬字清楚，音色柔美，尤其唱到後段，由徐轉疾，唱得句句有淚，字字有情，把昭君出塞的悲愁，詮釋得無微不至。一曲終了，爆出了滿堂掌聲和彩聲，大喊「安可」。

寶枝本想一鞠躬下臺，但經不起歐陽經理滿面笑容，一再敦促，掌聲不停的熱情鼓勵，欲罷不能，只好再和 Tom One 交換一下意見，轉身對著麥克風說：

「多謝，多謝，我再獻唱一首〈何日君再來〉。」

這支〈何日君再來〉，是當年上海最熱門，最流行的歌曲（後來這歌被汪偽政府禁唱，理由是歌詞隱喻等著國民政府回來），幾乎人人都能哼上幾段，所以寶枝宣布歌名之後，當場大受歡迎，而寶枝唱來不同凡響，不但韻味十足，情調格外纏綿，效果之佳，無懈可擊。等她一曲唱完，當然又是全場掌聲。劉寶枝一再鞠躬致謝，走回座位，歐陽經理和羅福成興高彩烈，迎著寶枝回座，歐陽還特別命令要了一瓶香檳，噗一聲開了瓶蓋，更加引起全場歡笑，又是一陣鼓掌。

歐陽德確是商場中一位精幹老練的經理人才，他正在物色「七重天」的駐唱歌星，恰巧羅福成推薦劉寶枝，礙於羅是公司常董的公子，不便拒絕，也不能提出須先甄試的意見。於是刻意安排了這場到「七重天」的節目，結果劉寶枝的演出，好到無話可說，皆大歡喜，歐陽心中的石頭可以輕輕放下，不但和劉寶枝逕行簽約，給足了羅福成面子，而且等於事先做了一場預演廣告，可謂老謀深算。

當晚大家盡興，互道晚安告別。羅福成仍然駕車送劉寶枝回到悅來旅社，一路上恭維寶枝表現出色，並建議她換個旅館，最好搬到揚子大飯店，那裡離「七重天」很近，房間也比較舒適。寶枝同意，等到簽約之後即刻搬移。

第二天，羅福成陪同劉寶枝到了歐陽德的辦公室，永安公司已經備妥契約文本，寶枝匆促看了契約主要條文，約定聘期一年，期滿雙方同意，得繼續展延，月致酬勞六千元。歐陽經理出手大方，於完成簽約後，立即預付薪金一萬元，讓寶枝大感意外，還未上班，先領薪水，倒真慷慨。

正要告辭離開，Tom One 走了進來，遇見劉寶枝，立刻拉著她的手，言道：「哈哈，謝謝昨晚你的演唱和我的樂隊合作無間。我當指揮多年，還未見過像你昨晚那樣場面，真是熱烈空前，可見露露小姐的號召力強大無比。」

寶枝擺脫了 Tom 的手，笑著答道：「且慢叫我露露，這個名字還未開始啟用呢。倒是你的樂隊個個高手，把我的缺點都掩蓋了，我還要謝謝你哩。」

當下約定，每天演練二個小時，地點就在「七重天」的後臺，第二天立即開始。同天，羅福成幫助劉寶枝遷到揚子大飯店，選了六樓的六十號房間，取其六六大順吉祥之意。羅在寶枝安頓之後，告辭離去，還祝她一帆風順。

劉寶枝覺得，自從到了上海與羅福成巧遇，多日來羅對她的照顧和協助，殷勤備至，還幫她找了一個奢想不到的工作，倒是有些疑惑，提防他是否別有用心。但是看他言語舉止，都是正正經經，從來沒有失態，更無失禮之處，反而責怪自己，不該多心。

一連七天，劉寶枝和Tom的樂隊忙於演唱預習，總共練唱了中西歌曲二百多條，唱奏合作，相當圓滿，歐陽經理時常過來察看演練情形，感到滿意。於是決定三天後正式登場，自次日起用「露露」藝名和照片，大量製發海報，並在上海兩大報紙《申報》和《新聞報》刊登巨幅廣告，又在娛樂版發布新聞，為「露露」打造知名度，也為「七重天」大做宣傳，以廣招徠。

露露登臺之夜，由於「七重天」廣告效果，當晚賣座爆滿。大部分賓客從未聽過「露露」名字，當然更未聽過她的歌唱，但全場擺滿祝賀的花籃，無論識與不識，都有好奇和一看究竟的味道。

九時正，露露盛裝出場，打扮得不是十分豔麗，但高雅大方，氣質上就有吸住全場注視的引力。其時舞臺正上方亮出「露露」名字的霓虹燈，樂隊大力配合，敲一聲鑼鼓，全場肅靜，露露立即響亮又清脆地唱出第一句：「那南風吹來清涼」，大有一鳴驚人之勢。大家都知道，這是名曲〈夜來香〉，舞客們紛紛進入舞池，隨著歌聲和樂曲，跳著「倫巴」舞步，人人感到今晚氣氛有所不同，個個異常興奮。一曲既罷，露露仍未說話，立即再唱〈When We Were Young〉，又是大家熟悉的西洋名曲，舞客們跟著改跳華爾滋舞步，都認為歌星開場二首，選曲高明，因之舞興特佳，跳得過癮。

第二曲終了，舞客們鼓掌回座。此時露露方始站在臺前開口講話，她對著麥克風，先向賓客們道聲晚安，接著委婉地說：

「今晚露露第一次在『七重天』登場，謝謝諸位貴賓熱情捧場，露露在此向諸位一鞠躬。剛才獻唱的二首歌曲，想必各位都很喜歡。可是下面一首，我想給我的父母獻唱，他們都已不在人世，所以我是以孤兒的心情，冒昧借此首唱的機會，來表達我對雙親的懷念，望諸位貴賓體諒。我要唱的是〈天倫〉。」

這時全場用掌聲代表歡迎，樂隊隨之響起前奏曲，露露展開歌喉，婉轉唱出：「人皆有父，翳我獨無……」，歌聲淒美動人，氛圍轉入寧靜。大家都在凝神傾聽那孤兒唱出思親的心聲，為之感動，因之無一人下池跳舞，直到她全曲唱完，全場爆出熱烈掌聲，久久不息，這在歐陽經理看來，是「七重天」從未有過的光景，證明露露的歌聲，已經攻佔了上海人的心田。之後，露露又再唱了五、六支歌，每首自始至終，都以全部感情投入，因之無一不有繞樑三日的美感。終場後讚美之聲不絕於耳。

第二天，上海各大日報和晚報的影藝版，一致都有極佳的好評，有譽為「玉女歌星」，或稱「金嗓歌后」，更有稱之為「七重天」的「天使歌后」，各種讚譽，不一而足。露露的知名度，一夕之間，聲聞春申，代表她在上海歌臺，已經取得立足之地，看來似錦前程，已在眼前。

揚子大飯店的服務人員，看了報紙才知六樓的房客竟是一位歌壇巨星，無不歡欣奔相走告，特別是六樓的侍者，有較多接近機會，格外覺得榮幸。

日上三竿，寶枝九時起床，第一個進來值勤的女傭，就把當天的報紙遞到面前，翻開一看，果然大幅報導，還都刊登她的照片，心中愉悅，不言可知，於是順手從提包中拿出幾張鈔票，給那女傭作為賞錢。

此時房內電話鈴響，拿起話筒，知道羅福成已在一樓大廳等候，連忙梳妝完畢，乘電梯下樓，二人見面互道早安，並一同走進揚子咖啡廳共用早餐。

羅福成十分高興地給寶枝道賀，為她昨晚首唱成功欣喜。正用餐間，歐陽經理及時來到，也向寶枝賀喜，並說：

「今日一早，公司已經接到無數電話，要在『七重天』訂座，已有應接不暇之勢，可見露露小姐的號召力有多強大。所以今晚我們要在東亞酒樓設筵慶功，為露露小姐首場演唱成功慶賀，還邀請了上海幾位知名人士，共襄盛會。」

露露聽了，覺得登臺演唱並不怯場，但對交際應酬，反倒有些心慌，所以她回答說：

「謝謝經理盛情，但我對宴會不太適應，尤其見到知名人物，會不自在，慶功宴就請免啦！」

歐陽經理卻是相當堅持，繼續說道：

「露露小姐，這個慶功宴，在我們業務推廣上來說，至屬必要。露露小姐是主角，務請參加，不能推辭。至於場面上的應酬，我會有適當安排，不會讓你感到困擾，請安心赴宴。」

露露看到歐陽經理的誠意，同時羅福成從旁敦勸，只能勉強同意。

早餐用畢，羅福成特再說明，今晚六時來接，然後和歐陽一同離去。露露回到六樓房間，正拿鑰匙準備開門，早上那個女傭又匆忙走上前來，跟著進到房內說：

「露露小姐，你是今天上海最響叮噹的人物，我們揚子大飯店的總經理想要為你換過大套房哩。」

「你聽誰說的？千萬不要。這個房間我覺得很好，用不著換房。」露露立即反問。

那個女傭看來是個多嘴婆，接著又說：

「我聽客房部副理說的，他們一定會給你換房。今天早上那位羅先生怎麼沒上來？」

「剛才樓下吃過早飯，他先走了。」露露隨口答道。

「那位羅先生人挺好的，他是露露小姐的男朋友吧？」雞婆又嘻皮笑臉地問。

於是露露立即正色地說：

「不要亂講，他只是我很好的普通朋友。」

「喔，他常來這裡，對我們都很好，特別對餐廳部的小李格外關心。」女傭繼續嘮叨，露露嫌她嚕嘛，便說：

「好啦，這兒沒有事，我要休息，你去忙別的吧。」

下午羅福成來電話，揚子總經理果真要想給她換個大套房，露露請他代為婉謝。轉又心裡疑惑，羅福成給她幫了大忙，從不嫌煩，確是個熱心好人，而且一直保持良好風度，然而那個快嘴雞婆的話，讓她納悶，莫非他有斷袖之癖？如若不假，那倒也可省卻不必要的煩惱。

當晚羅福成準時來接，到了東亞酒樓，一看排場，知道這是一席盛宴。歐陽經理和夫人立即過來說道：

「恭喜露露小姐首演成功，給『七重天』大增光彩。今天這個飯局，既是慶功、更是感謝。等會要給露露小姐介紹幾位貴賓，都是上海檯面上的人物。」

說著，貴賓們陸續來到，歐陽經理跟他們一番寒暄，入席之前，分別給露露逐一介紹，這是魏局長，這是毛處長，這是杜董事長，這是黃總經理，……等等，露露一時記不清楚姓誰名誰，和什麼頭銜，只是面帶微笑，一一握手，口中連連說著「請多指教」。

席間觥籌交錯，有說有笑，除了恭維露露才藝之外，也有不斷向露露敬酒，但都以不善飲和怕傷歌喉為詞推辭，僅用舉杯淺嚐，以示禮貌。幸好貴賓們都能體諒，並未強迫勸酒，直到終席，總算平安過關。歐陽經理滿懷高興，隨即護送露露到「七重天」上班。

# 第十五章　亂世俗緣

問世間，情為何物？有說：「直叫人生死相許」，也有說：「情到深處無怨尤」，另有說：「情欲縛人，猶似羅網」。不論怎樣的說法，情是感性的昇華，情的發生或消失，常非理性思維所能規範。

露露的名字，響遍上海，報紙和無線電臺佳評如潮，「七重天」場場爆滿，座無虛席，歐陽經理當然視她為財神，奉若君后。揚子大飯店每日不速之客、記者、訪賓絡繹不絕，經理部門為安全著想，堅請露露搬到頂樓特大套房，免生保安意外。

露露的生活型態，隨之有了很大變化。富商巨賈、達官顯要不斷邀宴，盼能一親芳澤。新聞記者更是紛紛要求獨家專訪，讓她應接不暇，難作取捨。於是決定聘請羅福成為經紀人，一切對外公共關係事務，概由羅福成負責處理，甚至上海灘上一些惡習陋規，也由這位永安小開應付，羅福成義不容辭，也樂意為之。因之，露露少了許多困擾，得以專注練唱。

可是二、三個月來，有一件事，雖對露露生活上並無干擾，卻讓她十分困惑，因為她的後臺化粧室，每晚收到一位不知名人士送來七十七朵豔麗的玫瑰花束，而且每天花朵，顏色有鮮紅、有粉紅、有嫩黃、有純白的，從未具名，問後臺管事人員，他們只知花店送來，不知贈花者是誰。因之露露非常好奇，這贈花者是何許人？七十七朵有何意義？每天不同顏色又是代表什麼？為何至今不曾具名？百思不解。跟羅福成討論，也只說上海灘無奇不有。

終於有個夜晚，露露卸粧之後，正要起身回到揚子，卻在門口出現一位紳士，衣冠楚楚，迎面而來，極有禮貌地開口說道：

「露露小姐，能否賞光同去吃個宵夜？」

露露愕然看著對方，似曾相識，問道：

「你是……？」

對方立即回答：

「我姓魏，在露露小姐的慶功宴上有過一面之緣。由於對露露小姐的才藝出眾，萬分欽佩，所以每天送花表示敬意，請原諒我的唐突。現在露露小姐如果有空，很想和你談談聊聊。」

一邊看著手錶又說：

「午夜之前，一定送露露小姐回到揚子飯店。」

露露看他樣子誠誠懇懇，說話斯斯文文，心想既然曾經相識，必定是歐陽經理的朋友，情不可卻，只好答道：

「好吧，那就叨擾魏先生啦。」

兩人同乘電梯下到大樓門口，露露吩咐她的包車伕自行回去。魏的司機打開座車車門，請兩位入座後，主人交代司機開往靜安寺路「梅龍鎮」。座車啟動後，魏先生打開金色煙盒，取出555牌香菸，先遞給露露一枝說：

「請問露露小姐抽菸嗎？」

「謝謝，我不會抽菸。」露露答道。

「那我可以抽菸嗎？」魏先生又問。

「這我不便說。」露露為難地答道。

「是，尊重女士，我也不抽。」魏反應很快，立即把菸盒及打火機收回口袋之內，同時補充一聲：「對不起。」

於是露露順便說道：

「其實吸菸有害無益，人所共知，但要在香菸包裝盒上加印一句提醒警告的文字，好像就是辦不到。」

「那是因為世界上主要製菸國家的菸商團體勢力強大，不但阻擋立法，反而大做廣告，吸引菸客，我就是被吸引者之一。」魏跟著自我解嘲似地回答。

正講話間，座車已到「梅龍鎮」門口，兩人下車進入餐廳。

「梅龍鎮」是上海知名的餐廳，也是紳士淑女們宵夜的最佳去處，魏先生是這裡的常客，所以他們一到，立刻被引導進到一間小包廂，侍者熟悉地端上幾碟精緻小菜，並請示要麵點或清粥後，掩門退出。

兩人坐定後，魏首先開口說道：

「劉小姐，我知道你的一些經歷，非常佩服你的智慧和毅力，能在上海開創一片天地，我能和你相識，是我的榮幸。」

寶枝聽了，暗吃一驚，難道他清楚她的底細，於是用稍帶錯愕的神情回話：

「啊，魏先生一直都在偵察我嗎？你知道我的真實姓名？你每天送花，是為了掩飾你的偵監行動？」

魏立即覺得言語有點冒失，鄭重地說明：

「劉小姐千萬不要誤會，我不是幹特務的，我絕對沒有對你跟監。我姓魏，名人傑，你可叫我魏人傑，或者叫我英文名字「Jimmy」。我的職務是中央儲備銀行發行局局長，鈔票上印有我的簽名。因為和你第一次見面之後，非常欣賞你的才華，更欣賞你的風采，為了關懷你在上海的生活環境，所以曾和羅福成先生談到一些你的過去，對你的狀況只是略知一二。現在羅先生成了你的經紀人，我就不再和他多談，請原諒我的冒昧。」

於是寶枝接著說道：

「不錯，我的真實姓名是劉寶枝，既然投身歌唱事業，就不能免俗，取個藝名。至於我成長的經歷，有辛酸，有喜樂，生在這個大時代裡，有時需要智慧，有時可能愚昧，結果便是有幸與不幸，許多際遇，得看老天和命運啦。」

魏人傑繼續表示說：

「寶枝小姐豁達開朗，是你今天成功的要素。不過我不太相信命運之說。每個人的命運，操諸在我，只看能否在關鍵時刻作出正確的關鍵抉擇，所以每個人的成敗要由自己負責。」

寶枝聽了深以為是，接著說道：

「魏局長的高見，我有同感。但連孔老夫子都畏天命，所以曾說，『不知命，無以為君子』。不過今天我們所談，似乎題目太大，我個人的往事微不足道。現在我倒有個問題請教。」

「何事請說。」魏人傑立即說道。

寶枝隨即用不解的語氣問道：

「你每天送來不同顏色的七十七朵玫瑰是何意義？」

魏人傑即刻笑瞇瞇地答道：

「那當然代表我對劉小姐的仰慕，那七十七朵的數目，是借用七月七日中國七巧情人節，含有即使天涯海角、天上人間，有緣就能相會的意思，而你又是『七重天』的歌后天使。至於每日不同的顏色，則是象徵劉小姐的多彩多姿，幸勿見怪。」

寶枝聽了，心想這位先生花言巧語，也還講究情調，不算庸俗，因之帶著微笑回道：

「不敢說見怪，但我有個請求，以後不再送花，行嗎？」

魏人傑馬上回應，說道：

「遵命，以後不再送花。但我也有個請求，今後我們做個朋友，常來看看你，行嗎？」

「只要是朋友，就該『友直、友諒、友多聞』，彼此以友輔仁，是嗎？」寶枝落落大方地答道。

魏人傑恭而敬之，連說「極是」。此時寶枝看了一下手錶，魏人傑會意，隨即準時在午夜前送她回到揚子。

這第一次兩人單獨交往，相互多了一些瞭解，同時在言談之間，似乎還有一些意味相投，於是便有作為朋友的開始。

經過幾次交往，劉寶枝知道魏人傑的狀況是，他復旦大學畢業，現在四十三歲，無錫人，已婚，並無子女。抗戰前曾在國民政府的中央銀行任職，汪精衛偽政權成立後，他有一個姓盛的同鄉同學好友，是周佛海身邊的親信，由於盛君在中央銀行曾經參與由銀本位改制法幣的籌劃工作，當時魏是盛的助手。後汪偽政權成立，周佛海是中央儲備銀行首任總裁，魏由盛的推薦，被任命為儲備銀行的發行局局長，在金融界算是個重要人物。不過他妻子去年得了中風，全身癱瘓，終年住在醫院，所以魏人傑公餘之暇，必須常往醫院探視，全無正常家庭生活。

根據以上瞭解，劉寶枝對魏人傑擔任汪偽政權的職務，並不覺得是個好的選擇，但對他的家庭情況，多少有點同情，甚至有些憐憫，以致兩人間的友誼，漸漸灌入了感情，可以互呼名字。讓魏感到可以無話不談，有了一個紅粉知己。

某日，二人在一個寧靜的下午茶時刻，魏人傑喝了一口咖啡後，很誠懇地說道：

「寶枝，我有一段內心話，隱含已久，現在想跟你談談，也想和你商量，聽聽你的意見。」

「聽來好像很嚴肅，請說說看。」寶枝答道。

「不瞞你說，我對現在的政局，全無信心，對我現在的職務，也沒有安全感。因之我去年投資創設了一家中型紡紗廠，擁有三千錠子的機械設備，目前運作已入正軌，業績也在上升，這個計畫是為我的退路留個餘地。問題是投資人用我妻子的名字，她在病中當然不能實際管事，而我也無暇管理，所以聘了一位有紡織經驗的同鄉陸先生擔任副總經理，大小業務都由他負責處理。不過長此以往，總是不很妥當。因之我想如果你有興趣，可否參加一點投資，原來由我妻子以董事長兼任總經理的職位，請你以副董事長身分接任。日後你退出歌壇，還有一個事業供你發揮。倘你同意，那麼近期內就可開始，利用你空餘時間，前往工廠瞭解一些實務，我相信以你的聰敏才智，短期內就可進入狀況，不知你意下如何？」魏人傑很認真的說了一大篇，並用期待的眼光，看著寶枝，等她回答。

寶枝知道魏人傑是在認真說話，所以也想了一下，鄭重地回答，說道：

「我瞭解你的難處，也謝謝你為我設想周到。不過茲事體大，恕我一下子做不出是或否的決定。讓我慎重考慮，仔細想想，再和你商量好嗎？」

魏人傑心想，或許劉寶枝對他的信任度不夠，所以不置可否，便又補充說道：

「剛才我所說的，全是肺腑之言，出自真誠，希望你考慮之後，能夠作出正面的決定。」

「我會認真的好好考慮。」

劉寶枝慎重思量，她目前除了薪酬之外，還有不少廣告和唱片收入，已經小有積蓄，把它用之於正當投資，不失為一條正路。但她現下的歌唱事業，正在日正當中的巔峰時期，此刻另有旁騖，是否適當？還有她對商業，全無經驗，對紡織工業更是一竅不通，冒然走進一條新路，有無風險？這兩大問題，一時難以找出解答。於是她找了她的經紀人羅福成，一同討論。

羅福成倒很深沉穩重，他聽了劉寶枝的說明之後，想了一會，說道：

「這件事，依我看來，須從兩方面來考慮。先說你這方面，你和『七重天』續簽契約才三個月，而且目前聲譽正隆，現在當然不是退出的時刻。如果明年契約期滿不想續約，我會幫你處理。再說魏先生方面，我認為他是有誠意的。因為政局前途如何？汪偽政權壽命能有多久？都不樂觀，他為未來打算，預留退路，是合情合理的事。至於他對感情的態度，自然你最清楚。所以我認為，你和他在投資上合作是可行的，只是時機的選擇，應該不是現在，而是明年你和『七重天』契約期滿之後。但屆時你可退出『七重天』，而不是完全退出歌壇，因為你灌唱片的事業，可以繼續照做。這是我的看法，不知你覺得怎樣？」

劉寶枝聽他一番分析，面面俱到，十分敬佩，於是欣然說道：

「教官，我還是這樣稱呼比較習慣，你不但是受人尊敬的教官，更是一位傑出的經紀人。你為我考慮得周延透徹，萬分感謝，我就照你的意見去辦，決定先投資合作做紗廠股東，僅當董事，不兼總經理職務，到明年『七重天』契約期滿，再做進一步討論。」

羅福成表示贊同，並說：

「很好，這樣有個緩衝，把未來八、九個月作過渡期，如果一切進行順利，到時再做專職的紗廠總經理比較穩當。不過你得答應，唱片公司請你灌製新唱片時，不能拒絕。」

「沒有問題，百分之百接受教官的指導，就這樣辦。」劉寶枝立即愉快地做了決定並回答。

兩天之後，魏人傑再和劉寶枝見面，問她考慮結果如何，寶枝就把她和羅福成商討的結論，告知魏人傑，魏聽後感到滿意，立即表示：

「好極啦，就按你的主意去辦。不過你的投資金額，只需一個象徵性數字，便於你取得董事席位即可，因為現在紗廠不缺資金。過幾天我請一位律師和一位會計師辦理各項必需手續，到時便可成為企業的合作夥伴。」

寶枝完全同意。

為了將來掌管紗廠，劉寶枝由魏人傑陪同，時常前往視察。那工廠設在上海西郊曹家渡，面臨蘇州河，便於原材料和成品運輸。廠名為裕綸紗廠，員工百餘人，廠房尚稱整齊，算是中型規模的製造事業，寶枝參觀幾次後頗為滿意。那位陸副總經理，看來是位忠厚商人，對紗廠業務至為熟悉，寶枝和他談話兩次，留下良好印象。

現在只等投資和董事會改組等法定程序和手續辦妥，屆時水到渠成，以寶枝的聰穎，接掌裕綸，並非難事。

劉寶枝心中一直擱著件大事，很想利用春節假期完成心願。過年前幾天，她跟魏人傑說：

「Jimmy，該辦的事，大體上已有眉目。現在我要告訴你一件事，春節期間，我要離開上海五、六天，所以不能陪你過年，請原諒，希望你過個平安年。」

魏人傑看她鄭重其事的樣子，不禁奇怪地問道：

「這麼天寒地凍的嚴冬，你要出門？事情有那麼重要嗎？一去就要一個禮拜那麼久嗎？」

「是，非常重要，而且是我很久以來想要完成的一個心願，春節假期，正好有足夠時間，所以此行是非去不可。」

魏人傑聽寶枝說得如此堅決，更覺事情異乎尋常，因之又說：

「既然你非去不可，那我就陪你同去，行嗎？」

「抱歉，不方便。」劉寶枝又再肯定地回答。

魏人傑無可奈何，知道無法改變她的決定，只好再問：

「那你要去什麼地方、和什麼人見面？總可讓我知道罷。」

寶枝嘆了一口氣，慢慢地說：

「局長大人，我是要去常熟，去看看章府的老夫人。我自抗戰開始，不久常熟淪陷，離開她老人家已有四、五年啦，只顧自己天南地北闖蕩，至今還未和她見面，實在不孝。現在我總算有了點錢，所以急著要回家鄉，給她老人家請安請罪。這是一個被棄童養媳的苦衷，想盡一點報恩的心，說清楚了吧。我不是去會什麼男朋友，行嗎？」

魏人傑當下陪禮，連說：

「對不起，我只關心你的平安。既然如此，你有什麼需要我分勞的儘管吩咐，我必全力照辦。」

寶枝表示感謝，於是兩人相識以來，有了第一次的小別。

這是一個異樣的農曆新年，看不到家家門口貼的紅紙春聯，聽不到霹靂啪啦的鞭炮聲響，也見不到兒童們嬉樂玩耍的笑鬧景象，靜悄悄地，沒有鑼鼓，沒有喧譁，汪政權治下的河山，竟是如此蕭條，如此淒涼。寶枝真的有些近鄉情怯，不敢舉步向前。好不容易到了柯村，章家門前，冷冷清清，她踏著沉重的腳步，輕輕推開大門，遠遠看到堂上坐著的三太太，傴僂的身軀，顫顫抖抖的模樣，桂花在邊上扶著，頓時一陣心酸，快步上前，跪倒在三太太膝下，放聲大哭，喚著：

「姆媽，寶枝不孝，寶枝不孝。」泣不成聲，抱著三太太的雙腿，長跪不起。

三太太突然之間，被寶枝的驟然出現和哭倒在地，受到驚嚇，跟著老淚縱橫說不出話來，不停用手指示桂花，扶起寶枝。此時寶枝依然抱著三太太雙腿，帶哭帶說：

「姆媽，我真不該離開你的。看你現在身體的樣子，我不能再讓你獨住鄉下，我要請你搬到上海，和我住在一起，讓我奉養你老人家一輩子，請答應我，好嗎？」

三太太擦一下臉上的淚水，拍著寶枝的肩頭說：

「好孩子，你先起來。你會來看我，真讓我高興。有話坐著慢慢談，我也有說不完的話要講。」

寶枝在三太太身旁坐下，繼續又說：

「姆媽，說真的，上海醫療方便，由我照顧你的身子，很快就會康復。請姆媽答允我，讓我好好伺候你到長命百歲。」

三太太聽了頗為感動，稍停一下又說：

「謝謝你，寶兒。你的孝心，你的好意，我全知道。這幾年來變化太大，三老爺和桐寶先後去世，志安、志剛去了內地，沒有通訊，不知道人在何處，我也不會活得太久，什麼都看開啦。只是我們章家做錯了一件事，志安對不起你，讓你受盡委屈，現在反過來你倒替他盡孝，真是說不過去。你實在是個好媳婦，我沒看錯人。」

寶枝急忙接著說道：

「姆媽千萬別這麼說，我對安哥沒有怨恨，他拋棄我是因為沒有緣分，倒是姆媽栽培我，讓我接受教育，我一生感激不盡，現在該我報答的時候，讓我服侍你，我才會心安。」

三太太慈祥地又說：

「好吧，寶兒，今天早點休息，我們明天再談。你那房間還是原來的樣子，讓桂花幫你清理一下就好。」

劉寶枝是真心想把三太太接到上海，怎奈三太太早已看破一切，除了每日唸佛之外，對生活、財富、親情、壽命等都已置之度外。所以第二天她們再談這個問題，三太太非常平和地說：

「阿寶，我看著你從小長大，早就知道你會很有出息，只是我家安寶沒有福氣享受這份姻緣。現在你能回來看我，已經讓我喜出望外，你要我去上海與你同住的好意，我只能謝啦，因為我昨夜仔細想過，我已習慣在鄉下過著安靜的日子，上海那樣繁華的地方，我不能適應，所以我決定還是留在這兒較好。如果你這次能夠多住幾天，以後有便時常來看看我，那我就十分滿足啦。好孩子，你就照著我的意思辦罷。」

寶枝知道老人家的個性，她做了決定，不太容易改變。同時也理解她不適應城市的塵喧，於是順著老人家的話，乖乖地回答道：

「好，我聽姆媽的，多住幾天。」

留在鄉下四、五天，婆媳倆長日漫談。寶枝把她這幾年的際遇一一向三太太報告，讓老人一再吁唏落淚。至於她和崔子希的熱戀，以及現在和魏人傑的交往，只能輕描淡寫，做了最簡單的敘述，也博得老人的同情。之外，從老人家口中，也知道何南叔叔已在去年往生，而從他的轉告中，寶枝的爺爺早在章府取得二佰銀元後，娶了填房，不過已在前年病故。還好奶媽和她丈夫薛二都還健在，還有帳房吳先生，雖然年過六十，仍很健朗。他們幾位，都會不時過來給三太太請安。寶枝聽了稍感安慰，但轉過來不免自問：「我這寸草心，不知能否報答她的三春暉。」

臨別前夕，寶枝留給老人萬元儲備幣，三太太堅決不收，還說她根本不需用錢。寶枝又再進言：

「姆媽身體虛弱，需要多進補品，這錢可以用來買些人蔘、阿膠、冬蟲夏草之類，請留著用吧。」

三太太還是執意不收，並說：

「我既不需用錢，也不需要進補，你的孝心，我心領啦，這個錢你收回吧。」

寶枝無奈，最後只好央求似的說：

「姆媽，我聽你的話，把錢留下一半作零用錢，至於補品，我到上海買最好的寄回來請你服用，千萬不要再拒絕，否則我就哭著、賴著不走了。」

三太太從未看過寶枝跟她做出撒嬌樣子說話，倒也開心，便再說道：

「好啦，依你就是。」

「謝謝姆媽，你一定要多多保重，以後我會常常回來。」寶枝高興地回答。

劉寶枝按預定時間回到上海，當她走出閘北火車站月臺，遠遠看到魏人傑已在等候。走近時，人傑伸手幫她提了行李箱，同步出站，坐上他的座車，直駛揚子飯店。在車上，人傑問道：

「章老太太好嗎？」

「她還好，只是身體虛弱，我邀她來上海居住，她老人家就是堅決不肯，以後我只好常去看她。」寶枝答道。

「應該，應該。」人傑接著說。

車子抵達揚子飯店，兩人下車後，魏人傑對寶枝說：

「對不起，我和南京來的友人有個約會，今晚不能陪你晚餐，現在我就要離開，明日再見。」

「沒有關係，你去忙你的事，明日見。」寶枝回答，同時揮手道別。

寶枝回到房間，倒在床上。由於多日勞累，竟然朦朧入睡。醒來望到窗外，已是萬家燈火，星星點點，加上彩色霓虹燈的閃亮，照耀出夜上海的繁華，心想城市和鄉間的差別，真是驚人。她站起身來，給羅福成撥了一個電話，問他是否有空同進晚餐。羅福成答得爽快，表示立即過來。

為了免得出門，就在揚子二樓餐廳用餐。羅福成一見面就說：

「辛苦了，明日休息一天，後天你又得恢復演唱。聽歐陽經理說，元宵節晚上要安排特別節目，你恐怕又要忙一陣子。」

劉寶枝坐定之後，接著說道：

「謝謝教官提醒。過去幾天，我真的累啦，所以下午回到房間倒頭便睡，現在覺得好多了。『七重天』的契約，還有三個多月期滿，我正想和你商量，到期如果不再續約，會不會產生不愉快？元宵節的特別演出又是什麼意思？」

羅福成立即再作進一步說明：

「你和歐陽經理之間，一直合作得非常融洽，即使不再續約，我想不致於會有任何不愉快。根據契約規定，雙方任何一方，到期如欲終止契約，應在期滿前一個月通知對方，所以再過二個月通知歐陽，尚不為晚。我的瞭解，歐陽可能已經知曉你和魏局長合夥紗廠的事，早晚留不住你，因之他會預作準備。元宵節晚會，他邀請了幾位青年歌手參加演出，也許就是準備工作的一部分。」

寶枝聽了，大為讚賞，說：

「謝謝教官的分析，真不愧為一等一的經紀人，我們就朝這個方向進行，到時一切解約的準備和手續，就全拜託了。」

羅福成答道：

「不用操心，該辦的事我都會幫你去辦。你這次去了常熟有何觀感？章老夫人還好嗎？」

「多謝教官。我正要託你代我買些上好補品寄給章老夫人服用，她的身體顯得相當虛弱。談到此行觀感，我的感觸是十分悲哀。江南各地，原是最富庶的魚米之鄉，現在看來十分貧困，過年景象可以說是一片荒涼，城與鄉、富與窮的對比，令人害怕。這種畸形現象，絕非常態，而是變態的發展，怎能會是國家之福，當然更非人民之幸。我的觀感，就是『沉重』二字。」

羅福成聽了深有同感，說道：

「寶枝，你是有心人，你的觀感，至為正確。汪政權表面上是新的國民政府，實際上完全是傀儡，唯日寇之命是從，根本談不上國計民生，所以毫無建設可言，反把人民心中的正統意識混淆不清，弄得正邪不明、忠奸不分，這確是淪陷區的最大悲哀。你我都去過內地，綜觀大局形勢，特別是太平洋戰爭開始之後，日軍已經走入末路。到時國民黨領導抗戰勝利，定能恢復國家生機。所以我並不悲觀，這也是淪陷區人民一致的期待，這個時間的來臨，只是早晚而已。」

羅福成和劉寶枝所見略同。不過羅福成接著又略帶遲疑地說：

「有件事我不得不告訴你，崔子希可能在戰亂中遇難喪身，因為有個朋友最近從江西來，據告國軍收復上饒後，各機關部隊回防清點人員物資時，崔子希始終沒有報到，也無連絡，文康團四處訪查，也沒有下落，至今生死未卜。」

寶枝聞此消息，頓時陷入憂傷，無心用餐，沉默不語。羅福成見狀，立予安慰，說道：

「對不起，這個消息添你苦惱，但因他是你的好友，我不得不說，總望吉人天相，逢凶化吉。你還是要以自己事業和健康為重，不要過度悲慟。」

晚餐在凝重氣氛中匆匆結束。

寶枝回到套房休息，思潮起伏，想到擱筆已久的日記，便從抽屜中取出一本新買的記事簿，開始寫她的新篇日記：

「此次常熟之行，看到的是一片蕭肅，頗有韋莊詩句『未老莫還鄉，還鄉須斷腸』之感。十二年前初寫第一篇日記的我與今日的我，從童養媳到棄婦、再到現在的獨立自我，往事悠悠，哪堪回首。最堪憂的還是老人的康健，最感激的也還是老人的恩慈，所以真該留鄉伴她終身。無奈我自身行止，尚在未知，感情、事業，兩相牽絆，何以自處，還得細細思量。」

「子希是個英俊男子，我和他的愛戀，竟是那麼短促。佛家說：『你和所愛的人，來世未必相見。所以今生應多相伴相陪』，可嘆事與願違。連今生都未必再能相聚，遑論來世。命焉？緣焉？」

「盲目闖蕩，哪知江湖險惡？幾番掙扎，幾番浮沉，未遭滅頂，算我幸運。那些往事，不論多少，俱已過去，而今後禍福，還有多少，猶未可知。如不站穩腳跟，步步踏實，難免重蹈覆轍。」

「『七重天』的生涯，原是無心插柳的意外收穫，應非我的終生事業，及時見好就收，適可而止，應屬正辦。到時解約一應事務，有羅教官道義相助，可以無憂。他的友情，彌足珍貴。」

「魏人傑萍水相逢，對我情有獨鍾，讓我心底止水，起了波動。情關難開，開了難守，如今他直撞情關，何以排解，真難，真難！近來他對政局和本身前途擔憂愈來愈深，但這是有關大局的問題，我無能力替他分憂。」

「錢財始終掌握人的起落和命運，沒有錢不一定讓人不能生存，但錢能充裕人的生存，則是鐵的現實。我的觀念似乎已經掉入資本主義『金錢萬能』的陷阱，莫非因我目前有了一些錢的緣故？思想轉變是人生轉折的開始？」

「夜已深了，今天想的太多。雜憶雜記，寫來不覺已經盈牘，就此打住罷。」

劉寶枝走了一趟鄉下，所見所聞，回來又聽壞的消息，讓她心情複雜，所以思緒紛亂，躍然紙上。她累了、她不善編夢，此時入睡，進入夢鄉，是她最好的調適。

「七重天」元宵晚會演罷之後，劉寶枝積極準備掌管紗廠的事，大致就緒，只待擇定日期，正式接事。不過魏人傑近來似很忙碌，經常來往於京滬之間，除了和寶枝電話互通情曲之外，已有多時未曾見面。直到露露在「七重天」最後一場告別演唱會，魏人傑特來捧場，還定了十個座位，和他的朋友們一起到場助興。

露露的告別演唱會，圓滿收場。除了她個人獨唱幾曲，聲聲動人之外，還和四位青年歌手共同合唱了二首感性濃濃的歌——〈離情〉和〈珍重再見〉，為當晚唱完了圓滿的尾聲，也為她燦爛的歌壇生涯劃下了美好句點。魏人傑當晚又在「梅龍鎮」夜宴，慶賀寶枝的功成身退，盡歡而散。

魏人傑伴送劉寶枝回揚子飯店，在車上又說：

「過去一段時間，因事忙不能和你常見，非常抱歉。今天你告別演唱十分成功，為你高興。此後可以全力專注於新的事業，預祝我們合作順利。再過三天，就是你接任裕綸紗廠總經理的日子，那天早晨八時，我會過來接你。請好好休息。」

「謝謝你始終的支持，我也預祝我們合夥事業成功。」

寶枝回答，車子已到揚子，互道晚安，並說定三天後再見。

劉寶枝以裕綸紗廠執行董事兼總經理職務到任之日，在裕綸引起一陣小小騷動。陸副總經理首先逐一介紹紗廠的業務、財務、廠務、總務等各部門主管經理和主管人事、會計的主任，隨即進行一項簡報，由各部門報告分掌業務概況。之後又把工會的幾個主要成員，找來一一引見，作禮貌性的交談，其中有二、三個看來不很馴良的樣子，大概都是工會裡的所謂活躍份子。

當日廠內員工就在議論紛紛，有說：

「她長的樣子，倒還不錯，只是一個女流，怎懂得做生意？」

也有說：

「如果陸副總不能架空新總，那就會被新總架空。」

更有說：

「新總很像報上見過的女歌星，說不定是魏老闆的情婦，裕綸早晚會落入她手。」

最可怕的是那些工會活躍份子，伺機而動，企圖製造勞資衝突。

劉寶枝感覺相當靈敏，知道必須謹慎從事。因之，第一步她明白表示，尊重陸副總職掌，一切照舊，繼續借重。其次，她也表明對各部門主管充分授權，分層負責，部門之間儘量溝通。再次，對工會方面，她準備剛柔並濟，先從增進員工福利和改善勞動條件著手，展示勞資合作誠意。

對於管理方面，她決定用開明作風和嶄新姿態，來治理裕綸。第一個動作，她把總經理辦公室的房門打開，讓每一員工都可隨時見面，洽談公務，以示開誠布公。同時她撿選原在總務部工作的一位馮姓幹員，調到總經理室，擔任助理，便於協調。

她對提升員工的工作精神，也有一套她的做法，除了對生產部門各單位業績競賽和獎勵之外，她命馮姓助理製作一些文宣教材，其內容重點強調「裕綸是大家的裕綸」、「裕綸是勞資雙方生命共同體」，以及「愛裕綸、護裕綸，大家能生存」等觀念。這些章法，大概是在政戰部耳濡目染學習到的經驗，用來管理工廠，倒還有些效果。

魏人傑從旁觀察，對劉寶枝的治廠理念和做法，頗感意外，沒有想到一位初入商場的女子，竟能如此幹練，不僅對她信心大增，也確認她不是一個平凡人物。愛慕之情，當然更進一步，不在話下。

一個風和日麗、陽光明媚的假日，魏人傑約了劉寶枝同去郊遊。人傑親自駕車，由市區逕駛江灣，直向吳淞口海邊駛去。這兒是黃浦江出口和揚子江匯合的交點，海闊天空，氣象萬千。兩人下得車來，攜手踏著海灘砂石，漫步在藍天碧海之間，心曠神怡。陣陣海風迎面吹來，和暢得令人陶醉，因之，兩人情不自禁，來個滿懷擁抱，人傑順勢吻了寶枝香唇，寶枝未加拒絕，閉了眼睛，接受再一次的熱吻。

此時的寶枝，不免想起了她和崔子希的初吻，同樣痴迷，但官感卻有不同。這是一個成熟的、火熾的、持久的長吻，增強心靈交流的熱吻，格外刺激，格外新鮮。難收難放之際，人傑終於鬆了擁抱，欣喜地說：

「寶枝，親愛的，謝謝你所給我的一切，但願此情此景，能夠長相依，長相憶，永不分離。」

此刻的劉寶枝，深淹在溫情與熱愛中的劉寶枝，面對浩瀚的大海、遼闊的藍天，充滿喜樂，興奮地高舉了雙臂，仰頭望著穹蒼，伸著脖子，對著人傑耳邊說道：「如果你是那海，我就是這沙灘。如果你是天上的那一片雲，我就是那周邊的小雨。」

人傑聽了，高興萬分，又再一次擁吻，並說：

「大詩人，你不是在唱詩歌吧？不是在哄我吧？」

中午兩人就在江灣鎮上一個小飯館，吃個簡單午餐，心情愉快，食來覺得分外可口。一天歡樂假期，迅將過去，在回程途中，人傑對寶枝說：

「我還想帶你去個地方。」

「要去哪裡？去幹什麼？」寶枝問道。

「有個很好的地方，請你去參觀。」人傑回答。

「你別賣關子，不然我就不去。」寶枝有些撒嬌地說。

「反正保證是個天堂，放心跟我去好啦。」

魏人傑的駕駛技術，不亞於職業司機，不久回到市區，開到蒲石路一座大廈前停住。兩人下車，門口有個穿制服的司閽，一鞠躬伸手作了一個請的姿勢，兩人同進大門，走到電梯旁，人傑按了⑬電鈕，進入電梯上升到了十三樓，電梯門自動打開，人傑引著寶枝向左首走了幾步，在一個房門口停止，從口袋掏出一個信封和一把鑰匙，交給寶枝，說：

「請你開門。」

「為什麼？」寶枝有些詫異，搖搖頭說。

於是人傑拿鑰匙自行把房門打開，寶枝往裡一看，是個豪華住宅，猶豫一下，跟著踏進房內，問道：

「這裡是什麼地方？」

「這是劉公館。」人傑笑咪咪地答道。

「不要開玩笑。」寶枝一本正經地答道。

魏人傑急忙解說：

「這不是玩笑，而是很認真的。前一陣子我不是很忙，沒常和你見面嗎？除了公務之外，我就在忙這所房子，從購置到裝修、布置和設備等忙了幾個月。這兒就是上海知名的十三層樓，居住絕對舒適安全。不久你將二八生日，這是我為你慶生的禮物，請你務必哂納。我手中這些文件，就是房屋產權憑證，已經用你名字登記，請你一併收下。」

寶枝這才知道，魏人傑是認真的，而且用行動表達誠意，於是她也鄭重地說道：

「我怎能平白收你這樣厚禮，千萬不行，我真的不能接受，請你收回。」

魏人傑情急之下，幾乎用央求的口吻說：

「大小姐，你不是平白收我的禮物。你替我去管理裕綸，而且還投資了一筆錢，解了我後顧之憂，我還不知怎樣謝你呢。這是我第一次送你禮物，也是我第一次慶祝你的生日，請勿推辭。而且坦白地說，現在我正想設法減少我的財產，在這一點上，你該體諒。所以不用多說，請接受罷。」

寶枝聽人傑說了實話，知道他用心良苦，安排得如此體貼周到，就只能勉為同意，把憑證、印鑑圖章和鑰匙等收下，隨後兩人觀看了住宅的格局，三房二廳，二套衛生設備，廚房整潔，全屋歐式裝潢，當然是所一流豪宅。

魏人傑繼又說道：

「現在你既是總經理身分，業務上不免會有很多人物要來拜訪，跟你接觸面談，而你常住揚子飯店，多少總有不便之處，實際上也確需要有個私人住宅。所以選個黃道吉日，儘早搬遷，你說是嗎？」

「是，聽你的安排。」寶枝答道。

回到揚子，寶枝在睡前，又打開她的日記本，寫下她這幾天來似夢如幻的諸多感想：

「今天一日遊，證實了魏人傑愛的真誠，但我既喜又懼，他畢竟是使君有婦的人，他的妻子又是個癱瘓的病人，我總不能拆散他們的家庭，做個不義的第三者。感情與理智正在交戰，如何切割？如何取捨？或至少如何取得平衡？是大難題，必須仔細思量。」

「每天要去曹家渡上班，雖然包租了『雲飛』汽車代步，時間上還是不很方便，因之學習駕駛，至有必要。如能取得駕照，買輛小型轎車，自己開車上下班，應該不算奢望。只是我的笨手笨腳，不善機械操作，能否學會。且看我的努力罷。」

「人傑執意贈屋，讓我難以推辭，但總覺不妥。同時，搬出揚子，有利也有不利。現在房間的清潔整理，都由飯店負責，毋須自己操勞。以後獨居住宅，均須自行料理，屆時勢需專僱女傭，那我不就成為典型的上海貴婦？十足的小資產階級？

甚至要被視為革命的對象？莫非社會生活的物質狀況真是精神發展的基礎？生活改變就會導致意識改變？這些時髦的思想問題，我不太懂，但我得承認，在某種程度上，我已有了觀念的矛盾。祈求上天給我智慧，讓我不致成為思想上的迷途羔羊。」

「寄給三太太的補品，希望她能服用，有助她的健康。她孤苦寂寞，身旁無一親人，世局變化，給她打擊太大，我實應該時常下鄉探望，稍慰她的孤寂。」

「再過三天，將是我二十八歲的生日。這二十年來，經歷過風與浪，嚐盡人生的甘與辛，由一個農村小女孩，成為紗廠的總經理，其間禍福交替，苦樂相因，恍如隔世。想到傷心處，一代詞宗周邦彥寫過，『沉思前事，似夢裡，淚暗滴』，我應夢醒，更要忍住淚滴，面對當下，看清眼前。」

「又是夜深人靜，時光不會停留，這人生逆旅，不知下站停在何地？不去想了。」

劉寶枝平靜地擱筆，安睡休息。

由於一個特別的日子，發生了特別的情景，隨即一個截然不同的生活型態，也將從這個日子開始。

劉寶枝的生日，正好是曆本上的黃道吉日，所以一早就從揚子飯店搬出，喬遷新居。那晚魏人傑在東亞酒樓設宴，為寶枝慶生，魏的好友全員到齊，大家歡樂，開懷暢飲。終席時人傑和寶枝都有三分醉意，回到十三層樓，兩人同在沙發稍坐休息，望著窗外星光點點，寶枝若有所思地說：

「今夕何夕？」

沒有想到，人傑接口說道：

「今夕是花月良宵，是仙子下凡來到人間的良辰，與良人共度良宵，才不虛這良辰美景，你說是嗎？」

寶枝半帶高興、半含嬌羞地說：

「看你耍起文縐縐的詞句來啦，不嫌肉麻。」

人傑繼續說道：

「這是從你那裡學來的一點皮毛，幸勿見笑。話說回來，既然良宵不能虛度，今晚我就不回去了。」

「怎麼可以？」寶枝急忙回答。

人傑接著又俏皮地說：

「可是我這兩腿不聽使喚，走不動了。」

寶枝看他耍賴的樣子，只好無奈地說道：

「那你可以睡那客房，現在我要進去洗澡，如果你也想沐浴，可以使用另外衛生間的淋浴。」

人傑一聽，喜出望外，他被准許留宿，立即感恩似地答道：

「謝謝女主人的寬容，我習慣早晨洗澡，現在不用。」

寶枝進入房內套間浴室，人傑在客廳取了一杯水，兩腿擱在咖啡几上假寐休息。約莫二十分鐘，聽到裡邊房門打開，聞到沐浴劑的香味，站到房門一看，只見面前站著一位天使般的女神，穿著肉色絲質睡衣，披著同色絲質睡袍，長髮披肩，膚色紅潤，美得像出水芙蓉，真是驚為天人。這時魏人傑壓抑不住情慾衝動，迅速從她背後來個熊抱，輕輕地、柔柔地吻著寶枝的秀髮和香頸。寶枝正想掙脫，稍一不慎，倒在床上，人傑順勢壓在寶枝身上，吻她面頰，吻她眼鼻，吻她嘴唇，連連吻個不停，並且喃喃說：

「我要吻你千次萬次、吻遍你的全身。」同時兩手開始游移滑動，撫摸寶枝的酥胸，摩挲她的雙峰，繼續向下接觸到陰部時，寶枝像遇電波一樣，通體顫動，全身酥軟，無力抗拒，實則也已溶化得無意抗拒。

魏人傑四十開外，妻子久病，等於長期節慾。劉寶枝年將三十，曾在情慌意亂中失去童貞，但那是一場狂風暴雨，全無男女溫存的感覺，之後也未再有過和異性肌膚相親。兩人都值狼虎之年，一旦爆出慾的火花，一似乾柴，一似烈火，慾焰迅即熾熱燃燒，難以止熄。當人傑吻遍寶枝全身時，她再也難挨枯萎已久性的飢渴，連連喊著：「我需要你，我需要你。」而這也是她有生以來初嚐性愛的滋味。

一夜纏綿，幾番雲雨，他們已經你中有我、我中有你，頻相滋潤，融為一體。直到巫山夢迴，醒來已是破曉時分，寶枝發覺兩人依然赤裸相擁，羞愧萬分，於是匆忙起床，走進浴室，用溫水沖澡，突然驚覺，昨夜燕好，竟無避孕措施，有點懊惱。但為時已晚，悔亦無益，只好聽其自然。

床上的魏人傑，迷矇初醒，回想昨夜，春風數度玉門關，無窮甜蜜。憶從和她相識，有個紅粉知己，進而交成莫逆，現則更是入幕之賓，不是前世宿緣，便是今生良緣，他覺得心滿意足，無復他求。正遐思間，寶枝從浴室出來，人傑作出手勢，給她一個飛吻，寶枝嬌嗔地說道：

「魏人傑，你欺侮我。」

人傑立刻從床上躍起，抱著寶枝說道：

「我怎敢欺侮你，愛你還來不及呢。從今以後，天長地久，我會永遠愛你，絕無異心。」

「這是你對我的海誓山盟？我會永遠記得。」寶枝接口回答，同時也給他一個愛的眼神。

自此之後，魏人傑和劉寶枝形式上是事業的夥伴，實質上是夫妻、生活在一起的未婚夫妻。相識的朋友，不一定都是祝福讚美，有的也許口是心非，暗中說不定還會中傷。但有一人卻是真心祝福，那便是羅福成。他對劉寶枝說：

「寶枝，我瞭解你的為人，凡事都能退一步想。不過我要奉勸一句，人生無常，過去的過了，未來的摸不到，最重要的是抓住現在，把握當前。我誠摯的祝福你們，快樂美滿，不要讓幸福從你手中溜走。」

劉寶枝對羅福成屢次給予支援協助，心存感激。認為那種亦師亦友、有情有義的交誼，只有曾在烽火連天的戰地，同甘共苦一起過來的人，才會產生那樣高潔的友情，所以寶枝對之十分珍惜，也所以羅福成的任何意見，她一直全都採納。現在羅給她的祝福，也覺得特別珍貴。

選了一個週末，劉寶枝再去鄉下，探望章三太太，哪知這次會面，竟成永訣。當她進到章家老宅，桂花和薛二夫婦，正急得手足無措之際，看到寶枝來到，齊說：

「菩薩保佑，寶小姐來得正好，三太太病得很重，已有好幾天不能進食，也不說話，你快進去看看。」

寶枝一聽，嚇得發抖，忙問：

「怎不請個大夫給老太太看病？」

「鎮上的大夫來過，開了一個方子，服了以後，並不見好。後來到城裡想請醫生下鄉，但人家不肯老遠出診，還是由鎮上那位大夫開藥，依然不見起色，現在病情越來越重，我們不知如何是好。」桂花答道。

寶枝快步進到房內，看到三太太奄奄一息，連忙湊到她的耳邊，說道：

「姆媽，寶枝回來啦。」

沒有反應，於是改用較大聲音，再說一次：

「姆媽，寶枝回來看你啦。」

隔了一分鐘，三太太微微睜開眼睛，看了寶枝一眼，嘴角輕動一下，似乎聽到了寶枝的呼喚，再過一會，終於低聲迸出一個「好」字。寶枝伸手一摸三太太的額頭，覺得很熱，心想病得如此嚴重，又無好的醫藥，恐怕凶多吉少。

果然那個子夜，三太太撒手人寰，寶枝抱著三太太冰冷的遺體，悲慟欲絕，幾次哭得昏厥，還是奶媽老練，勸止寶枝哀傷，應該趕辦後事要緊。

第二天一早，薛二把章府帳房吳先生請來，寶枝拿出一疊鈔票交給吳仁，料理喪事。寶枝以孝媳名義，親視含殮，並護送靈柩停厝章氏宗祠。一切交代妥當後，又拿出一筆錢給了桂花，囑她好自生活，早日成家。之外，也送了薛二夫婦一些酬勞，又致送吳先生一份謝儀，所有事宜，處理得井井有條，鄉親們看了無不佩服。最後她在離去前，又寫了一張便條，交給吳先生，並說：

「這是我在上海的地址和電話號碼，以後章府任何事情需我協助處理，請隨時和我連絡。」

寶枝動身回去上海，一路上無限感觸。心想三太太晚景淒涼，告別人間，身邊僅有被棄的童養媳為她送終，此外無一親人在側，真是可悲。她能為婆婆盡了最後一分孝心，報了她的恩德，勉可自慰。

回到上海，和魏人傑、羅福成等見面，她一身素裝，為三太太服孝。他們得知事件經過，一致稱讚她仁至義盡，孝思不匱。

劉寶枝專心經營紗廠事業，裕綸在她創意營運之下，加上陸副總的真誠配合，業務蒸蒸日上。魏人傑更把妻子名下的股權轉讓給寶枝，並請她當了董事長。自此以後，劉寶枝在企業界漸有名望，加上魏人傑幕後在金融界的支持，讓她長袖善舞，如魚得水，不出二年，劉寶枝已在上海商圈內獲一席之地，當然也增加了她的財富。

# 第十六章　改朝換代

世局變化之大、之快，誠難逆料。中華民國八年對日抗戰，得到最後勝利，依靠日本卵翼的汪偽政權當即解體，魏、劉的好景，隨之夭折。一九四五年八月，日本無條件投降，太平洋戰爭結束。

淪陷區人民熱烈歡迎國軍凱旋歸來，國民政府忙於受降及復員之外，對汪偽政權中叛逆和附從份子的懲處雷厲風行，毫不寬恕。頭號漢奸汪精衛本人已經病死日本，二號陳公博被槍決，三號周佛海被處無期徒刑，其餘等而下之的大小漢奸從犯，都處以應得之罪。其中魏人傑位居儲備銀行發行局局長，被判七年有期徒刑，財產均被沒收，並立即發監執行。

劉寶枝的人生旅途，一路坎坷，近年稍見平順，如今又遭巨變，只能歸諸命運。但她對魏的一貫真誠示愛，並在經濟上給她的支持，不能無感，更不能無情，因之她在每週固定的日子，必定製些食物和帶些用品，前往提籃橋監獄探望人傑，給他慰問和鼓勵，而且深情款款地說：

「Jimmy，坐監要有耐性，我有過這種經驗。要保持信心，要鎮靜，如果在監行為良好，說不定可能提前假釋出獄，我會等你。紗廠的事，我會好好處理，你可放心。」

人傑聽了，萬分感動，回答說：

「寶枝，謝謝你給我的真情和溫暖，我會安安靜靜等待，盼望早日和你相聚。」

寶枝是個經過風浪的人，富有應變能力。她自認和魏人傑在亂世風塵中的一段俗緣，本可避免，但既屬有緣，就是佛家所說「遇相契者曰有緣法」，那就隨緣。因之她順其自然，接受了這段戀情，現在雖然患難臨身，仍然無悔。她作如此想，讓她保留了生活和工作的平靜，也甘願常去探監。

裕綸紗廠的資本主早已變更，不屬魏人傑的財產，因之未被沒收。劉寶枝仍可繼續經營，只是新的官方和新的法令，都須新的調適，她都可以應付。但不久之後，她漸發現，廠裡的工會不若以往能和廠方配合，其中有幾個活躍份子，或者可能是某方的潛伏份子，常對廠方措施，提出意見，意欲干預廠務，讓她不得不有所警惕。

某日下午，工廠來了一位訪客，馮助理先去接見，回來報告，說有一位章先生，要面見董事長。寶枝一驚，該不是章志安吧？只好吩咐請進，一見之下，來客竟是章志剛，喜不自勝。兩人互問安好，多年未見，當然會有太多的話要說，所以寶枝馬上交代馮助理，她要提前下班。隨即偕同志剛離廠，親自駕車，駛往十三層樓寓所，共用晚餐，以便長談。

志剛一看寶枝豪華住所，立即瞭解，今日的劉寶枝已非當年童養媳的嫂子，除了讚佩她成就之外，特別感謝她代盡孝道，料理母親的喪事。原來志剛近因公務要去南京，特地先行返鄉探望老母，未料母親已經往生，根據帳房吳先生所述，方知全部經過，深有「子欲養而親不在」的椎心之痛。

兩人互道往事，感慨萬千。由於志剛和寶枝自幼友好，所以無話不談，道盡甘苦，相互問聞之餘，也相互吁唏，相互勉勵。

稍後寶枝轉移話題，發問說：

「剛弟，你一人回來，難道還是單身？」

「不，我已結婚三年多，妻子名字叫汪淑芳，原應同來省親，因她即將臨盆，所以這次未能同來。她現住在南京，將來如有機會一定和她同來看你。但不知寶哥今後有何規劃？可否見告。」志剛既答又問。

「實不相瞞，現在我所擁有的一切，包括紗廠的經營，能夠支撐多久，猶未可知，所以不敢侈談未來怎樣規劃，保持現狀就算不錯。不過，無論怎樣，能為章家盡一點心力，我必欣然為之。」

志剛聽了，表示感激。接著又說：

「抗戰固已勝利，但國共內戰又起，依然烽火遍地，山河破碎，大局前途，未容樂觀。告訴你實話，我這次從瀋陽來南京，就是為了東北恐將撤守，奉命向京請示善後處置。我身為公務人員，未來進退，全看時局轉移，聽政府命令，難作個人打算。倒是寶哥身負事業重任，要早些有點準備。」

「謝謝剛弟的關懷，我當謹慎從事，今後希望時常保持聯繫。」寶枝答道。

兩人長談，已至深夜，志剛起身告辭，行前互道珍重之外，志剛最後說了一句話：

「聽說安哥現在臺灣，但我沒有他的近況消息。」

寶枝聞後，僅是聳聳肩膀，一笑置之。

抗戰勝利，人民尚未享受它的果實，卻因內戰擴大，再陷水深火熱之中。經濟崩潰、社會混亂，軍事連連失利，竟在勝利不到四年之後，國民政府全部撤離中國大陸，退守臺灣，以致整個神州大地，再度陷於改朝換代的驚惶與迫害，老百姓所受苦難，甚至還比外敵入侵更為殘酷，構成中國近代史上最大悲劇。說明一個低能的政府，只是讓你失望，而一個暴虐的政權，會讓你凌遲。這是國家的恥辱，民族的不幸。

劉寶枝和她經營的裕綸紗廠，所遇到的清算整肅，只是千萬個受害例子中一個小的樣板縮影。

共軍進駐上海後兩個月，就有二個自稱黨的工作者，由廠裡工會的一個活躍份子，陪同來到裕綸，指名要見董事長，劉寶枝請他們進到會客室，還未坐定，其中一個年齡稍長，身材稍矮的人，開門見山首先自我介紹：

「我姓林，是上海勞工聯盟滬西區部的副主席，這位同志姓曾，是我的助理，他將擔任勞工聯盟裕綸支部的主任。現在我們黨的政策，正要推行『鎮壓反革命運動』，全國任何角落，都不容許有反革命的右傾份子存在。曾同志將留在這兒執行任務，希望廠方通力合作。此處有兩種標語給你，一是『無產階級專政萬歲』，另一是『偉大的毛主席萬歲』，請你拿去，立即在整個廠區張貼，不得有誤。」

劉寶枝聽了他一連串的訓示以後，淡淡地回答：

「我們廠內貼的都是工廠安全的警示標語，從來沒有貼過政治性的教條口號，你的標語貼出以後，可能影響員工作業的專注，降低生產效率。」

那位林同志直截了當的說：

「劉寶枝女士，你不想做反革命份子吧？」隨即把兩大捆標語交姓曾的助理和廠內工會成員，拿去立即張貼。

劉寶枝反對無效，只能作無言抗議，等於是無言的接受。

紗廠貼滿那些標語之後，整個廠內的氛圍立即變樣。員工們開始議論，共產黨是否要來接收裕綸？工廠生產營運是否可以繼續？還是要被迫停頓？他們的生計是否將有影響？一股充滿不安定的氣氛，籠罩在每個員工的臉上，這些顯然對廠務的穩定，是個逆浪。

三天之後，那個勞工聯盟支部的曾主任送來通知，次日上午八時，要舉行全廠聯合陣線會議，林副主席將親自前來主持，要劉寶枝準時參加，地點是在工廠餐廳。

第二天早晨，劉寶枝因塞車，到達會場時間是八點三分。當她進入會場，那個林副主席已在講話，場內坐了七、八十人，包括陸副總經理和各部門主管，其餘大部分是工會成員。林某看到劉寶枝進場，指著前排一個空的座位，示意寶枝坐下，並說：

「人民解放軍已經解放上海，我們所做一切，都是要為人民服務。今天這個聯合陣線會議，是要聯合勞方、資方，以及關懷本廠發展的社會公正人士，共同商討，如何以裕綸紗廠為中心，加強社區的為民服務。可惜這個廠的負責人劉寶枝女士姍姍來遲，不按時間出席，遲到三分鐘，這是對人民集會不夠尊重的表現，我們非常遺憾。」

顯然這是要給劉寶枝來個下馬威，在眾多員工面前讓她難堪。劉寶枝立刻舉手，並說：

「稍後請保留我的發言權。」

林某繼續放言高論，又說：

「無產階級專政下的社會，首要任務，是打破過去資本主義社會中特權階級的資本家們、視工農勞動群眾為奴隸的不平現象。因之我們要仔細研究，好好學習毛澤東思想，反剝削、反奴役、反壓榨，以實際行動，大力推展思想重建工作，排除舊思維綑綁下的意識障礙，順利實現讓無產階級領導新的社會和新的政策。拿裕綸紗廠這個單位來說，過去在組織上、制度上和設施上存在很多有損勞動朋友們利益的做法，應該得到糾正。所以我提議，即日起成立一個『革新委員會』，負責思想改造工程，各位是否同意？」

臺下立即有十幾個人，舉手高喊「同意」，顯然會場群眾事前已受操控，因之林某順勢宣布：

「既然大家同意，我們就決議通過，委員會的名稱可以定為『裕綸紗廠全體員工新思想運動委員會』，任務是掃除一切殘渣，即日開始工作。」

此時劉寶枝舉手要求發言，獲得林某同意後，她說：

「首先我要鄭重聲明，本人劉寶枝絕無所謂對人民集會有任何不尊重的意思，遲到三分鐘，純粹是交通不暢的緣故。其次，我不是一個資本家，我之投資經營一個中小規模的生產事業，不過是配合國家發展經濟需要，也是在為人民服務。我們對待勞工朋友，視同兄弟姊妹，從來沒有任何剝削或壓榨行為。再次，提到思想改造，一個新的政府，為了推行新的政策，需要新的思想動力，我不反對，但用之於一個小小的生產事業單位，似乎小題大作。我認為對員工在思想教育方面，做些宣導，就已足夠，成立委員會，則大可不必。」

林某聽了之後，立即反駁說道：

「劉女士剛才說的話，大家都聽到，但是她的生活型態，大家也必早已看到，住的是豪宅，開的是名車，戴的、穿的，是否可算資本家，不用我來答復。至於思想方面，她所說的什麼投資，什麼經營，十足代表資本主義路線的說法。我倒覺得，那新思想運動委員會，應該請劉女士參加，深入檢討，你們說好不好？」

臺下又是一陣起哄，高喊說好，於是林某隨即宣告散會。

劉寶枝對近來情勢的變化，看在眼裡，憂在心裡。這個世局的演變，已非她的知識領域所可想像。她對資本主義或共產主義都無研究，只知為人處世，應循傳統倫理道德的文化，憑良知作行為規範。現在遇到什麼思想解放、階級鬥爭等挑戰，分明超越良知之外，如何應變，對她是個前所未有的考驗。愈想愈覺可怕，預感將有一場災難來臨。

不僅工廠發生問題，劉寶枝的住家，也開始受到干擾。一個週日下午，大廈管理員用電話傳達，說有二個客人要和她見面，她知道無法避免，只好請他們上樓。女傭開門請到客廳，寶枝出來表示歡迎，請問尊姓大名。其中一個先說：

「我姓姚，名字天民，是本區黨部書記。」

另一個跟著說：

「我姓洪，名字大德，是這裡居民團體的幹事，以後應該會常常見面。」

於是劉寶枝接著問道：

「兩位光臨，不知有何貴幹？有什麼指教？」

姚書記說：

「劉寶枝女士，你曾是上海演藝界的知名人物，我奉上級命令，要和你密切聯繫，希望你在解放工作上和我們的黨與人民政府多多配合，尤其在思想改造方面，要跟著我們黨的路線，切實好好學習。至於生活方面，更要徹底改進。」

「我是一個守法的公民，凡是法律規定應盡的義務和責任，我必定遵守。我也是一個愛國的國民，只要是對國家有利的事，我會全力以赴。至於思想和意識型態的問題，我不太有研究，你們如有指教，只要在合理範圍內，我會接受。」寶枝答道。

姚書記的態度，開始有些強硬，又說：

「請注意，你能言善道，很會說話，但你沒有條件和我辯論該或不該的事情。我今天是傳達命令，你必須遵守。還有，你今後不得再去提籃橋監獄探望你的同居人魏人傑，就從今天開始，這是善意的忠告，好自為之。」

劉寶枝再次回答說：

「魏人傑不是我的同居人，他不住在這裡，但他是我的朋友，也是事業的合夥人，我去探監，是盡朋友的人情道義，如果人民政府有明令規定不准探監，我當然就不去。」

「對啦，照命令辦事，識時務者為俊傑。今天談話到此為止，改日再見。」姚書記講完話，逕自起身向房門走去。

那個姓洪的幹事，跟著出門，回頭補了一句：

「劉小姐，我就在這街坊辦公，有事請找我。」

寶枝看著他們相偕離去。

當天，劉寶枝約了羅福成來家晚餐，兩人作了很長的懇談。羅福成充分瞭解寶枝目前的處境，仔細思考，然後審慎地說道：

「依我看來，現在的人民政府對小資產階級的清算、鬥爭和壓迫，只會愈來愈強，範圍愈來愈大，裕綸紗廠和你個人，都是整肅的目標和對象。以最近他們的行動來說，還只是個起步，往後必定一步更緊一步，而在手段和名義上還要裝得冠冕堂皇，打著愛國和人民的招牌，實際目的都是為了消滅階級敵人，說白了就是要『共』掉你的財產，而你根本無力反抗。如果你想找理由抗拒，那你受到的折磨，必定愈來愈深，最後結果，把你整得一乾二淨。」

寶枝沉著細聽，悚然心驚，然後說道：

「這麼說來，難道只能坐以待斃？」

「就是這樣，因之我想給你提供二點意見。」羅福成答道。

「請說。」寶枝急忙請教。

於是，羅福成慎重地接著說道：

「第一，我建議你把裕綸紗廠的股權主動獻贈給人民政府，因為與其將來被沒收，還不如先行自動捐出，來得漂亮，說不定人民政府還會做個樣子，給你表揚，把你捧作人民的模範，那你至少可以不被折磨，少受痛苦。」

寶枝聽了這個大膽建議，目瞪口呆，怎能把好好的一座紗廠，全盤交出，她和魏人傑多年心血的經營，豈非泡湯。但轉思為求安全，捨此別無他途，只好說：

「這個意見，我會好好考慮，不過時機問題，還得斟酌。那第二個建議是什麼？」

「第二個建議，是你要離開上海，最好要離開國內，最近的境外地區，是去香港。這一點跟前面的建議，同樣需要勇氣和決心，而且要愈早決定愈好，而這一方面我可以給你一點幫助，因為我是在香港出生的，有港民身分，而且我父親現在香港，多少有些方便，但不能等待太久。」羅福成繼續表示意見。

寶枝聽了由衷感激，羅福成能夠為她設想得如此周全，面面顧到，於是說道：

「教官，我真的謝謝你，每次在關鍵時刻，給我關鍵性的指點。我現在也無別人可以商量，就全聽你的意見。要做些怎樣的準備，也全靠你啦！」

從這次兩人談話結果，劉寶枝別無選擇，做了完全撤退的決定。心中反倒踏實，也領悟到捨與得的真理。

過了十多天，廠裡那個「新思想運動委員會」給劉寶枝通知，隔天舉行第一次委員大會，要她出席。寶枝心理上已有準備，所以準時參加大會，一看還是那個姓林的在臺上主持，一開始他就說：

「今天非常高興，劉女士準時出席，表示她在思想學習上已大有進步，希望她繼續合作。至於本委員會今後工作，我們已經擬定一個行動綱領，其中對工作目標、方法、步驟和時程都有明確規定，希望今天大會通過。不過今天有個重要課題需要優先處理，那就是裕綸紗廠的資本結構問題。劉寶枝女士所持有的股份，是否由漢奸魏人傑所贈與，如果是的，那就是逆產，必須追回。我們希望劉女士有個清楚的交代。」

林某話畢，全場立即響起一陣口號「要坦白、要真相」。

寶枝一看現場的態勢，果然羅福成所料的情景，已在眼前出現。由於已有心理準備，她從容走到臺前，大聲的說：

「各位要真相，現在我就坦白告訴大家，我劉寶枝所有裕綸紗廠的股份，全是用我的積蓄按股票面值買的，沒有一股是魏人傑贈與的，都有帳冊可查，這就是真相。不過今天我要借此機會宣布，人民解放軍解放了上海，給人民帶來新的希望，劉寶枝經過幾個月的思想學習，我已明白，無產階級專政是條光明的大道，讓我們看到了希望，所以我要把我所有的裕綸紗廠股份，全部捐出來獻給人民政府，來表達我的擁護和忠誠。」

劉寶枝講話完畢，一鞠躬下臺，會場起了一些浮動，大部分人包括林某感到驚奇，有人喊「解放軍勝利」、「毛主席萬歲」，也有人發出另類聲音，「劉寶枝我們需要你」，林姓主持人警覺深怕會場失控，迅速站在臺上，高聲說：

「大家安靜，劉女士的宣布，是她思想改造的成果。我們要給她熱烈鼓掌（會場掌聲響起），同時我們會向上級領導報告，請人民政府給她表揚。」

又是一陣鼓掌，但有一個勞工站起，舉手發問：

「劉寶枝的話是真的嗎？不要受她的騙！」

林某主持人用詢問的眼光對著劉寶枝，因之寶枝不得不再度高聲對著大家說：

「我劉寶枝一向說話算話，各位如果不信，請你們每個部門推舉一位代表作見證，陪同林副主席，到我的辦公室，把我的股份，連同讓渡文件，當著大家的面，點交給林副主席，請他代我獻給人民政府，我也願意寫個自動放棄股權的筆據，證明我的誠信。以後我就不再是裕綸紗廠的董事長和總經理，但我仍是裕綸的一員，和大家一樣是裕綸的勞工，你們說好嗎？」

會場再次響起歡呼和掌聲，大喊：「好！好！」

林某緊急宣布：「大會勝利成功！散會！」

羅福成再度和劉寶枝會商，認為第一階段做得很好，而且還幽了一默，說不定毛澤東還會找寶枝做女朋友啦。不過第二階段要走的路，將更艱苦，必須步步留心。他說：

「寶枝，你現在手上的現金和銀行的存款共有多少？必須及早清理，儘快調撥國外或兌換成美金、港幣，做好撤走的準備。」

劉寶枝想了一下，說道：

「細數我也記不清楚，總共幾十萬人民幣該會有的，但怎樣換成外幣，我可沒有辦法。」

「這方面我有熟識的朋友和管道，數目不要太大，分成二次或三次兌換，或透過民間銀號調撥到香港，應該不成問題，等我連絡好之後，我再通知你做好準備，不過此事要絕對守密，不能透露一點風聲。」羅福成補充說道。

「教官，你的大恩，我這一輩子還不清。」寶枝答道。

再過幾天，街坊居民團體的洪姓幹事，又陪著黨部的姚書記來訪。姚開門見山便問：

「劉女士，這房子是你所有的嗎？」

「是的。」寶枝簡單回答。

「是你自己出資購買的嗎？」姚又問。

寶枝心想無法逃避，只好照實回答：

「是朋友購買贈送給我的。」

「那朋友就是魏人傑嗎？」姚緊接再問。

「是的。」寶枝又再簡單地回答。

姚書記沒有想到對話居然如此順利，於是繼續又說：

「謝謝劉女士的坦誠，不過魏人傑既已被判漢奸定罪，這所房子的贈與是非法的，也就是仍屬他的逆產，要跟他愚園路的住宅一樣，充公沒收。劉女士對這房子的所有權，當然要隨之撤銷。」

劉寶枝很清楚無法與他分辯，就從容答道：

「我會遵守人民政府的法令，不會脫產，而且也無法脫產。不過，我在這兒即使沒有了所有權，總該還有居住使用權吧？」

姚書記又說：

「居住使用權問題，要看《偽逆產處理條例》如何規定，一切都得依法辦理。」

他們二人走後，劉寶枝心裡有數，人民解放軍對她的整肅行動，果然一步緊一步的直逼過來。羅福成所說的第二階段，看來勢在必行，只在時機的選擇而已。

一九五〇年六月，韓戰爆發，十月中共軍隊以「抗美援朝志願軍」名義，出兵進入韓境參戰。羅福成認為中共此時全力對外作戰，對內的清算鬥爭，可能稍微鬆弛，這是離開出走的良機。於是他告知劉寶枝，第二階段行動的時機來到，要做好準備。他對寶枝說：

「我認為最好的時間點，是一九五一年的春節，那時返鄉旅客眾多，身分檢查不會過於嚴格。我原預定那時要回香港，如果你願意和我同行，現在就要行動。至於你的香港入境，我會幫你想辦法解決，你覺得如何？」

寶枝聽了點頭，她想事情到此地步，已是破釜沉舟，別無選擇，所以答道：

「好，我決定和教官同行，去香港有你一路照顧，我有十足的安全感。」

他們商定，春節農曆正月初五自滬啟程。劉寶枝入境香港的手續問題，羅福成運用一切關係，改用「劉露」的化名，取得入港證。外幣兌換和劃撥境外，也已悄悄辦妥。至於十三層樓房屋，到時鎖閉，聽候他們處置。但劉寶枝有層顧慮，此次行動，完全無法告知在獄中的魏人傑，道義上不無欠缺，但又無法跟他作任何方式的聯繫。羅福成答允找個適當人物於妥便機會，代她傳遞訊息。

春節期間，返鄉民眾果然擁擠不堪。羅福成和劉寶枝從上海出發，羅還故作神秘說，他們身懷巨款，切勿露白，否則會被誤認是鴛鴦大盜。路程經過好幾個省分，一路折騰，最後一段，由武漢搭乘粵漢鐵路到達廣州，直到粵港交界的羅湖車站。

下車一看，只見人山人海，前推後擠，幾乎無法站穩，只能隨著人群，慢慢向前移動。快到接近警衛站崗的地方，羅福成掏出港民身分證，高高舉起，揚著身分證，向警衛示意，他是港民，而那個英籍士兵，果然拿起槍桿，排開層層人群，讓羅福成和劉寶枝擠出重圍，優先查驗，認為證件無誤，通關放行。等到兩人越過界線，快步奔向開往九龍的列車，方才停止腳步，獲得喘息的機會。

最後登上車廂，找個坐定的位置，列車開動，兩人呼出一口長氣，總算可以遠離赤色鐵幕，跳出紅色苦海。

列車駛進九龍車站，兩人下車，然後雇了的士，開往彌頓道。羅福成替劉寶枝用「劉露」名字，在一家高級旅館訂了房間。「劉露」第一次用這名字，第一步踏上自由的土地，對著自由的天空，深深呼吸了第一口自由的空氣，感到無比舒暢，欣然入住旅店休息。

羅福成約好次日見面，握手道別。

# 第十七章　力爭上游

維多利亞港灣的海平線上，一輪旭日正在躍躍升起，海面上一片片雲霧，給升起的朝陽似乎披上了一層薄紗，把初春的晨曦，裝扮得更加豔麗。港內海潮輕浪，有幾條三桅帆船，已在揚帆準備啟航，稍遠處還有一艘更大的五柱桅檣帆船，已經張足帆幔，加速出海去了。港灣排著一列長長的碼頭，停靠著多艘巨型海輪，船身中部凸起的圓柱煙囪，有的冒出濃煙，好像升火待發，看來十分忙碌。香港被大英帝國佔領後，積極開發建設，成為軍、商兩用的良港，更被稱為「東方明珠」，其繁榮昌盛，可想而知。

劉露經過一夜好眠，精神飽滿，早上起床，拉開窗帘，遠看對岸香港，沿著海灘，背靠山坡，蓋著櫛比鱗次的巨廈，無不高聳入雲，比起上海外灘，更為壯觀。心想西方帝國的資本主義，果然有其威力。

從未出過國境的劉露，如今脫離了烽火遍野、滿目瘡痍的祖國，來到一個殖民地的國際都市，身在高樓，面臨滄海，今後何去何從，讓她迷茫，陷入了無限悵惘。

她對窗外景色凝思良久，感到一絲輕愁，頗有故國山河破碎的感傷。於是伸手試著打開窗戶，希望抒一口氣，而一股海風正好對窗吹來，使她一陣寒噤，不免打了一下哆嗦，只好把窗戶關上，而這一瞬之間，讓她感到有種警示，前途不容輕忽。「劉寶枝」已成過去，要看「劉露」怎樣的將來。

劉露停止遐思，想用溫水沖走煩惱，於是褪去睡衣睡袍，跨進澡間，旋開熱水龍頭，從頭到腳，淋個暢快，可是一不留神，幾乎滑倒，幸好及時握住把手，未曾倒地，再次給她警惕，凡事小心。

正梳理間，電話鈴聲響起，一聽是羅福成已經到達旅館大廳，當即允於十分鐘後見面。

羅福成今日一身紳士打扮，一見劉露從電梯出來，立即迎上握手，道聲「早安」，風度翩翩，倒讓劉露覺得有些訝異，回應說：

「教官早安，今天你這個高貴模樣，我該改稱你為『爵士』才對，只是我相形見絀，倒有些失禮了。」

羅福成滿面笑容，答道：

「寶枝，我們單獨相見，還是習慣稱呼原來名字較為自在。今天是你到港的第一天，我盡地主之誼，專誠接待，為你慶賀避開紅禍開始新的人生，所以穿著較為整齊了些，請勿見怪。現在我們先用早餐，然後我親自駕車渡海到香港作整日遊，其他問題留著以後討論，你說行嗎？」

於是兩人進了咖啡廳，一邊用早餐，一邊談話。羅福成先說：

「我先說明今天行程，我們座車駛上渡輪，過海登岸，在香港遊車河，讓你看看香港中心地帶的市容，是走馬看花式的遊覽。中午去海邊吃避風塘的海鮮船菜，然後駕車到旺角看跳蚤市場，那地方很有趣。傍晚之前，轉到淺水灣，觀賞海灣景色，在半島酒店用下午茶。到八點，再進正式晚餐，不知是否同意？」

「我在這裡，人生地不熟，當然一切聽從教官的安排。不過我聽說過，香港有個調景嶺難民營，那裡聚集了好幾千從大陸逃出來的軍民同胞，生活非常艱苦，可否把下午茶的節目，改到調景嶺去參觀？」寶枝問道。

「好一個關懷民間疾苦的劉寶枝小姐，一到香港，居然首先要想探望難民生活，令人起敬。不過調景嶺位在很偏僻又荒涼的地方，目前那裡還沒有對外正式道路，交通極不方便，以後有合適機會，再陪你去。今天還是按預定行程，好嗎？」

「好」，寶枝回答，然後又再加一聲，「好。」

羅福成和劉寶枝兩人多年的情誼，介乎師生、兄妹、摯友之間。他們相識在槍林彈雨的殺戮戰場，相交於燈紅酒綠的繁華商場，相知於生死鬥爭的政治屠場，經過十年患難與共的歲月，已經交成莫逆。除了因為羅的性向，從不涉及男女之愛以外，可以說是彼此肝膽相照、道義相交的篤友，尤其這次寶枝得羅相助，逃難香港，更加深了彼此間的密切關係。可是羅對寶枝如此這般的殷勤，始終如一，若說沒有半點愛情成分，倒是個謎。

當天羅福成駕車遊覽香港各處景點之後，來到建在山腰的半島酒店，面對碧波海灣，景色宜人，蔚藍的天空，蒼翠的山林，令人心曠神怡。兩人選了靠窗座位，啜飲咖啡，欣賞著夕陽西沉、落日餘暉的美景，不知不覺中，兩人倦遊之餘，同時閉目養神，默默享受片刻的寧靜休息，讓人看來真是一對仙侶，但可惜兩人不是情侶。

稍頃，羅福成先行啟口問道：

「寶枝，累了嗎？可否說說對香港的第一印象如何。」

寶枝睜開矇矓的雙眼，回答說：

「對不起，我幾乎睡著了。首先要謝謝教官的導遊，至於對香港的印象，我不敢作任何批評，但匆匆一瞥之下，覺得香港是個十足商業化的都市，而且中心地帶的繁榮和邊緣地區的貧困，呈現強烈的對比，顯示貧富差距很大，可能這就是資本主義社會的特徵。」

羅福成接著說：

「寶枝，你的觀察力一向都很敏銳，這類問題，將來好好討論。現在我急切要幫你辦的事，是你劃撥到香港滙豐銀行的存款要去確認，還要替你租用一個保管箱，這些都得改用『劉露』的名字，明天就去辦理好嗎？」

「教官，你給我一切的設想和安排都是最妥當的，那就麻煩你明日帶我去辦好啦。」

兩人喝畢咖啡，羅福成陪著寶枝參觀酒店的每個廳堂，都是富麗堂皇。最後走進預定共用飯餐的廂房，侍者打開一瓶紅葡萄酒，為二位斟酒入杯，羅福成舉杯表示歡迎抵港，祝福萬事如意。寶枝舉杯回敬，並說：

「我慶幸有個像我哥一樣的教官，處處悉心照顧，事事給我相助，我喝完這杯，表達我由衷的謝意。」

羅福成詼諧地說：

「你看我有二隻手，這隻手是為我自己做事，另一隻手是用來為你服務。」

晚餐在輕鬆愉快中結束，羅福成駕車把寶枝送回旅館，互道晚安，明日十時再見。

寶枝進到房間感到一絲倦意，但沖了一次淋浴，反覺清爽，於是提筆寫下了她到香港的第一篇日記：

「香港是被失去自由的人們所憧憬的地方，我『劉露』今日初臨這逃難者的天堂，還真有些徬徨。『劉寶枝』已是歷史名詞，這『劉露』將是我今後新生命的開始。可是往事從此就能切割得了嗎？浮生若夢，漂忽無定，如今漂到海外，春花秋月，要到幾時才了。」

「章志安依然是我此生中難以切斷的噩夢，被棄、被離，原是童養媳的宿命，恨有何用。但他父母，卻於我有萬丈恩情，這恩仇之間，又如何分割？雖然現今身在天涯，仍是心中的懸疑。」

「與崔子希的相遇，在戰地譜出燦爛的戀曲，但卻那麼短暫，就像流星一樣，閃耀的光芒，瞬間即逝。直到現在音訊杳然，是上天對我的戲弄？只能算是另一場幻夢。」

「魏人傑的出現，好似我在人生逆流中的一葉孤舟，得到神助，賜我一位舵手，導我航向彼岸。奈何鳩佔鵲巢，原非久計，加上時局遽變，一場難收難止的苦戀，不得不匆匆落幕。其實他是一個善良的人，只是我們情未了，緣已盡，目前的局面，形格勢禁，只怕今生難再相見。罷了，『劉寶枝』以往的境遇和結果，都是同一不幸的格局，且看『劉露』命運如何。」

「眼前的羅福成，善解人意，體貼入微，所做所為，就如同今天的萬般殷勤。若說『看似無情卻有情』，應該不算錯誤。但反一個面向，若說『看似有情卻無情』，也許同樣無錯。他是個謎樣的男士，讓我迷惑。」

「想來人生的苦樂，固多由於處境的順逆，但若換個角度去看待境遇，把痛苦作為缺憾去回味，從而追尋失去的快樂，那麼即使千山萬水，也許就在咫尺之間。『劉露』以此自勉罷！」

寶枝的日記，寫寫停停，停停寫寫，不覺已過午夜。想起明早要辦正事，於是擱筆入睡。

次晨醒來，已是日上三竿，匆忙梳洗，羅福成準時十點已在樓下大廳，一見面羅先提醒，不要忘帶入港證明文件，讓劉再一次感到羅的細心和周延。

滙豐銀行的執事人員，看來和羅福成相當熟識，所以一應手續，諸如匯款確認、包括租用保管箱等，順利辦妥。時已接近中午，羅福成提議說：

「你是江蘇人，這裡香港有個蘇浙同鄉會，裡面餐廳大廚是上海來的，擅做江浙佳餚，一定合你口味，我請你去嚐嚐如何？」

寶枝立表同意，用餐時，羅福成又鄭重地說道：

「寶枝，此刻你已到了香港，當然此來不是旅遊，需作長期的打算，我有幾點看法供你參考。首先既然來了，短期內不會離開，所以不能長住旅館，那麼購屋或租房，必須二選其一。以你現有財力，足夠在半山住宅區買幢獨院的房屋，但不必那麼花費，不如在中心區域的公寓大廈購置一個單位的住房，日常安全和清潔管理，都由大廈負責，出入交通便利，比較合適，而且買房等於投資，比租屋划算，不知你意如何？」

寶枝仔細傾聽，不住點頭，然後答道：

「教官，你為我設想的方方面面，真是無微不至，我完全同意，就朝這方向去辦。不過有一問題請教，你對香港前途有何看法？」

「這是國際問題，說來話長，距離一九九七回歸，還有四十多年，其間世局如何變化，無不影響香港地位，現在談它，為時尚早。」羅福成簡單答道。

兩人一邊用餐，一邊繼續談話，羅福成接著又說：

「我從下週起，又要開始上班辦公，我的職務是永安香港總公司的公關部經理，任務是負責公司與各界的公共關係事宜。其實，不瞞你說，我對這份工作，並無興趣，只是父命難違，所以從明天起，還有一週不到的空閒時間，可以幫你辦理選購房屋，以目前房市狀況，應該不難達成。」

「謝謝教官，我們就去找屋。但我想要問，你現在的住所在哪裡？」

「目前我和父母同住在山上的別墅，等我上班後準備租屋單獨居住，所以你購屋和我租房兩件事可以一併辦理。」

兩人開始積極覓屋，經過三天努力，多處實地觀察，終於選定中環康拉脫路一幢十八層大廈的第十六樓一所套房公寓，格局、採光、通風各項，都很滿意，面積和價格，也極合適。於是透過仲介，用「劉露」名義，立即簽約成交。第二天，羅又陪劉採購傢俱和家用物品，隔日全部送到新址，稍加布置，「劉露」的香港寓所，就算完成。

寶枝迫不及待，第二天馬上搬進新宅。女主人四周一看，感到舒暢，一時興奮，渾然忘我，竟然伸臂環抱福成，表示感謝，倒讓福成吃了一驚，不知如何反應。寶枝這才發覺自己舉動誇張，立即赧然致歉，連說「對不起」、「失禮」，結束尷尬的一剎那。

寶枝定居香港，已成事實，往後長日漫漫，如何度過。突然想起老同學李靜，據說已經結婚，夫婿張效莊，是香港大學教授。於是拜託羅福成打聽，希望取得連絡，可以與老友重逢。

其次，寶枝秉性好學，想到香港這個國際都市，除了粵語方言之外，通常都用英語溝通，何不此時補習英文，既解寂寞，又可增進知識，所以一併拜託羅福成介紹學校。羅福成聽了，表示舉雙手贊成。

二天後傍晚，羅福成來到寶枝寓所，報告三件事：

「第一件事，我已在你這兒附近，找到一處出租公寓，再過二天，便可搬來進住，以後見面將很方便。」

「第二件事，港大確有張效莊教授，不過剛在年初，因接受了劍橋大學聘請為期一年的訪問客座教授，夫婦兩人已經去了英國，明年初才能回港。」

「第三件事，我已給你找到一家進修英文的學校，那是『威廉書院』，專收高中畢業以上學歷，中途輟學的學生。主持人是英國的一位退休教授，八年前來港創辦這個書院，所聘師資相當整齊，前年增設英文專修科，三年六個學期畢業後，可在香港的中學擔任合格的英文教席。這兒有一份學校的招生簡章，你可仔細閱讀，再做決定。」

寶枝聽了，除對李靜夫婦不在香港大失所望之外，其餘二事都感高興，但由於上次的舉動過於熱烈讓羅受驚，所以謹慎地說：

「多謝教官，報考書院還要請你協助辦理，你的新租公寓，可否陪我前去看看？」

「當然可以。報名的事，請你仔細看過招生簡章，再辦不遲。」羅福成回答。晚餐時間已近，羅福成建議就在附近一家小粵菜館，用個簡單便餐。剛剛坐定，寶枝發現鄰桌三人中有個中年男子，似覺面熟，而那男子立即過來招呼，口稱：

「劉董事長，我姓陳，是裕綸紗廠第二工場的技師，我對董事長捐出股權的明智之舉，十分佩服。」

寶枝連忙站起，回應說：

「陳先生，別來可好？上海近況如何？」

那陳君嘆了一口氣，說道：

「一言難盡，如今上海，無論工廠，無論社會，都已面目全非，所謂『反右』、『反資』，天天熱烈進行。工廠內不事生產，專搞運動，無一日安寧。還有，他們發覺你離開上海之後，正在全力追查，恐怕很多人會受牽連。最近我因有個親戚，在港經商，靠他接濟幫助，逃來香港，不想在此見到董事長，真是高興。」

寶枝一再對陳君關切和撫慰，允有機會再談，送他回座之後，心情顯得沉重，未再多語，和福成草草用畢晚餐，臨行向陳君招呼示意後，離開飯館。

夜晚的香港街道，分外寧靜，街車的囂鬧，人群的熙攘，都漸消失。兩旁路燈比月色還黯淡，照在烏黑的柏油馬路也不很明亮。羅福成和劉寶枝走在路上，受了陳君剛才一番悲情道白的影響，兩人暫時無語，只有同步行走，皮鞋踏在清涼的路面上，發出單調卻有節奏的聲響，當然此刻也增添不了絲毫情調。不久到了寶枝的住所，互道晚安，福成駕車離去。

隔了兩天，寶枝由羅福成陪同到達「威廉書院」報名，用的名字是「劉露」，另外再加一個英文名字「Lucy」。再隔一週，舉行考試，分筆試和口試兩個階段，劉露自覺滿意。放榜時被編為高級B班，頗為高興。

開學之日，一看同班同學，都比她年輕，感到一些慚愧。不過轉想，她是全班的學姊，也感到驕傲。

半年後，英語會話和英文作文兩課，劉露成績都列前茅，教務處提前給她升到A班，可以接受相當大學二、三年級的課程，至感愉快，並常和羅福成討論課業，自覺頗有進步。

某日上午，羅福成的辦公室，有人「篤、篤」敲門，羅福成說聲「請進」，推門而入的竟是劉露，讓他有點意外，於是笑著說道：

「Lucy 小姐，今天什麼風會把你吹來，莫非有何喜事讓我分享？」

「可否先請給我一杯溫水，讓我潤一下喉嚨，因為剛才我是步行過來，有些口渴。」

羅福成遞過一杯溫水，並說：

「請講，希望能夠有所效勞。」

「沒什麼大事。最近書院上課，一位授『英國文學史』的講師，一再提到諾頓出版的一本書是英國文學史的經典，書名是《The Norton Anthology of Literature》。還有『英詩』課程上，講師介紹一本詩集，叫做《Lucy Poems》與我同名，我都想讀讀原文。聽說你們公司的圖書館藏書很多，所以過來想看看，如有的話，很想借閱。」劉露答。

正說話間，又一聲敲門，逕行推門進來的是一位長者，羅福成立即站起，恭敬地問道：

「爸爸，您怎會突然過來？」

「喔，對不起，我不知道這裡有客，這位女士是……？」爸爸問。

劉露也立即站起一鞠躬，輕聲說：「您好。」

羅福成趕忙介紹說：

「這位是家父，這位是抗戰時期我在江西工作的同事，現在是『威廉書院』高級部學生，劉露小姐。」

羅福成父親名羅榮臻，是永安公司當年創辦人之一，現任永安執行董事，同時也是香港幾家銀行的董事，是商界聞人，年齡六十開外，中等身材，雙目炯炯有神，看來頗有企業家的氣派，大概對劉露初見印象不壞，所以微笑說道：

「劉小姐能在威廉書院就讀，想必是個高材生，可和福成多多切磋。如果要想借閱書籍，我們公司圖書館可以協助。你們繼續談談。」正要離開，又回頭叮囑：

「董事會日期更改，福成不要忘了，必須個別通知。」

羅福成連說「是、是」，和劉露二人恭送出門。

羅父離去之後，福成輕鬆地說：

「沒有想到，老爸突然過來，我還以為有何特別訓示，結果帶來一片煦陽，大概對你印象不錯，所以還關照公司圖書館要讓你借書，真是難得見到的開朗。」

劉露同樣感到輕鬆愉快，接著說道：

「伯父平易近人，是位仁慈的長者，謝謝他的允許，今後我這威廉書院的學生，可能會是你們公司圖書館的常客啦。」

「歡迎之至，我現就可陪你去圖書館參觀一下，同時辦個登記，領張借書證，以後可以隨時光臨。」

那天晚上，淺水灣半山腰一座高級住宅，室內燈火通明，但又不像舉行大型宴會，因為門外並無很多黑頭轎車駛進宅院，只是豪宅主人似乎十分高興，吩咐多做兩碟菜餚，還要準備兩杯白蘭地想和夫人對酌，讓女主人摸不著頭腦，為何她丈夫今晚興致特好。

晚餐時，羅榮臻舉著酒杯，呼著太太名字，要和夫人對飲，說：

「淑慧，你知道嗎？我們的獨子，打算獨身的兒子，交了女友啦。今天我到他的辦公室，無意中被我發現，有位小姐正在和他談論書籍的問題，看來已經很熟的樣子，這不是奇跡嗎？」

淑慧聽了，也覺很不尋常，隨即問道：

「是嗎？這可是樁好事。她是個什麼樣的姑娘？怎說已經很熟的樣子，而我們一無所聞？」

羅榮臻喝了一口白蘭地，答道：

「聽兒子簡單介紹，那位小姐姓劉，是他抗戰時期在江西上饒認識的同事，現在是威廉書院高級部的學生，看起來年齡大概有三十歲左右的光景。」

淑慧聽了覺得更有興趣，繼續再問：

「我們福成也快四十了，年齡不是問題，只看那位劉小姐長得怎樣，談吐舉止還可以嗎？」

羅榮臻又喝了一口酒，接著說道：

「容貌不俗，態度端莊，禮貌周到，算是很有教養的樣子，其他我就不清楚了。」

羅太太興趣愈來愈高，跟著建議：

「既然那位姑娘條件不錯，我們該為兒子打氣，給他鼓勵。那何不選個週末，請那劉小姐和福成一同來家晚餐，你這老爸親自出動給他加油，好嗎？」

從兩老的談話中，顯然他們只知兒子是個獨身主義者，尚不清楚羅福成還有同性戀的傾向，所以錯認可能時機已到，要促兒子早點成婚。因之，羅榮臻立即同意，說道：

「好呀，請你安排，是該多先瞭解，才能再作進一步的計畫。」

兩老協商已定，對兒子婚事，似乎有了新的契機。

近來，劉露在課餘之後，常到永安公司五樓圖書館閱讀或借書，有時順便彎到羅福成辦公室小坐，隨意聊天。一日，羅福成對劉露說道：

「我奉命傳達父母意旨，他們要請你到山上我們的家晚餐，日期就是後天週六，時間晚上七點，希望你能接受。」

「你父母要請我吃飯，真不敢當。不過長輩寵邀，當然應該從命。好吧，到時我就隨你同去。」

那是一次註定必然失敗的晚餐，羅福成自始至終的表現，絲毫沒有想像中男女愛戀應有的素質，當父母旁敲側引想盡方法談些婚娶話題時，福成不是遑顧左右言他，便是表白他不想結婚的意旨並無改變。結果當然羅家二老，白費心機，大失所望。

不過，這樣結果，並未影響羅、劉間一向存在的情誼。劉露仍如平日常去永安圖書館閱讀，羅仍時時對劉表示關懷，因為他們心知肚明，他們之間永遠是清純的好友，不可能有新的方向。

劉露心中倒是坦然，當晚她寫下了那天的日記：

「原是帶著溫馨的心情，參加羅府的家聚晚餐，回來雖然有些清涼的感覺，但這本來應該就在意料之中的事，不過卻給二老增添無止的煩惱，是我無端介入了他們的家事，但我無辜。」

「人生之旅，好像長途進行中的列車，每到一站，上的上，下的下，很少有人能夠陪你到終站。莎翁說過：『再好的東西都有失去的一天，再愛的人也會有遠去的一天，再美的夢總有甦醒的一天』，真是至理名言。所以我當知道，『不屬你的不能強取』，『該放棄的不能強留』。」

「當前我該珍惜的是學業，不能浪費光陰，等到取得畢業文憑之後，我可擔任中學英文教師，有廣闊的天空，可自由飛翔。」

「衷心祝福羅府二老健康長壽，福成教官優遊自在。」

從日記的字裡行間，可以窺見，劉寶枝對羅福成隱約有份情愫，只是難以言宣，徒然空留餘憾。

寶枝一直盼望著的好事，終於來到。張效莊教授夫婦自英回港，透過羅福成的協助，取得連絡。她和李靜已有十多年未見，一朝相會，真是樂得歡天喜地，兩人緊緊擁抱，相視良久，相對大笑，異口同聲說道，「我們老了」，接著兩人又同說：「不，我們只是半老，風韻猶存」，繼之又是哈哈大笑。

李靜堅邀寶枝到她家去小住數日，談談三天三夜說不完的離情，可是寶枝因為學校期考在即，要等十天之後，才有時間，於是李靜直截了當，做了決定，說：

「好，那就定在端午節那天，請羅教官一同過來，在我家晚餐，同時請你攜帶簡單的行李衣服，在我家住三天，行嗎？」

「我能說不行嗎？只怕到時賴著不走，成了你家免費房客。」寶枝回答，李靜立即伸出手指打勾，一言為定，不能改變。

端午當天傍晚，羅、劉準時按址往訪，那是香港大學提供教授的一座獨院住宅，依山面海，環境清幽，門外兩邊靠牆，種植一排花草樹木，看來還很雅緻。

羅福成按了門鈴，出來應門的一位女傭，穿著整潔，很有禮貌地招呼請進。此時李靜已在廳門迎候，熱烈挽著寶枝，一同步入客廳，裡面已有一位女賓在座，李靜即刻介紹說：

「這位是我們小同鄉吳太太，吳先生現在臺灣。這兩位是羅福成先生、劉寶枝小姐，都是好友，請大家坐下，隨便聊聊。」

寶枝坐定，舉目四望，客廳布置雅潔，陳設簡單而精緻，富有書香品味，心想李靜必是一位能幹的家庭主婦。正欣賞間，西邊房門打開，從書房走出的張效莊教授，滿面笑容，跟各位熱情握手，以示歡迎。

張效莊教授是位經濟學家，他極度崇拜英國學者凱因斯的經濟學說，認為第二次世界大戰以後，以美國為首的經濟復甦，完全得力於凱因斯理論成為經濟政策，才能有持續繁榮的成果。他在晚餐席上，除與各位賓客寒暄外，縱談世界經濟問題，論及香港的未來，他認為中國大陸被「解放」之後，中共實施的統制經濟和極權統治，震懾了中國人心，幾乎談「共」色變。將來香港早晚回歸，港人憂心忡忡，有極度的不安感。反倒臺灣，在撤守大陸後，痛定思痛，勵精圖治，力改前非，頗有中興氣象。他的一番高談闊論，讓賓主滿座生風。

劉寶枝坐在吳太太右側，兩人親切交談，才知她本名周雅蘭，也是學前小學校友，不過班次較低，所以當年並不相識，反在二十年後不期而遇，倒有一見如故之感，於是交換了地址和電話，寶枝也說明了現在的名字是「劉露」。

當晚，寶枝在張家留宿，李靜和她徹夜長談，互道離情，各訴往事。寶枝歷盡滄桑的經過，讓李靜慨嘆不已，所幸她能力爭上游，得有現在的光景，勉可安慰。其間李靜問道：

「你可有章志安的消息，跟他分手以後，有沒有過聯繫？」

「沒有，完全沒有。就讓那場惡夢完全消失罷。」

「據我所知，章志安現在臺灣，聽說曾和一個本土女子結婚，但妻子已經病逝。」李靜繼續說道。

寶枝聽了，並無反應，只是淡然一笑。

想不到事有意外，這次張家的餐敘，卻對劉寶枝後半生的際遇，起了重大作用。寶枝在張宅住了兩天，回到自己住所，心靜如止水，專注下學期的功課。但是隔不多久，周雅蘭來了電話，說要過來拜訪，當然不能拒絕，約定週末下午見面。周雅蘭是個性情中人，坦率熱誠，因比劉露年輕幾歲，所以直稱「露姊」，倒像多年好友，兩人談話，毫不見外。

雅蘭很正經地說了一段故事。

周的丈夫名叫吳熙方，也是同鄉，他追隨國民黨多年，到了臺灣，奉命主持一個黨營事業，是從大陸撤到臺灣的一所紡織工廠，但因黨部缺乏資金，經營受到侷限，根本談不到擴充，所以吳熙方建議，開放部分民股投資，借助民間資金，拓展業務，聽說原則上已獲黨中央許可，現正尋找合作對象之中，僑資列為優先考慮。

接著周雅蘭切入正題，說道：

「露姊，你有辦紗廠的經驗，英文又棒，你有僑胞身分，也有資金，而且還是同鄉，我覺得條件都很合適，能否讓我給你向臺灣推薦，也算為黨盡一點力，你說行嗎？」

「雅蘭，你把我誇得太好啦，論經驗、學識、資金，我都並無優越條件，況且我正上學，能不能進入臺灣更是問題，謝謝你的好意，這事暫且不談罷。」劉露婉言回答。

「可是，對不起，露姊，我已經和我先生談過這件事情，只是還沒有提及你的名字而已。」周雅蘭又說。

「那倒沒有關係，反正現在八字沒有一撇。」劉露再答。

於是這個話題，暫且擱置不論。

未料過了兩個月，周雅蘭又找劉露，表示那事已經有點眉目。她說：

「露姊，我不知吳熙方對於這件事怎會那麼急切，居然他已上報黨中央，說有在港華人願意投資合作，並且擬了增資民股拓展業務計畫書，獲得批准，現在只等投資人出面談判合作條款，簽訂契約。此事機不可失，所以我才急著過來，盼你認真考慮。」

劉露慎重思考，覺得茲事體大不能草率，答道：

「雅蘭，這倒真的讓我為難了。我不是拒絕你的好意，只是現實擺在面前，主要我現在威廉書院，還有一個多學期就要畢業，不可能中途輟學，否則前功盡棄。」

周雅蘭一方面感到有些失望，另方面也覺有些過意不去，於是有個建議，說道：

「這件事對露姊確實關係重大，但也毋須立即全盤否定，可否找個時間，請張教授夫婦和羅先生等共同商討一下，看看究竟是否值得進行，好嗎？」

劉露認為雅蘭倒是一個進退自如的人，所以立即答道：

「對，請他們幾位共商一下，是個好主意，也讓我再想想。」

其實，劉露的想法，更多、更遠、更複雜。看她當天的日記：

「周雅蘭的意見，確是個大挑戰，不能兒戲。」

「人家都說臺灣是個美麗寶島，那裡『高山青，澗水藍』，景色秀麗，四季如春，而且人情溫暖，一貫保有中華傳統文化的優美，也是唯一不受赤流污染的一片乾淨土。」

「可是對我而言，那裡有個讓我顛沛、奪我童貞的魔鬼，我又豈能輕入『鬼穴』。固然，也許魔鬼或可放下屠刀，立地成佛，但對章志安而言，顯然是件不可能的玄想，還是要以安全為上策。」

「投資生產事業，確是好事，值得考慮。不過我非鉅富，那點兒錢，是我度晚年的老本，萬一失敗，豈不後果堪虞？」

「臺灣是個好地方，但聽說有個『二二八』事件，造成『本省』與『外省』族群衝突，給臺灣的政治和社會增添很大不安。如果這種紛歧長期不能消除，會是臺灣發展的一道障礙，以我這個無親無故的『外省人』，能夠平安生存嗎？以我少少的一點處世經驗，能夠承受那種巨大風險的挑戰嗎？」

「張效莊教授見多識廣，李靜和羅福成也都處處為我著想，我的一些顧慮，他們應會給我指點，那就決定請大家商量一下吧。」

同樣是個週末的下午，同樣是在張宅，同樣的五人組合，從交換意見的過程中，聽來羅福成和李靜都不反對周雅蘭的建議，張效莊教授更有仔細的分析。根據他接觸到的資料，臺灣正在推動第二期四年經濟建設計畫，紡織工業是其中發展項目之一，前景樂觀，現在黨營事業開放接受民股，是個好現象。而且臺灣政治安定，社會繁榮，投資者有充分保障，所以他主張劉露可以同意這一投資案件。至於劉露的學業，照他推算，協議完成簽約時，已經接近畢業日期，應該沒有衝突。

接著羅福成又輕鬆地補了一句：「即使投資失利，也可算是你對國民黨的政治獻金。」

商談到此，張效莊教授作了結論，說：

「很高興各位光臨寒舍，討論劉小姐的投資案問題，大家意見都有正面肯定，我認為事不宜遲，應該儘快給臺灣方面回應，以免節外生枝，發生變卦。如何洽商簽約事宜，我可找位律師朋友，協助辦理。」

事情有了結論，劉露終於同意。她說：

「謝謝各位為我的事操心，給我支援，非常感激。既然各位替我考慮得那麼周詳，我就毋需擔憂，決定同意投資。」

其實劉露憂的不僅是投資的安全，而是無法完全排除她內心潛在的孽障。只是在這點上，別人難以瞭解。

投資合作簽約，一切順利，只要資金到位，劉露去臺灣的入境證也可隨即發下，預計那時劉露已從威廉書院畢業。

劉露還真不平凡，在她畢業之前，她要求羅福成陪同參觀了她經常關懷的調景嶺難民營。她目睹苦難的同胞，依然生活在極度貧困之中，住屋、衛生、交通、教育、消防顯著落後，著實起了憐憫之心。回家之後，很快以 Lucy 名字，用英文撰寫〈調景嶺的觀感〉一文，詳述難民營區內擁擠、簡陋、污穢、髒亂、疾病等種種慘苦狀況，基於人道立場，呼籲政府當局和社會團體，重視現實情況，迅速伸出援手，積極改善該地居民生活條件。稿成後送請威廉書院教授給予潤飾，隨即送到香港英文報紙《南華早報》作為讀者投書，隔日刊出。由於情文並茂，深深打動了港人的同情心，紛紛響應迫促港府採取行動，一時 Lucy 之名，傳遍全港。威廉書院也以她為榮，認為是她畢業前的一項傑作，一件了不起的貢獻。

一九五四年初夏，一架陳納德民航公司的客機，從香港飛往臺北，其中載著劉露和周雅蘭並排鄰座，而且手握著手，表示她們合作成功了。

客機起飛之前，啟德機場擠滿旅客和送行者，劉露和李靜眼淚汪汪，依依不捨，一直緊緊相互挽著摟著，不想分開，直到機場播音催促旅客登機，兩人方始不得已地鬆手，淚水直流，幸好張效莊教授適時勸慰，勉強握手道別。羅福成默站一旁，未出一聲已久，此時才有機會走前一步，伸出雙臂，輕柔地抱著劉露，在她耳邊，低聲說：

「珍重再見。」

劉露一時錯愕，不知如何反應，難道這個舉動是他的真情流露，反讓劉露對臨別的香港，留下一片迷思。

再會香港！

# 第十八章 返璞歸真

民航機飛在臺灣海峽高空，劉露隔著窗子，俯瞰下面濁浪洶湧，不禁暗嘆，真是海峽天塹，兩岸或可無事。不久飛臨臺灣上空，則又看到環島碧海白波，滿山蒼翠，常識中，大陸內地除了東北之外，似乎少有這樣森林茂密的地表。劉露還未踏上寶島土地，已經有了美好的印象。

飛機緩緩下降，落在臺北的松山機場，慢慢滑行停靠跑道邊緣的停機坪上，旅客依次由扶梯拾級而下。劉露和周雅蘭步行到了航站門口，準備進入檢查關卡，就已看到遠處有人舉手招呼，周雅蘭一看知是她的丈夫吳熙方，等到通過檢查，到達入境大廳，吳熙方已經走到她們面前，經過介紹，劉露受到吳的熱烈歡迎。出得航站，外面停著一輛福特老爺轎車，有位司機幫著提搬行李，上車駛向臺北市區。

劉露一路看著臺北的街景，馬路雖然不夠開闊，倒還乾淨。兩旁房屋不算密集，也還整齊，跟大陸城市有些相似，只是其中夾著一點東洋風味。到了吳家住宅，果然也是一幢日式房屋，是黨部配給吳的宿舍，獨門獨院，看來環境清淨，是所合宜的住宅，吳熙方表示，要請劉露暫在他家住下。

沒有想到，第二天上午，就有一個警察進來問話：

「你們這裡是有新來的流動戶口嗎？」

吳熙方趕忙出來答道：

「是的，我們明天就去戶政事務所申報臨時戶籍，謝謝警員先生的關心。」

劉露一旁看著，立即意識到，臺灣的治安保防，真是滴水不漏！

聽了吳熙方所作的說明，大概瞭解，黨營事業裕台紡織公司經過開放民股以後，資本額達到新臺幣八佰萬元，劉的持股占百分之二十五，其餘民股占百分之二十，黨股保持多數占百分之五十五。公司增資後的董事會將隨新的股權比例改組，預定劉露當選為常務董事。工廠設在臺中，公司總部在臺北，董事會亦在臺北舉行。估計改組登記等手續需時二、三個月，屆時便將舉行新董事會的第一次會議。劉露對此安排，感到滿意。

人生旅途，諸多轉折。這次劉露轉到了臺灣，將是一個和她以往大不相同的歷程，需有長期的生涯規劃。眼前她先作了幾點初步決定。第一，她應早日找個自己的住所；第二，她有足夠餘暇時間找個教師的職務；第三，應該多找幾個知心的朋友。

她的這些「三找」設定，雖然都是臨時直覺地訂下的目標，也可看出她為長期規劃在作準備。

亞熱帶地區臺灣的氣候，最大特點是颱風。劉露久聞颱風的威力，會造成很大的災害，心存懼怕，但也想親身經歷，看看人類對抗大自然威脅的能耐，增加她人生經驗。

過不多久，果真有個強烈颱風，氣象局發出強颱警報，呼籲民眾加強防範。劉露幫著吳家夫婦，還有一個男傭，把整個屋子所有門窗緊緊上閂扣住，玻璃窗貼上交叉紙條，落地窗外還要加上一排門板，同時預備儲水、蠟燭、手電筒等等，忙得不亦樂乎，儼似一場天人間的交戰。當夜風大雨大，日式房屋被吹得不斷搖動，門窗格格作響，讓劉露剛到臺灣，就接受了一次震撼實驗。第二天收聽廣播，知道各地災情很重，更讓劉露感到，臺灣人民年年抗颱的勇敢和堅強，令人敬佩。因之，她也認為，儘管臺灣地位風雨飄搖，必能屹立如山。

一個晴朗的上午，劉露和周雅蘭散步，走到和平東路，這是臺北市內一條較為寬坦的馬路，兩人邊走邊談，劉露無意間看到電桿上貼有一張紅紙，於是停步走近細看。雅蘭問道：

「露姊，你在看什麼？」

「雅蘭，你過來看看。」劉露答道。

二人看著那張紅紙，上面寫著：

「吉屋出售（或出租），地段適中，環境清幽，有意者請洽：溫州街××巷××號洪宅。」

劉露指著那張紅色招貼，對雅蘭說道：

「那個房屋離此不遠，我們前去看看，好嗎？」

「我們既不想買房，又不要租屋，去看房子幹嗎？」雅蘭隨口說。

「不瞞你說，我有興趣，陪我去看一下吧。」劉露再一次要求。

周雅蘭有些疑惑了，難道劉露想搬家？於是問道：

「露姊，是不是我們怠慢了，招待不周，不然你怎麼會有搬出去的打算、要看房子？」

劉露急忙解釋：

「雅蘭，請你千萬別誤會，我住在你家，舒適極了。只是我想，此來臺灣，既非短期可離開，就該做長期打算，買個房子，有自己的小屋，會有踏實的感覺，而且也是一種投資，不妨先去看看，好嗎？」

於是二人按址前往，原來那座房屋，位在巷尾，坐北朝南，屋後全是稻田。大概今年一期稻作已經收割，改種蔬菜，看過去一片綠地，頗有田園風味，倒像到了江南。劉露還未看屋，心中已經喜歡這個雖在市區而無車喧的所在。

走近一看，也是一座日式房屋，按了門鈴，出來一位中年婦女，禮貌地引進，換穿拖鞋，由玄關進入屋內，主婦很有耐心引導二人參觀每個房間。劉露覺得，房屋結構雖是日式，但內部格局、布置和間隔卻又相當西化。後院還有一個日式花園，頗有庭趣，予以極好印象，心中便有買下之意。

原來這所房屋最初主人，是個日本醫師，蓋了沒有幾年，戰爭失敗後要被遣返，於是把這房屋賣給了現在的主人，也是一位醫師，所以保持得非常完好，而現在主人洪醫師準備移民美國，因之要把房屋出售。劉露看得中意，就跟雅蘭悄悄商量，決定買下。當場講好，次日再和洪醫師面議。

吳熙方夫婦捨不得劉露搬遷，但都尊重她的決定，並且找了一位代書，協助辦理購屋、產權過戶等法定手續。經過一個多月時間，全部就緒，選了一個黃道吉日，住進新屋，原屋主且把部分傢俱和用具，留下贈與。雅蘭還特地從南部找來一位年輕女傭阿秀，幫助料理家務。於是一個簡單又舒適的小家，很快建立。劉露成了這家的戶主，心情愉快，滿心歡喜。

經過幾天收拾整理，阿秀工作勤奮，做事俐落，房屋看來煥然一新。最讓劉露高興滿意的，是布置了一間書房，她又裝置了音響設備，可以一邊閱讀書寫，一邊欣賞喜愛的樂曲，書房成了她最感溫馨的空間。此外，她還養了一隻小白貓，時時環繞在她身邊，做她的小伴侶，讓劉露覺得生活在這新天地中，身心舒暢。

和平東路有一所基督教的教堂，離她住宅不遠。某個週日上午，劉露散步經過教堂門外，很多信眾正往教堂裡走，有一位穿著白衣紅字上寫「神愛世人」背心的女性志工，走過來對劉露說：

「小姐，歡迎進來參加禮拜，聽聽基督福音。」

那時的劉露，從未進過基督教堂，當然也從未做過禮拜。過去除了幼年時跟著父母燒香拜拜之外，也從無任何宗教信仰的傾向，有時甚至對宗教還有不科學的疑惑。此刻，她因反正閒著無事，於是無目的地隨著志工的指引，隨著大家，進了教堂。

她找了一個座位坐定，看到正面講臺上，高懸一副金色十字架，背後三片長長的彩色玻璃窗，襯托出十字架的莊嚴，加上高聳的屋頂和樑柱，頗有宗教的神聖氣氛，倒讓素無宗教信仰的劉露，感到一股無形的力量，使人順服。

不一會兒，司琴奏樂，詩班唱詩，接著牧師上臺證道。他要求會眾打開《聖經》，翻到舊約〈箴言〉篇，講解「善惡的報施」，聽來與一般宗教「勸人為善」的宗旨，本質上並無不同，但真正抓住劉露的吸引力，則是詩班唱的聖歌，讓她感到無比優美，無比聖潔。心中自許，以後週日要常來教堂，參加禮拜。

當天，她的日記這樣寫著：

「今天，我一生中第一次走進基督教堂。我不是一個無神論者，而且至今尚無宗教信仰。我認為宗教離不開對宇宙和人生的探討，從探討生命中的奇異和希望而產生出勸善懲惡的教義，也不失為一種給世俗人的教育，所以我雖無宗教信仰的熱忱，但我並不排斥宗教的社會功能。因之對今天牧師的證道，大體都可接受。」

「倒是詩班的歌唱，實在令我感動，隨著他們天籟般的歌聲，我竟不由自主地跟著低聲吟唱。以前我為興趣、甚至為了職業而唱歌，但今天卻是由衷激動而唱出了我的心靈之聲。如有機會，我真想加入那個教堂的詩班。」

「一次的偶然，會不會把我這個宗教門外的遊蕩者，改變為門口的慕道者，或者進而成為門內的信道者？現在的我還無法回答。」

第二天，劉露上街買了一本《新舊約全書》的聖經，另外還買了一本由浸信會編印的《讚美神詩歌集》。

看來劉露已是門口的慕道者。

某日，吳熙方和周雅蘭來到劉露新家，十分欣賞書房的雅緻，當熙方看到書架上陳列很多英文書籍，突然對劉露說道：

「我想起來啦，前幾天和幾個朋友小聚，談到我們江蘇旅臺人士，創辦了一所初、高中皆有的完全中學，校名是『強樹』，正在招聘各門課的教師，你是香港威廉書院英文科系的優秀畢業生，又是江蘇人，如果你願意前去任教，我倒可以推薦，不知你的意下如何？」

周雅蘭一旁插口說道：

「這麼大好事情，吳熙方，你怎不早告訴我。露姊，你絕對是個好老師，我支持你去應聘。」

劉露一聽，也覺得這是相當合適的機會，而且符合她生平志願，不妨可以一試，於是接著說：

「謝謝吳董事長，如果校方真的聘我為教師，我會盡力做個好老師。」

隔天，是星期日，劉露又去教堂。這次是專誠前去，而非路過。她靜靜聽牧師證道，這次講的是耶和華的僕人約伯，雖然受盡屈辱、貧病、痛苦的折磨，始終不改敬畏上帝和對耶和華的忠誠，最後耶和華賜給他的比他原有的加倍。牧師講得相當費力，她也聽得有些吃力。不過她對詩班唱的聖歌依然十分感動，以致她在牧師帶領會眾作了祈福禱告之後，居然走到牧師面前，說道：

「牧師，請問我可以加入詩班唱詩嗎？」

牧師覺得有些意外，但馬上展出笑容答道：

「當然，當然歡迎。請問貴姓，我可以立即請負責詩班的弟兄過來，你們談談。」

從此，劉露成了教堂唱詩班的一員。以她過去歌壇的歷練，自然很快得到詩班班友和教堂執事們的喜愛，除了詩班中的一位姊妹表露有些妒意之外。

不久，劉露收到強樹中學校長來信，邀請參加該校教師陣容，並請短期內蒞校商討課程事宜。她沒想到學校行動如此之快，想必開學在即，於是迅即赴校，協議受聘為高中部英文教員，擔任高一、高二年級的英教老師。僅有十天，下學期即將開學。

當中學教師，對劉露來說，是她畢生最大的榮耀。看看她這天的日記中難得充滿了樂觀的字句：

「大概我來臺灣，可能是走對了地方，不然怎會近來一些事情，都是那麼順暢，很多在我一生中的『第一』經驗，接續來到，而且來得多麼自然。我『第一次』走進基督教的教堂，而且成了慕道友；我『第一次』參加了教會的唱詩班，而且做了固定的成員；我『第一次』做了老師，而且是高中的英文老師，這是我自幼憧憬的夢想，如今居然實現，是我生命中『第一次』享受極大的快樂。」

「聽牧師的證道，時常勸人要珍惜現在，活在當下；也勸人要站穩腳跟，把握眼前，別讓幸福從你手中悄悄溜走。牧師的啟迪，確是句句箴言，我當謹記。」

「現在的劉露，身兼三職：紡織公司的常董、高級中學的教師、教堂詩班的成員，這三項職務，必定盡我心力做得完善。但很好笑，我獨缺少了一項重要職務——家庭主婦。那是辛勞？是幸福？至今難以體會。也許明日太陽西下時，一切有了改變，誰也不知。」

時代的腳步不斷前進，人間的世貌也不斷在改變，光是周邊的生活環境樣態，就有很快的變化。和平東路馬路更闊了，人力車漸漸消失，代之而起的，先是三輪車，繼之是摩托車，再又是耀眼的計程車，連公共汽車都裝扮得漂漂亮亮。和平東路兩旁舊的房屋，拆的拆，改建的改建，一片更新繁榮景象。劉露住宅周圍的稻田，大部分蓋了新屋，搬來不少住戶，只是劉露無暇跟芳鄰們一一來往，不過人家都知道她是「劉老師」。

對於強樹中學的教職，劉露認為是她生活中最重要的一個區塊，所以投注了她全部心力和時間，為授課作業做準備。由於長期沉浸在閱讀書籍和寫作講義之中，眼力衰退，有了輕度近視和散光，因之開始配戴了眼鏡，看來更有老師的尊嚴。

之外，她仍然每週必到教堂做主日崇拜，參加詩班唱詩歌，且更經常參與教堂查經團契，研讀《聖經》，因之漸漸篤信：有宗教的存在，才有追求真理的熱力。宗教信仰，應該是引導人文走出黑夜的一盞路燈，沒有必要加以排斥。

於是劉露接受洗禮，成了基督教徒。

劉露算來年齡將近四十歲，她所經歷過的憂患和折磨，本已鍛練出堅毅能耐的性格。做了教師和基督徒之後，更知道謙卑和愛心，不作無益的事。

可是天上星月有固定的運轉，而人間卻有不測風雲。劉露再一次遇到超越想像的奇襲，其震撼力有似電掣雷擊，讓她恐怖得驚惶失措，幾乎當場昏倒。

那是如同平常的一個週日，劉露照例去了教堂，也照常聽道、唱詩、祈禱，可是當她唱完最後一首聖歌時，偶一抬頭，突然發覺會眾座中有位男士的目光，正對著她投射過來。這下一驚，非同小可，暗呼「那不就是章志安嗎」，果真魔鬼出現，我將如何應付？心中立即認定，走為上策。同時默禱，求主給她智慧和力量，面對未來。

劉露匆忙收拾自己的《聖經》、詩本和手袋，急著隨眾離開聚會大廳，剛到大門口時，一不留神，手袋掉在地上，正要彎腰去撿，卻被後面一位男士代她拾起，還很禮貌地雙手遞過，不是別人，就是章志安。劉露輕輕說了一聲謝謝，頭也不回，馬上快步離開了教堂。

慌張地跑了一段路程，有些氣喘，回首四望，無人跟蹤，方始放緩腳步。可是覺得實在有些不可思議，難道他會不認得她？或是她自己眼花錯認了人？回到家中，坐定之後，劉露認為事態嚴重，必須有所處置。

她決定向唱詩班請假，也不打算再去教堂，以免再度遇「鬼」。

當晚，她在日記中寫道：

「這是我一生中最驚悸、最恐怖的一天。那個離我、棄我，寡情又寡義的章志安，竟會突然出現，是上天的作弄？讓我平靜的生活掀起波瀾。」

「他會再次給我折磨？讓我再嚐他薄倖的苦楚？可是他又像不認得我，難道他在偽裝？或是我已變得使他認不出來？但我對他的魔影，永遠揮之不去，即使他已成為灰燼，我都不會認錯。無論如何，我須提高警惕，沉著冷靜，應付任何變局。」

「他怎會對我全不認識，實在匪夷所思。二十多年前的醜小鴨，變成熟女，是我老了嗎？還是他也老了、眼花了？不過，依照他的性格，果真認出了我，不會裝得若無其事。那麼畢竟時隔二十多年，彼此步入中年，不免都有風霜。但有一點可以肯定，當年的我，在他腦子裡，根本沒有任何印象，即使奪我童貞那晚，也未留下絲毫情分。今日重逢，只是孽債未了，夫復何言！」

「其實我和他在情分上，自始沒有對稱，他在雲端，我在泥壤，所以相見不如不見。或許我該相信林語堂的話：『避之是幸，不避是命。』」

章志安在抗戰期中，從棄離劉寶枝以後，曾去重慶北碚的復旦大學擔任助教，嗣以同盟軍在緬甸聯合作戰，他投筆從戎，做了國軍的翻譯官，直到戰爭勝利，被派參加政府接收臺灣工作。但不久又棄政從商，經營臺灣茶葉外銷業務，獲利頗豐。於是又開了一家餐廳，不幸被吃倒帳，不得不關門大吉。再後改營進口貿易，代理歐美名品，勉可維持。

來臺初期，章志安請了一位臺籍女士做他日語家庭教師，日久生情，兩人成了夫妻。但那位岳母，頗有省籍差別觀念，極力反對他們成婚，只因木已成舟，勉強接受。不過，之後他們生了二個孩子，岳母堅持由她撫養，不准他們和生父同住一起，隔絕父子之間親情，其荒謬行為，豈能容忍。但為維持婚姻，章志安無法打開僵局。不幸妻子得了重病，竟告不治，於是章志安失了兒子，失了妻子，又失了家庭，依然回歸獨身。

說來很難令人相信，劉寶枝是怎樣形象，章志安壓根兒不曾留有任何印象。打從第一眼看到令他反感的女孩之後，從未再有一次正視，容貌如何？五官怎樣？完全沒有任何概念。甚至黑夜奪她童貞那晚，也未看她面相。到了祁門，依然不屑一顧。之後，再也沒有會面，而寶枝現又戴了眼鏡，所以這次教堂巧遇，章志安撿起手提袋遞給寶枝時，只是略盡禮貌，並未在意對方是誰，也還合理。

但對寶枝而言，這次奇遇，著實讓她驚惶，因之沒有再去教堂。隔了一週、二週、三週，每次週日崇拜，她都缺席。可是章志安每週都去教堂，因為他還拾到一件絲織的小飾物，想必是那個手提袋的附件，應該歸還同一失主，而一再未遇，於是他向詩班裡的一位女同工問道：

「請問你們詩班裡有位戴眼鏡的女士怎麼好久沒來啦？」

「大概自己覺得唱不好吧。」那位本有妒意的女士嘲諷地答。

章志安討了一次沒趣，只好另找一位男性同工再問同一問題，據答：「她已向牧師請假了。」

於是章志安走向已在教堂門口的牧師，恭敬地問道：

「對不起，請問牧師，這裡詩班有位女士，很久沒來，她是告假了嗎？」

牧師打量一下，看他文質彬彬，不像壞人的樣子，隨口答道：

「喔，你問的是劉老師嗎？她請假啦，你有事找她嗎？」

「是的，我想交還她的一件失物，不知有無她的地址？」志安謹慎地再問。

「我們只知道她是強樹中學的英文老師，不清楚她的住處。」牧師再答，順便又再多看了他一眼。

章志安一鞠躬致謝，離開了教堂。

一個多月前，章志安在教堂，注意到詩班一位女士，被她的歌聲、氣質、儀態深深吸引，認為是他最欣賞、最喜愛那一類型的女性，恰巧他又撿拾了她的手提袋，認是天賜良機，可以接近芳澤，表達傾慕之意。未料從此失去蹤影，現在聽說她姓劉，是強樹中學的英文老師，甚為高興，決定前去強樹探訪。

一天下午，志安到了臺北市汀州路強樹中學門口，正在張望，門房內的一個守衛，出來問話：

「請問你要找誰？」

「喔，我要找教英文的一位劉老師，她是女老師，可否請你通報一聲？」章志安答。

「我們這裡有二位教英文的女老師，都姓劉，不知你要找的是哪位？還有你貴姓？」門房再問。

「我要找的是戴眼鏡的劉老師，我姓章，文章的章。」志安再答。

「那就請你等一會兒，我進去看看。」門房說罷，往校內走去，此時校內鐘聲響起，下課時間到了。

劉露一個月來，沒再受到驚擾，心情較為安定。今天下課，正在收拾書本，預備回家，門房老孫進來報告：

「劉老師，外面有位訪客章先生，說要找你，可否請他進來？」

劉露知道惡魔遲早定會找上門來，但不想在此刻見面，便交代門房說道：

「老孫，謝謝你，請你告訴那位訪客，就說我已經下課離校。」

章志安聽說劉老師不在學校，只好怏怏離去。

劉露從學校後門離開，回到家裡，猶自栖栖不安。心想既然「避之是幸，不避是命」，如果真的無以躲避，那也只能算是宿命。她把小白貓抱在身邊，暫時得到些微安慰，也想做點心理準備。

她進一步左思右想，章志安既然認不出她，那麼即使和他見面，也就未必會有即時的危險，但如何應對，還得斟酌。這樣難題，沒有知心好友可以商量。周雅蘭近幾年來雖然交情深厚，但從香港初識到今，從未談過她早年的身世，當然不便與之深談，讓她感到有些孤單。好在明後兩天無課，又逢週末，還有充裕時間可以深思。

章志安鰥居數年，常去基督教會，原想借助心靈陶冶，靜度餘年。沒有想到那教堂驚鴻一瞥，重又燃起情與愛的火苗，因之他想振作心情，準備展開熱烈追求，希望用他的真誠和熱情，感化他心中的偶像，達成願景。

另一方面，劉露經過三天的思慮沉澱，做好了心理準備，不再空自煩惱。照常到了學校，照常授課。再隔三天，學校門房老孫又來報告，那位章先生再次來訪，劉露吩咐，請在會客室稍候。

那是一場奇特、矛盾，又複雜的會面。一個當年魔鬼般的暴君，來會晤被他憎恨、厭惡、又拋棄的童養媳而不自知，反倒視為天使般的聖女，要來追求？另一個當年受盡屈辱欺凌的弱女子，由於他的絕情而顛沛流離，如今卻要面對惡魔，裝做陌生、不計宿仇、化敵為友？真是難上加難。

坐在會客室等候的章志安，看到劉露從另一扇門進來時，立即站起，禮貌地帶著微笑，趨前說道：

「劉老師，你好，我冒昧前來拜會，因為我在教堂地上撿到另外一件小飾物，想必也是劉老師手提袋上掉落的東西，所以特地過來奉還。」說著從身上口袋掏出那絲線編製的「兔寶寶」，送到劉露面前。劉露一看，確是她遺失的小飾物，只好伸手接過，一面看著章志安斯斯文文的模樣，一面冷冷地說道：

「謝謝章先生，就為一點小東西，親自送來，不好意思。」

章志安緊接說道：

「這是應該的。另外，昨天我買了兩本英文原版的書，一本是一位女作家 Virginia Woolf 寫的《A Room of One's Own》，敘述女子尋求知識時的困境；另一本是賽珍珠 (Pearl S. Buck) 的小說集，大都敘述中國農民生活的艱苦。我想劉老師教英文，也許讀過，但我還是買來送給劉老師，或可溫故知新。」

劉露絕沒想到，她現在面對的章志安，和三十年前初見時、以及後來許多年間那樣桀驁、暴烈、蠻橫的章志安，完全判若兩人，讓她無法繼續冷面相向，同時也相信他已真的全不相識。於是只得微笑答道：

「這兩本名著，我在香港求學時都曾讀過，不過都是向圖書館借來的，現在你讓我自己擁有這兩本書，真很謝謝。」

兩人又簡單寒暄幾句，章志安告辭前，再度表示誠意，說道：

「過幾天我想請劉老師吃個便飯，不知劉老師能否賞光？」

「謝謝，以後再聯繫。」劉露並未斷然拒絕，只是隨意回答，而作拖延之計。不過她的危機感顯然已經大為降低，也有且看往後如何演變之意。

章志安懷著滿意、也懷著滿腔熱望而別。

經歷過戰場、職場、商場的磨練，有挫折，有成功，章志安在性格和修養上確有若干改變，不如以往偏執，知所內斂，因之劉露認為他前後判若兩人。但他婚姻不順遂，從幼年反對父母作主娶童養媳為妻，到和朱佩華自由戀愛的失敗，以至在臺再婚而又中年喪偶，他的感情世界始終沒有一所溫馨的園地，讓他一直感到落寞。

最近遇到的劉露老師，章志安直覺地認為正是他要尋找的、可做終身伴侶的對象，所以竭力想法要和劉露接近，多次邀約共餐、登山、旅遊，劉露則一概未作肯定回應，主要原因當然是受過太多創傷，不能不有適當防衛，以免再陷泥淖。

有天下午，章志安再度到訪，因為學校門房對他已經認識，於是直接引他進了會客室。劉露剛下了課，知道他又來訪，便到會客室與他會晤。志安一見面，立即說道：

「劉老師，對不起，我又來打擾，因為今天中山堂有個江蘇名賢書畫展覽，我知道劉老師也是江蘇人，所以特來相約同去參觀，不知劉老師是否有空？」

那是下午三點，劉露確已無課，而那天天氣晴朗，心想不便堅拒，同時也想藉此對他增加瞭解，於是答道：

「好呀，章先生有意欣賞字畫，我也滿有興趣，可以奉陪，是否現在就去？」

章志安喜出望外，立刻到校門口外，雇了一輛雙人座的三輪車，同往中山堂。志安為示尊重，特意讓兩人座位保留三吋距離。路上劉露首先開口問道：

「章先生是研究文學的？」

「不，我是唸農業化學的，過去也做過農化的工作。來到臺灣之後，曾任公職，後來改行，現在經商。劉老師呢？教書之外，還從事什麼業務嗎？」章志安既答又問。

「我一心教書，雖然有一點投資在紡織工業，但不需要直接參與經營，所以做個全職教師，滿愉快的。」劉露答道。

「劉老師來臺不久，這是個美麗寶島，景色秀美。如果想要遊覽，我可擔任導遊，不知府上還有幾位？」志安接著問道。

「喔，我是一人在臺，章先生你呢？」劉露反問。

「不瞞你說，內人三年前因病去世，二個孩子由外婆撫養，我實際上也是單獨生活。」章志安坦白相告，目的也在表白自由之身。

說著，三輪車已經到達中山堂，志安付了車錢，兩人拾階進入中山堂內。

書畫展覽會場，四壁掛滿名家字畫，琳瑯滿目，會場氣氛，寧靜中帶著讚美之聲。突然間，劉露身旁一位女士，轉身抱著她的兩肩，歡喜地說道：

「劉寶枝，果真是你，我們終於又相見了。」

劉露被這突如其來的呼名和動作吃了一驚，定睛一看，也不禁失聲說道：

「是你，張亞莉，太好啦，我們會在這兒相遇，十多年啦，我一直都在念你。」

兩人緊緊擁抱，旁若無人。站在一旁的章志安一聽「劉寶枝」三字，大驚失色，立時天旋地轉，驚惶失措。他日思夢想要追求的劉老師，竟是被他拋棄的童養媳婦？如是真的，我哪有顏面在她眼前出現？他自言自語暗暗說道：

「不可能，不可能。這劉露老師聰穎智慧，怎能是那愚昧村姑劉寶枝可比？是我昏瞶？是我眼盲？」

此時的章志安，無暇細想，只想立即躲避，於是匆忙說道：

「對不起，我臨時想起有事，先走啦。」說罷，立即快步離開。

張亞莉有些錯愕，但劉寶枝當然理解，早晚會有這個局面出現，她也理解章志安的反應，一定是充滿矛盾和複雜，所以她立即對著張亞莉平靜地說道：

「沒有關係，這事說來話長，我們看完展覽，再去明星咖啡館喝個下午茶，慢慢細說從頭。」

張亞莉看到劉寶枝這麼平靜，認為應該沒有什麼大事，所以兩人觀賞字畫完畢後步出中山堂，不料正在下著傾盆大雨，於是回進中山堂內附設餐廳飲茶，以便長談。亞莉先問：

「剛才那位是誰？怎會瞬間變臉？看樣子好像受了什麼重大刺激，急忙離開。」

寶枝開始長嘆一聲說：

「一言難盡，這場豪雨來得正是時候，希望能夠洗掉我半生的積怨。世事無常，也許今日這場豪雨象徵我人生變天的開始。亞莉，你我曾是同室好友，可以無話不談，跟你傾吐往事，可以解我一些宿悶，即使消不掉多年的創痛。」

亞莉立即答道：

「我願洗耳恭聽。」

舊友重逢，寶枝侃侃而談，歷訴上饒別後種種情節。說到冤抑之處，亞莉為之憤慨。談到顛沛流離之苦，亞莉一掬同情之淚。講到有所成就，亞莉為之高興。最後提到與章志安在教堂奇遇，一直到今天發生的狀況，亞莉聽了連說：

「傳奇，真是傳奇。首先我要對你的毅力和睿智表示欽佩，你的故事，就像一部感人的小說，不過這部小說的結局，是悲是喜，主宰在於你。我相信你會有明智的抉擇。」

「亞莉，坦白說，我現在方寸已亂，請你替我想想，如何收拾這個局面，幫我出個主意。」寶枝說道。

張亞莉想了一下，表示她的看法說：

「以我之見，如果章志安認過懺悔，痛改前非，向你賠罪，並且真誠求恕，求續前緣，未始不是一件好事，那你不妨予以寬恕，接受他的悔改。說不定他用贖罪的姿態，彌補前愆，對你愛護有加，那樣破鏡重圓，你的後半生還可享受一段美好姻緣。」

寶枝沉思半晌，答道：

「謝謝你的意見，恐怕也只有作如此想了，且看章志安如何表現。」

張亞莉和劉寶枝繼續交談，也交換了地址和電話，對十多年來的人生變化，彼此感慨系之。待雨勢稍停，兩人告別。

劉露回到家門，小白貓已經守在門後，繞著她的腳步，跳跳蹦蹦，跟前跟後，還對著她「喵、喵」，搖搖尾巴，躍到她身上，倒是給她不少安慰。

晚餐後，就寢前，劉露寫下當天的日記：

「名字改了劉露，真的如同朝露，經不起晨光掃過，頃刻化為烏有。命運如此作弄，到了惡作劇的地步，我只能嘆，『造化弄人』。」

「身分真相，早晚總要大白，君若有情，我可無憾。但何以竟又頭也不回，手也不揮，揚長而去。是惱羞？是愧對？歸根結柢，到底誰誤了誰。」

「也罷，不必追究，幾十年的恩怨、是非、對錯，也讓它如同朝露。亞莉說的不無道理，果真他有悔意，有贖罪的真誠，三十年後再續前緣，莫非也算一段佳話。」

「如今我已成為基督教徒，我要呼喚主的聖名，祈求垂聽我的禱告，是新生？是再生？甚至是往生？一切交託給主，全靠主的恩典！」

章志安在極度震驚下，冒著大雨，衝出了中山堂，回到住處，倒在床上，掩面大哭，悔恨交集。悔的是悔不當初，恨的是重逢卻不相識。她到底是劉露？還是劉寶枝？讓他撲朔迷離，一頭霧水。在過度激動之後，他終於回歸冷靜，想來想去，他必須破解這個迷團。經過徹夜反覆自省，得出幾個重點：

• 當年我對劉寶枝的欺凌，是粗暴的幼稚之舉，以後我奪了她的童貞，又任性把她拋棄，更是寡情寡義的可恥行為，我應向她認罪。
• 如果劉露確實就是劉寶枝，那我對寶枝素有的純良和高尚品德，全無認知，證明我的愚昧和偏執，更錯怪了父母給我所作的選擇。

・我既對劉露十分傾倒，就無理由厭棄寶枝。再說她原本是我媳婦，只要我能真誠悔過，以她的善良，給我寬恕，破鏡重圓，或非奢想。

・感情方面，我已半生蹉跎，如今上天重賜機緣，不能再又錯過，我必全力追求這遲來的幸福。

作了這番深切的檢討，章志安心意已決，心情漸趨平靜。

教堂門頂的鐘樓，大堂裡面高懸的十字架，始終是劉露心靈所繫的物體。她又回去教會，照常參加主日崇拜，回到詩班和大家合唱讚美詩歌，心境安寧，教會是她的家。

這天她去教堂，牧師證道的講題是「包容和寬恕」，引用了《箴言》第十九章第十一節「人有見識，就不輕發怒，寬恕人的過失，便是自己的榮耀」，又引《以西結書》第三十三章第十九節「惡人轉離了他的惡，行正直與合理的事，就必因之存活」，對她特別有所啟示，因之這天崇拜結束時，劉露懷著領悟和感恩的滿足，回到家中。

剛剛坐在客廳，小白貓很快跳到劉露身上，讓主人給牠撫摸。阿秀端來一杯清茶，正要啜飲，門鈴叮叮響起，阿秀去到玄關開門，看到一位未曾見過的男士，要想進來，阿秀立即高聲說道：

「小姐，有位先生來啦！」

劉露一看，來者竟是章志安，她並不意外，但奇怪他怎會知道這裡地址，志安卻已開口說道：

「對不起，實在抱歉這樣冒昧過來拜訪。剛才我也去了教堂，坐在最後一排邊上，看著你離開時，悄悄隨在你的後面，來到這兒，請原諒我的造次。」

「你居然在跟蹤我？」劉露立即正經地反應。

「怎敢，我是來負荊請罪的，我可以進來嗎？」志安禮貌地問。

「請進。」劉露簡單地回答。

章志安走進客廳，還未就坐，就對著劉露，深情地說：

「寶枝，請原諒我這樣叫你，儘管我以前從未這樣喚過你，而且你現在又改名為劉露，但我希望『劉寶枝』的過去可以遺忘，而你的真名真姓要在歷史中復活。」

劉露打斷志安的話，插口說道：

「慢著，我一樣珍惜我以前的名字，不過舊日的創傷，無法遺忘。你說今日是來負荊請罪，那就聽聽你的說法。」

於是志安在沙發上坐定，繼續說道：

「不錯，我必須承認，早年我對你的所作所為，全是絕對的錯誤，可以說是不能寬恕的罪過，理應得到懲罰，至今我仍無家無室，也許就是報應。但對受害者的你，並無任何報償，是不公平的。現在上天有眼，讓我們異地重逢，就是給我有報償的機會。我決定要用我生命的餘年，實心實意，真情真意來陪伴你，保護你。講白一點，我會永遠愛你，不再和你分離，來彌補我的罪愆和對你的虧欠。寶枝，我這些話，都是出自肺腑，可以說是我的誓言，請你相信，現在的我，不再是當年的章志安，我將信守我的諾言，絕無異心。」

章志安經過幾天的反思自省，一股腦兒把想說的話傾吐而出，並且愈說愈興奮、愈自責，倒讓宅心仁厚的劉露有點愧忸，也很感動，真是早知今日，何必當初。不過，劉露還是保持沉穩，緩緩說道：

「你既稱我寶枝，我就叫你志安。我相信你的真誠，也尊重你的誠意。人生之中，有很多等待，往往有人犧牲現在，等待一個不可知的未來。我寶枝等待了三十多年，等到了如今的現在，我豈能再作另一個等待？也罷！生命旅途已經走了一大半，既然註定還要走上同一條道路，那就應該小心腳步，但願一路平安。」

聽了寶枝含義深長的話，志安如獲大赦，他的願望未被拒絕，反有互勉的鼓勵，於是站起身來，感激地說道：

「謝謝寶枝，你的寬容，將是我重新做人最寶貴的資產。」

小白貓一直偎在主人的懷裡，好像聽懂了主客間的對話，「喵」的一聲，歡喜地跳開去了。

時已過了中午，章志安正要告辭，寶枝便道：

「何不就在這兒用個便飯。」

志安當然卻之不恭，阿秀已經準備好了二人份的午餐，簡單可口，氣氛和諧，而這卻是三十年來二人第一次單獨同桌共餐，二人心中，不免各有酸辣不同的滋味。席間隨便談了一些瑣事，也提到志剛夫婦攜同二個孩子移民去了美國，只是不再重提二人間的往事。餐畢，章志安欣然辭別。

章志安以行動展露誠意，沒有半分虛假。劉寶枝自認本該就是章家媳婦，也無半點勉強。於是兩人經常同去教堂，同去郊遊，同看電影，像似回到了青春年華。

一個週日，晴空萬里，豔陽高照，二人同去陽明山賞櫻，眼見一片花海，姹紫嫣紅，美不勝收。有條小道，曲徑通幽，來到一座亭子，正可小坐休息。不料志安突然對著寶枝單腿屈膝，作了一個現代式的浪漫姿勢，讓寶枝嚇了一跳，驚問：

「你這是幹什麼？快起來，我們可以坐著談話。」

「我是向你求婚，你若答應，我就立即站起。」志安很正經地說著，還是保留原來姿勢。

「三十年前我已經是你的妻子，現在還要求婚嗎？」寶枝說。

「過去只有婚契，並無婚姻，我現在向你求婚，是要完成那個殘缺不全的婚姻。不論這是破鏡重圓，還是燕爾新婚，請你答應，我們舉行婚禮，走上紅地毯，成為正式又合法的夫妻。」志安表達了愛心和決心。

於情於理，寶枝無法拒絕，只能回答：

「好罷，聽你的，可以站起來啦。」

章志安即刻站起，伸出手臂，對寶枝作了三十年來從未有過的擁抱，一邊從口袋裡掏出一個盒子，一邊輕聲說道：

「謝謝你接納我，這兒有件禮物，作為我們團圓給你的獻禮，請你把它打開。」

寶枝有些詫異，順手接過盒子，拆開包封，裡面乃是一串晶瑩明亮的珍珠項鍊，不免帶些責怪地說道：

「你不該花費去買昂貴的首飾，感情是不需裝飾打扮的。」

「西方禮俗，有所謂金婚銀婚紀念，代表婚姻的長長久久，珠婚代表的時間是三十年，我們的婚姻關係不是也有三十年嗎？就讓這串珠鍊象徵前三十年再有後三十年，不好嗎？」志安像是很有理地解釋。

「那我只能收下，謝謝啦。」寶枝收下禮物之後說道。

這天陽明山的空氣，特別清爽，陽光比月光更有情調。

這天，寶枝寫下了她的日記：

「我的人生旅途，一向不是平靜無波，今天又是一次新的轉折。」

「三十年恩怨情仇的長跑，一路跌倒、爬起、再跌、再跑，如今只待衝過那條終點線的繩帶，便可休止。別看那輕飄的一條細細繩帶，卻是考驗長跑者意志和毅力的象徵。尤其我背負童養媳的十字架，孤身獨行，長年飄零，真的累了。至望這次可以休息。」

「最可告慰的是章府二老，他們所期望的事，可以實現了。我曾按捺指印、而且承諾履行的婚契，現在可以生效了。雖然遲了三十年，他們不能親眼看到，但我相信，他們在天之靈，一定笑著點頭，欣然同意。將來如果時局許可，我必和他同到二老墳前，磕頭致敬。」

「所有發生的這一切，還是感謝主的恩典，沒有主耶穌基督的眷顧和庇護，就沒有今日的成全，特別是教堂的重逢，全靠主的安排。我該不斷禱告，不斷感恩。」

劉露要和章志安結婚的喜訊，很快傳遍了和平東路教堂和強樹中學的同仁，無不高興。她告知了香港的好友——羅福成和張效莊夫婦，也陪著章志安拜訪了吳熙方夫婦，親自面告婚事，還約了張亞莉來家小敘，同樣告知了喜訊，大家都為他們的姻緣慶賀祝福。

最歡欣、最熱烈的是教堂同仁，從牧師到執事人員和詩班歌友，都為劉露的婚禮忙著籌備，讓整個教堂充滿喜樂，就像家有喜事一樣。

一九五九年五月三十日清晨，無線電收音機播報氣象，提醒民眾，今日臺灣北、中部有雷陣雨。

這天，臺北市和平東路浸信會教堂，忙著為主內章、劉兩人在此舉行婚禮，顯得喜氣洋洋，教友、親友坐滿一堂，詩班合唱團全部換了新的袍服，看來格外喜氣。

牧師主持婚禮，讀經、證道之後，先問章志安：

「章志安，你願意娶劉露為妻，不論貧困、病痛、災難，一生都要愛護、照顧和幫助她嗎？」

「我願意。」章志安明朗地回答。

牧師接著又對劉露問道：

「劉露，你願意以章志安為你丈夫，不論貧困、病痛、災難，一生都要愛護、照顧和幫助他嗎？」

「我願意。」劉露同樣清晰地回答。

這時，牧師對著二人朗聲說道：

「現在我正式宣布，章志安和劉露成為夫妻，永遠相親相愛。」

隨著詩班唱起讚美詩歌，整座教堂迴響著愛的歌聲，全體會眾和觀禮的朋友，紛紛趨前向新人祝福道賀。一對新人在司琴彈奏〈婚禮進行曲〉的樂聲中，攜手步出教堂。

出得教堂，天空籠罩著一片陰霾，有山雨欲來之勢。教堂門口停著一輛整潔如新的計程車，是志安和劉露計畫在婚後去日月潭蜜月旅行包租來的交通工具，大家歡送新人登車，在「平安、快樂」的祝福聲中，揮手道別。

座車離開臺北市，走上縱貫線向南行駛，過了桃園，已經開始小雨，再往前行，快到新竹，風驟雨急，雨點打在車窗，好像彈珠打在玻璃，劈拍聲響十分驚人，志安和劉露二人坐在後座有些驚惶，頻囑駕駛小心。稍後進入新竹、苗栗山區，地形峭陡、路線彎曲，車行較為困難，正在向上爬坡，左方下坡突然出現一輛貨車，車頭搖擺，有些失控模樣，天雨路滑，剎那間朝著上行的小轎車迎面撞來，小車駕駛無法閃避，轟然一聲巨響，連車帶人，翻滾墜到崖谷之下，志安和劉露兩人緊緊抱住，祈求主佑。再一瞬間，車輛直落谷底，又一巨響，志安、劉露兩人都已失去知覺，在劇痛之下，陷入昏迷。

不知道那是天命？天意？還是天譴？

原是一次「重圓之旅」、「蜜月之旅」，如今成了「永訣之旅」、「死亡之旅」。何其殘忍，何其冷酷。難道當年趙半仙批的八字，說他們不很相配，真的靈驗，連做了功德，也不能解厄。莫非他們前世真有化不開的冤或仇，今世有了報應？在劫難逃？

二天之後，躺在病床上的劉露，微微睜開眼睛，一看四周都是白色，身上綁著紗布繃帶，左腿被吊在掛架，臉上還插著兩根細管，便知現在人在醫院，但過去二天出了什麼大事，她完全想不起來。過來一位白衣護士，看到劉露眼睛微開，大為高興，說道：

「太好啦，你終於醒過來啦。」一邊給她量血壓，一邊又說：

「恭喜、恭喜，你能醒來，真是天大好事，我馬上去請醫師過來，給你診察，這是主任醫師交代的事。」

「謝謝小姐，請你先告訴我，這是醫院嗎？又是怎麼回事？」劉露用極微弱的聲音問道。

「這裡是省立新竹醫院，前二天下午警政單位用救護車把你們三個人送來急診處，說你們車禍受傷，不幸那位汽車司機到院時已經沒有生命跡象，……」

「噢，那我的先生呢？」劉露仍很軟弱地對著護士問。

「喔，那另一位是你先生？他現在還沒清醒，請你稍等，我馬上去請醫師過來。」護士一邊回答，一邊走了出去。

劉露的意識，逐漸恢復，正在思索車禍之前的情景，醫師在護士陪伴下進來，說道：

「我們已經給你做了全身檢查，腦部和體內各臟部位，都屬正常，但右臂和左腿都有骨折，髖關節強度受傷，恐怕都要動手術。還有，章太太，當你們被送來急診時，醫院不知道你們的姓名和身分，後來警方從吊起的破車中，找到你們的行李包，方始發現你們剛在前天結婚，是一對新婚夫婦，我們為你們的不幸事件，感到萬分遺憾。」

「章太太」三字，是劉露有生以來第一次聽到的稱呼，像電擊一樣，刺激了她的精神，立刻淚流滿面，急切地問道：

「章先生現在怎樣？他傷得不嚴重罷？」

「唉，他是腦震盪，重度的腦震盪，目前仍在昏迷之中。」醫師皺著眉頭說道。

劉露聽了大吃一驚，幾乎又再昏厥，又想掙扎起床，但是一陣劇痛，動彈不得，只能暗泣。護士小姐連忙上前安撫，醫師同意給她服用鎮靜劑，讓她休息。

省立新竹醫院經過慎重研究討論，認為二人病情嚴重，必須轉到臺北的臺大醫院治療，商請警政單位轉告病人家屬，辦理轉院手續，但是警政單位尋找章志安住處無人答詢，幸好和平東路教堂和裕台紡織公司隔日都在報紙看到車禍新聞，自動向警方查詢，果然證實車禍受害者正是章、劉二人，實在難於置信。於是決定由警方陪同吳熙方夫婦和教堂牧師前往新竹醫院探視。

警方約集了吳熙方夫婦、張亞莉和教堂牧師一同到了新竹醫院。

那是一場悲慟、淒慘的會面！

僅僅二天之前，剛為這對新人祝福，如今進入病房，看到痛苦呻吟中的劉露，再又看到另間病房內仍在昏迷中的章志安，忍不住個個掩面飲泣，誰知禍福無常，竟罹如此大難，不由得感到人的生死，只在旦夕之間，慨嘆不已。

周雅蘭和張亞莉二人分在病床兩邊，與劉露臉頰相貼，握住她的左手，默無一言。因為遭遇這樣的大痛，豈是三言二語，所能安慰。特別是雅蘭心想，劉露來臺，是她一手促成，更是深深自責，無以自宥。三人貼臉，淚水交迸，已經濕透枕巾，猶未自覺。

新竹醫院和臺大醫院聯繫轉院後，派出二輛救護車，分載二病人迅速開往臺北，經臺大會診檢查，結果為：章志安的昏迷指數已降為三，死亡機率極大，即使勉強維持生命，也可能成為植物人；劉露生命無虞，但臂腿骨折，需動手術，裝置鋼釘鋼條，髖骨部分也需手術換裝人工關節，復健時間約需半年。

志安和劉露分別住在二個病房，劉露獲得醫師許可，每日可由護士推著輪椅，過去探望志安，雖然志安全無意識，但她每次到他床邊，必定跟他講話，悄悄地跟他說，未來家庭生活的樂趣，家裡後院種什麼花草，共同閱讀什麼書籍，甚至希望生育幾個兒女等等，完全把他當成正常人一樣談話。有時志安嘴角微動，她就異常高興，認為他有反應。伸手放在志安臉上，不停撫摸，不停哭泣。護士小姐一旁看了心酸，怕她自己病體承受不起過度傷慟，只好把輪椅推開，回她自己病房。

周雅蘭、張亞莉和詩班的殷女士三人商定，每天輪流陪伴劉露，防她萬一有個輕生念頭。

的確，劉露有過這樣的想法。她想天威難測，神明難解，大概她和志安真的無緣，既然不能與他相守，生而不能形影相依，倒不如死而可以魂夢相接。有情無緣，留著一具失去至愛的軀殼，沒有生命存在的價值，不如歸去。

一天，教堂的牧師，來到醫院探望劉露，他引用《聖經》中主的話語「你們已經有的，總要持守，直等我來」，對她說：

「主讓你獨生，必定對你有所差遣，現在正是主對你苦難的試煉，給你意志的磨練，因之你要接受考驗。」

十天後，醫師宣告，章志安已經腦死，心臟已經停止跳動，各項搶救無效，確定他的死亡。

劉露淚已流乾，又將立即接受三項手術，她知道，唯有把一切交託主的手中。施行手術結果，劉露的右臂、左腿必須截肢，她知道今後將要過著殘障者的日子。人生原來就是如此殘酷，而這是現實。

劉露經過手術後，身體虛弱，但意志清楚，她更知道，有些事情，必須交代清楚。於是她要求周雅蘭轉為拜託吳熙方代辦二件事：第一件，找位律師，替她聲明拋棄她對章志安遺產的繼承權，把他的全部財產留給他的兩個孩子。第二件事，章志安的遺體火化後，把他的骨灰交給他孩子，讓他們可以把他們父母的骨灰，合併安置在善導寺內，以安遺靈。

劉露如此決定，因為她已徹底領悟，凡不屬於她的，就不是她的所有。單獨一人來，單獨一人走，是她的宿命。她只能專愛上帝，不能再愛任何人，也不能接受任何別人的愛，只能接受「神愛世人」的愛。所以她要寧靜承受這份「單獨」，不再怨尤，也不再懼怕寂寞。永恆的寂寞。

將要出院前一日，劉露病房來了一位稀客，來者不是別人，乃是羅福成。他的來訪，好似給劉露注射了一劑強心針，從她臉上看到了個把月來沒有見到的笑容。

羅福成解釋，接到她的結婚喜訊，原想立即過來祝賀，只因正有重要業務待辦，一時不能離港。沒有想到第三天又獲車禍噩耗，讓他更想馬上飛臺，但因案件處理有些周折，以致延到現在方能過來。他在劉露額頭輕輕一吻，表達歉意，而且說明，他已向公司請假一週，專誠來臺伴她病後休養。

這份遲來的慰問，真給千悲百哀中的劉露帶來無限溫暖，讓她有勇氣重新點燃生命的火花。

第二天，吳熙方、周雅蘭夫婦、張亞莉、殷女士、羅福成等一行，護著劉露出了臺大醫院，吳熙方特由公司調來一輛中型廂車，方便劉露和她的輪椅一併抬進汽車後座，然後直駛劉宅。

到達自家住宅門口，劉露還未下車，已經悲從中來，淚流滿面。時間相隔不過一個月，卻似恍如隔世。這熟悉的門庭，變得陌生，竟然有點膽怯，不敢下車進門。幸好阿秀忠心耿耿，急忙上前托住女主人的兩腋，扶助下車，推著輪椅進門。小白貓也跟往常一樣，跑跳過來，迴繞在主人腳邊，但牠不知道主人已經不能走步，「喵」了二聲，躍到主人身上，讓劉露感到些許親切。

阿秀已把房屋收拾得乾乾淨淨，大家都勸劉露進房休息。吳熙方夫婦和詩班殷女士因為有事，先行告辭。留下羅福成和張亞莉，願意陪她同用午餐。

三人曾是抗戰時期的患難朋友，有許多往事是共同的回憶，可做知心的話題。特別是羅福成聽到劉露意外災禍，很快從香港過來慰問，這種關懷熱情，讓劉露深為感動，不愧為多年知心好友。

午餐時，羅福成除了向劉露轉達張效莊夫婦悼唁並勸節哀之外，把他這二天來為劉露未來所作的思考，坦率提供他的意見。他說：

「寶枝，我們是老友，恕我直言。第一，你真的要停止悲慟，免傷你的身體，並且認真做好復健功課。第二，你應堅守你的宗教信仰，做一個虔誠的基督教徒，對你身心有益，所以等你病體稍好時，還是多多參加教會的活動。第三，你不要辭去教師的工作，可以減少一些課程，但不能全部放棄。你會知道，推了輪椅進教堂和進教室，你會享有格外滿意的感受。第四，也是我給你最重要的建議，希望你善用寶貴的時光和英文造詣，把你一生極不平凡的傳奇經歷，寫下你的故事，用英文創作一部感人的鉅著，並用你左手單手打字，完成寫作，我想書成之日，必將是文壇的一件盛事。以上所講，不知你意下如何？」

羅福成的句句箴言，深深感動了劉寶枝的內心。在她哀傷欲絕的時刻，有此金玉良言，猶似暮鼓晨鐘，讓她清醒又感激，因之帶著半泣半語的聲調答道：

「教官，謝謝你，每當我在困厄無助時，你都會及時伸出援手，給我提示應變的道路。你是我生命中的貴人，我一定聽你的指點，前面三點，完全遵照去辦，第四點寫書的事，我會盡力嘗試，希望能夠做到，但還需大家的鼓勵。」

寶枝委婉的說詞，讓羅福成和張亞莉聞之動容，肯定她是個堅強的女性。亞莉還特別說：

「我對你有極大信心，羅教官的高見，我全部贊成，如有需我效勞的地方，我會全力配合，希望你能重振精神，而且我也相信，你肯定能夠做到。」

羅福成預定一週假期，在他返港之前，每天來到寶枝住處，陪她閒談聊天，給她打氣，予寶枝的復原有很大幫助。他們也討論了其他幾個問題，其中羅福成表示：

「寶枝，你在香港的房產，我代你保管，這幾年來出租所得租金累計將近三十萬港幣，都存到你的銀行帳戶，你有沒有如何處置的長期打算？」

「謝謝教官多年代勞。其實我這孤鳥，到處單飛，再多財富，於我何用？我倒有個想法，請教官指教。香港人貧富懸殊，富者敵國，窮者無立錐之地，社會福利工作辦得又不盡公平，我這一點點財產，包括房屋本身在內，可否全部捐出，成立一個基金會，將其收益，用作救濟貧民之需。雖然杯水車薪無濟於事，但說不定拋磚引玉，引起社會迴響，也算一項小小功德，你說行嗎？」

羅福成頻頻點頭表示深深讚許，並即回應說道：

「太好、太好，你有如此胸襟，如此抱負，著實讓我欽佩，等我回到香港，立即著手籌備，成立一個財團法人基金會，邀聘幾位香港的知名之士，擔任董事，名稱就叫『劉露慈善基金會』，你是否同意。」

劉寶枝想了一下，答道：

「就按你的構想進行，愈快愈好，將來基金會成立，就請教官擔任執行長。至於名稱，我無意見，反正『劉露』是誰，知者不多。」

「同樣，我在臺灣，擁有這所房屋，還有裕台紡織公司的投資、以及學校薪水的積蓄，都算是我個人的財產，我想也可同一處置，全部捐出成立一個相同性質的基金會，透過教會，專作救濟殘障人士、老弱孤兒和清貧學生之用，這方面要請亞莉多多幫忙，積極推動。如果這些想法和二個基金會能夠一一實現，是否可算我這一生沒有白活？」

羅福成和張亞莉都對劉寶枝的慷慨義舉，同表讚揚。羅福成補充說道：

「完美的理想，要靠圓滿的執行。兩地兩個慈善基金會的成立，不是一件簡單小事。香港方面，我回去之後，將請張效莊教授夫婦、威廉書院的負責人、甚至找我父親等出面支持，立即籌備基金會的成立。臺灣方面，你自己身體殘障，不便親自籌劃，除了亞莉之外，最好請吳熙方董事長、浸信教會等共商進行。總之，希望你的理想，儘早能夠實現。」

一年之後，香港和臺北兩地，二個同樣名稱，叫做「財團法人劉露慈善基金會」相繼成立。由於章、劉新婚夫婦車禍，造成一個喪生、一個殘障的悲劇，社會記憶猶新，而遺孀竟願將臺、港兩地全部財產捐出，辦理社會福利，立即成為新聞媒體報導和議論的焦點，因之許多記者紛紛要求專訪，劉露不堪其擾，就和周雅蘭、張亞莉商量，悄悄搬離原來住宅。找了一個較為僻靜處所暫居，便於休養，也便於她安靜寫作。

化悲慟為大愛，行大善事，劉露認為是神的恩典，所以她去教會，向牧師請求，讓她成為終身侍奉主的聖工，牧師歡迎接納，於是她就成了教堂的第一個殘障志工，一肩承擔教會的文書工作。

她也成為強樹中學第一個殘障老師，學校為她做了一些無障礙設施，她可自動推著輪椅滑上講臺，用左手拿粉筆在黑板上寫大大的英文字句，已經成了劉露老師教學的特徵。

她更認為，上帝延緩她去天國，必有差遣。因之，她除了奉獻自己為終身義務聖工之外，全力推動慈善基金業務，透過教會的諸多活動，把善款輸送到最需要幫助的地方。

更重要的是，以上這些因素，都是劉露勤於寫作的精神助力。她專注、用心於她一生故事的寫作，每晚夜深人靜，是她聚精會神、腦力耕耘的珍貴時刻。她用左手單指打字，敲打字鍵的「搭、搭」聲響，在靜夜裡格外清晰，白紙上一行行字句的跳動，不論所寫的是悲歡離合，或是陰晴圓缺，都是她凝思匯心的結晶，也都是她歷盡滄桑，有血有淚的真實紀錄。寫到疲憊時，伸個懶腰，此時小白貓會突然躍進她的懷中，讓她感到，這靜寂的夜晚多麼可愛。

三年，劉露嘔心瀝血，辛勤手耕（打字），全稿接近完成，總計逾十萬字，但尚未定稿。她需從頭到尾複閱，文字有欠善處，加以潤飾，情節有欠妥處，加以修改，直到滿意為止，因之又費了半年時光。此時她已精疲力竭，身弱體虛，不得不辭去教師職務，在家休養。

已有三天未曾起床，阿秀有些著急，頻頻進到主人臥房探望，看到劉露眼睛睜著，若有所思，連忙問道：

「小姐，你怎麼啦？有不舒服嗎？」

「沒有關係，我只是累了，需要休息。」劉露一面回答，一面撐起身子，推著輪椅，披衣出到房外，並問：

「我的小白貓呢？牠在哪裡？」

「牠一早溜出屋外，到現在還沒回來，我正在尋找牠哩。」阿秀回答。

劉露坐在客廳，喝一杯熱熱的咖啡，拿起當天報紙，同時吩咐阿秀，打個電話給周雅蘭和張亞莉，問她們如果有空，請過來一同午餐。她翻閱報紙社會新聞版，忽然看到一則簡短報導，南部高雄某個孤兒院，得到臺北基督教浸信會代理「劉露慈善基金會」的捐款濟助，增建新的房舍已告落成，讓她衷心欣慰，這是主的意旨，得到實踐。

阿秀不久進來報告，兩位客人都能過來午餐，劉露交代準備幾道小菜，然後回房繼續休息。

周雅蘭和張亞莉同時來到，一見劉露臉色蒼白，身子明顯瘦了一圈，所以二人同聲說道：

「劉露，你看來消瘦很多，需要好好保重。」

「謝謝你們的關懷，我是感到有些疲勞。今天請你們來，是要拜託二位代我辦一件事，因為我的著作已經全部完成，準備全權委託羅福成在香港出版，不過稿件寄出之前，必須留存一份。聽說現在有一種新的機件，可以連續複印，所以我想請你們代為複印一份，把印本包封好後用航空快遞寄給羅福成，原稿我要留下保存，行嗎？」

劉和周、張三人間的情誼，早已如同親姊妹，如今劉有要事相託，周、張當然責無旁貸，立即應允妥善辦理。劉露隨即推動輪椅靠到書桌旁邊，取來一大疊打字稿紙，不禁讓周、張二人「哇」的一聲，認為劉露這三、四年來帶病寫作，居然能夠完成如此巨著，都說：

「劉露，你真是了不起。」

當劉露親自把全稿交到周、張二人手中，流下眼淚，至情地說道：

「我已一無所有，僅有的就是這份心血，用我一生的虛空和真實換來的心血，麻煩你們代我處理，謝謝你們。」

周雅蘭、張亞莉接過厚重的一疊稿紙，心中也著實覺得是件厚重的任務，同樣被感動得淚流滿面，都說：

「劉露，請你放心，我們一定會把你所囑託的事辦妥，不會有誤。不過你要千萬保重，不要累壞你的身體。」

羅福成收到劉露寫作的全稿，快讀一遍之後，相當驚訝文章寫得生動感人。同時又接到劉露電話，要他把全書文稿送請張效莊教授審閱，並請他寫一篇推薦序文。經過連絡，張教授欣然同意。

香港的出版事業，相當先進，尤其對於英文書籍，無論排版、印刷、校對、裝釘等技術，都有很高水準。劉露的創作，有張效莊教授序文，大加讚揚，譽為香港文壇沙漠長出了一朵奇葩，還對書名《Lucy's Love Story》特別稱賞，認為簡潔明瞭，也涵蓋了她對基督之愛，和她熱心慈善事業的大愛。因之香港出版商頗多樂意爭取這書的發行業務。

經過羅福成慎重處理，決定授權一家具有數十年專業英文書籍印刷的牛津出版公司，代理發行。由羅福成代表劉露簽訂《著作權授權契約》，以「劉露慈善基金會」為發行人，預定一九六四年六月十一日為新書發表日，用以紀念章志安往生之日。

劉露肢體受傷，連年寫作勞累，健康顯著退步。著書期間，有股創作壓力，支撐她的體能。如今工作完成，又聽福成報告，不久可在香港出版，心智與精神完全鬆懈，反倒像是虛脫一樣，全身感到痠痛乏力，偶然受到一點風寒，得了感冒，隨即病倒。且因高燒不退，周雅蘭和張亞莉又把她送進臺大醫院。經過診斷，竟是染了肺炎。

照一般病例，醫師預備給她注射抗生素針劑，但經過皮膚測試，劉露有很強的過敏反應，只能改用普通消炎藥物，效果較差，加上病人抵抗力很弱，看來病情有加重趨勢。

劉露的新書，印製和裝釘，都很精美，在香港發表問世之日，受到當地出版界、文化界的重視，並因新聞界大篇幅的報導，社會讀者熱烈反應，紛紛向各大書店訂購，形成熱銷。唯一遺憾，是香港大眾未能一睹作者的廬山真面目。

羅福成於辦完新書發表後，立即攜帶十多本新書飛來臺灣，預備讓劉露欣喜。萬萬沒有想到，竟是又一次要在醫院和她相見，而且是她病得很重，使他感到十分焦慮。

在雅蘭和亞莉陪同下，福成進入病房，走近病床，看到劉露閉目入睡，左臂正在接受點滴。於是在她床邊靜立守候。過了一會，劉露睜眼見到羅福成站在一旁，用微弱的聲音開口說道：

「教官，我正在等你，你終於來啦。」

病房內的空氣，冷凝到幾乎接近零點。羅福成壓抑憂急的心情，強裝歡欣的口氣，手中舉著剛出版的新書，對劉露說：

「你看，這是你的著作，印成這麼精緻的新書，昨天在香港發表出版，受到熱烈歡迎，『Lucy Lu』一夕之間，已在香港成名。大家為你高興，我特地趕來，向你恭喜。」

劉露嘴角微微露出一絲笑意，接著又半閉著眼，一字一字緩慢地說道：

「謝謝教官，你是我終身的教官，我有很多話要跟你講，請勿打斷，因為這是我最後一次和你說話，所以讓我繼續講完。」

「我該走的路已經走完，該打的仗已經打完。現在要回天國，了無遺憾。我一生孤單，已經習於孤單，所以我往生之後，請你們把我葬在一處山上，找一塊單獨的墓地，沒有鄰居，比較安靜。我的長眠之處，最好面西，因為我喜歡欣賞夕陽西下，觀看落日漸漸沒入大海的美景，也可讓我天天西望家鄉。墓頂要豎一個十字架，那是我歸主的象徵，不能缺少。墓的前後左右，希望有片綠地，栽些樹木，可以讓我踏青散步。」

「我的棺木之內，請放一本《聖經》，那是我心靈上離不開的一本讀物。還有，請把剛才你給我帶來的新書，也放一本在我身旁，我會慢慢地一讀再讀。」

「我很嘮叨是嗎？請原諒讓我臨終之前多說幾句。那兩個基金會，是我對主虔誠的奉獻，將來那本書的版稅，都可撥給基金會，讓需要幫助救濟的人得到救助。如果有人把它譯成中文，在臺灣出版中文本，那就更好。」

「我要送教官一件禮物，那是在我生命最後一段時光，天天伴著我的寶貝，我的一臺打字機，希望它能同樣陪伴著你。」

「還有，我要謝謝雅蘭和亞莉多年來的照顧，最後請求，為我今日的遺言作個見證。」

劉露用她最後所有的精力，緩慢又微弱地一字一句說了她的臨終告白，顯然已經十分疲乏，因之閉上眼睛休息。但隔了幾秒鐘，她眼睛仍然閉著，卻又補上一句：

「我累啦，謝謝你們。」

張亞莉非常細心，把劉露講的每一句話，全部記錄下來。羅福成從頭到尾，仔細聽她說的每一個字，沒有插話，但被感動得涕淚交流。等她講完闔眼休息時，方始接口說道：

「放心，我們一定會按你的意思去辦，一定讓你滿意。剛才你所說的，亞莉作了記錄，我現在把它重讀一遍，只要三分鐘，如果沒錯，請你簽個字，可以嗎？」

劉露微微點頭，默示同意，等羅福成讀完，遞給她一支原子筆，劉露用左手簽了「Lucy」的英文名字，又昏昏入睡。

羅福成、吳熙方、周雅蘭、張亞莉四人，又邀了教堂執事，聚集會商，有關劉露身後事宜，決定全部照她的意見辦理，事務方面由裕台公司全力配合，財務方面由基金會支應。

再隔一天，他們四人會同到了醫院，進入病房，看到正有二位醫生和二位護士圍繞著劉露病床，似在進行急救。據告，病人有心肺衰竭現象，所以要做緊急處理。約莫過了二十分鐘，醫生說，現在情況暫時穩定，但仍未脫離險境，先讓她繼續休息。

又過十幾分鐘，劉露稍稍睜開眼睛，看到好友們都在旁邊，再次輕輕迸出「謝謝」兩字。稍停又說「阿秀」二字，躲在眾人背後的阿秀，早已成了個淚人，聽到主人喚她名字，趕緊擦乾眼淚，走到床前，劉露說了「謝謝你」三字，再度陷入昏睡，其時劉露已是奄奄一息。

下午三時，病房亮起紅燈，醫生護士急忙趕到，病人吐出最後一口氣，心臟跳動停止。劉露結束了她的生命，得年四十九歲。

選覓符合劉露要求的墓地，費了一點時間，最後大家會勘，擇定臺北大屯山之陽、面對淡海、方位向西，一塊面積不到百坪的山坡地，劉露應可滿意。

羅福成懷著悲傷，帶著那臺打字機，暫回香港。

墓園的設計、興工完全按照劉露的意願畫成藍圖，發包建造，工程費時不到半年，全部竣工。預定一九六五年六月五日為劉露入土安葬。

那天，微風薄雲，天氣晴朗。羅福成、張效莊、李靜夫婦專程自港飛臺，偕同臺北吳熙方、周雅蘭、張亞莉等諸好友，以及教會、學校和紡織公司的同仁，齊來參加葬禮。大家站在墓地，一看周圍形勢，真可謂是：白雲悠悠，翠谷芳芳，青山疊疊，碧海滄滄，確是劉露安息永恆的美好福地。

由羅福成撰擬，經專業石工技師，用純白玉色大理石鐫刻的墓碑，一併運到墓地，仰面固置在墓前平臺，上面用金色的文字，刻著：

「在這裡長眠的是個奇女子，她的生命跨越半個世紀，經歷三次戰爭的苦難，受過兩個敵對政府的囚禁和迫害。她的感情世界，多波多折，被辱被棄，有悲亦有喜，既重圓，又永離。最後皈依基督，奉獻大愛，博施慈善，裨益人間。

甲辰仲夏，主內弟兄姊妹和她的摯友，為她合塋。

銘曰：

是惟劉露之室，既固既安，以利永息。」

劉露的靈柩，吉時入穴。葬禮簡單隆重，由牧師主領，讀經、唱詩、禱告、祈福，結束了告別儀式。此刻夕陽西下，遠山飄著絲絲細雨，落日餘暉，反射出一彎彩虹。遙望海峽對岸的虞山，劉露似在雲端微笑。

——終——

# 尾聲

一九六六年六月六日，臺北浸信會教堂，為紀念劉露逝世週年，舉行追思禮拜，參加會眾，讓講堂座無虛席。主講牧師證道，告訴大家，耶和華靠近傷心的人，拯救靈性痛悔的人，所以不要憂傷，所以要「忘記背後，努力面前的，向著標竿直跑」。劉露姊妹，便是忘記背後，向著標竿直跑的榜樣。她一心為善，一生奉獻，都在發揚基督的大愛，我們對她追思，不是哀悼，而是以她為榮。

當牧師證道完畢時，忽然有一位青年弟兄，拄著拐杖，主動走到壇前，舉著右手說：

「我要為劉老師的義行做個見證。我在讀高二時，曾是她班上的學生，後來因為打工，大腿受傷，醫院給我截去了左腿，因之一度輟學。之後得到『劉露慈善基金會』的資助，裝了義肢，得以恢復上學。想到劉老師推著輪椅到教室授課，精神上受到極大鼓勵，於是努力讀書，去年還考上了大學，最近又讀到她的著作中文版，覺得劉老師一生事蹟，可歌可泣，她的一言一行，更是可敬可佩。我為她的逝去而傷慟，但並不悲哀，正如牧師剛才所講，她是基督徒的榜樣，我們以她為榮。」

那位青年弟兄回座，教堂竟然響起難得聽到的一陣掌聲。

教堂會眾在牧師祈福禱告後靜靜地散去，劉露的形象卻在大家心中始終沒有散開。

再過二年，一群曾受「劉露慈善基金會」支助、殘而不廢的志友們，在復健、復學、復職又復活了生命之後，主動籌組了一個聯誼會，每年在劉露安葬之日，登山到她的墓地，陪著她的幻影，在那綠草如茵的地坪上散步，和她分享寂寞中的快樂。

**世界、華夏、臺灣——平行、交纏和分合的過程**

許倬雲　著

本書凝聚許倬雲教授畢生的研究，以全球觀點細說古今中外歷史的分合與交纏。猶如史學家克羅齊(Benedetto Croce)所說：「一切歷史都是當代史」，因為只有從自己切身的經驗看過去，過去才呈現我們關心的意義，也幫助我們由此尋找未來的道路。

國家圖書館出版品預行編目資料

寶枝／張祖詒著.－－修訂二版一刷.－－臺北市：三民，2021

面；　公分.－－（人文叢書）

ISBN 978-957-14-7166-2（平裝）

863.57　　110003786

人文叢書

# 寶枝

作　　者　張祖詒
發 行 人　劉振強
出 版 者　三民書局股份有限公司
地　　址　臺北市復興北路 386 號 ( 復北門市 )
　　　　　臺北市重慶南路一段 61 號 ( 重南門市 )
電　　話　(02)25006600
網　　址　三民網路書店 https://www.sanmin.com.tw

出版日期　初版一刷 2015 年 1 月
　　　　　修訂二版一刷 2021 年 5 月
書籍編號　S857850
I S B N　978-957-14-7166-2



三民書局